O LADO ESCURO DA MADRUGADA

O LADO ESCURO DA MADRUGADA

ROBERTO GIACUNDINO

PandorgA
NACIONAL

Direção Editorial
Silvia Vasconcelos

Produção Editorial
Equipe Editora Pandorga

Capa
Marco Mancen

Diagramação
Abreu's System

Revisão
Editorando Birô

Preparação
Fábio Brust
Inari Fraton

Dados Internacionais de Catalogação na Publicação (CIP)
Ficha elaborada por: Tereza Cristina Barros – CRB-8/7410

Giacundino, Roberto
O lado escuro da madrugada / Roberto Giacundino. – 1.ed. – São Paulo : PandorgA, 2017.
272 p. ; 16 x 23 cm.

ISBN 978-85-8442-205-0

1. Ficção brasileira. I. Titulo.

24.04/015-2017 CDD- 869.3

2017
IMPRESSO NO BRASIL
PRINTED IN BRAZIL
DIREITOS CEDIDOS PARA ESTA EDIÇÃO À
EDITORA PANDORGA
RODOVIA RAPOSO TAVARES, KM 22
THE SQUARE OPEN MALL, BLOCO E SL 413
CEP 06709-900 – LAGEADINHO – COTIA – SP
TEL. (11) 4612-6404

PandorgA

WWW.EDITORAPANDORGA.COM.BR

Dedico este livro a três importantes mulheres:

Pergines Giacundino, que me faz acreditar todos os dias que heroínas existem!

Thais Fernandes, companheira, incentivadora e o grande amor da minha vida.

Judith de Souza Gomes, por sempre acreditar e apostar que este livro um dia seria publicado!

Com amor, Roberto Giacundino.

Prólogo

Mesmo ali, dentro do carro, ela podia ouvir os gritos ecoando em sua mente. Por algumas vezes, lhe pareceu ver o semblante acusador dele entre a multidão lá fora.

Ela estava descendo de um sedã preto, vestida a rigor para concorrer ao prêmio mais cobiçado entre os profissionais de comunicação, que seria entregue no salão principal do Teatro Municipal de São Paulo. Era tudo o que ela havia sonhado em toda a sua breve vida, mas as vozes abafadas em sua cabeça acusavam ameaçadoramente: "Impostora! Você é uma grande impostora". Ela sentiu o suor brotar das axilas e as gotas escorrerem pelas suas costas.

Desembarcou e foi recebida com flashes que espocavam sem parar em sua direção. Ficou cega por um momento, voltou a se equilibrar e tentou retribuir aos fotógrafos com um sorriso jovial. O sorriso de quem batalhou e venceu.

Havia uma massa de curiosos ao redor do teatro, pessoas que se espremiam contra as grades de proteção em frente ao teatro para ver os famosos que chegavam sem parar. Algumas celebridades acenavam, outras apenas passavam sem olhar para o povo, como se estivessem se protegendo de um ataque inevitável. Sandra acenou sorridente a todos que pôde, mas de repente estancou. Entre a multidão de curiosos, um senhor apoiado em uma bengala chamou sua atenção. Parecia ele, em carne e osso! *Isto é impossível! Ele está morto!* – pensou. Sentiu as pernas fraquejarem e só quando viu o rosto do ancião é que percebeu que se tratava de um completo desconhecido. Despertou de seu torpor no momento em que era abordada por uma repórter que fazia a cobertura do evento na porta do teatro, tentando prestar atenção às perguntas e abafar as vozes em sua cabeça, que soavam de forma ainda mais acusadora: "Farsante. Sandra, você é uma grande farsa!"

* * *

Sandra Garcia caminhou rumo às escadas, sendo aplaudida pela multidão. Refletores poderosíssimos se moviam com as luzes direcionadas ao céu e iluminavam o edifício. Havia um tapete vermelho, que acompanhava a escadaria principal, recebendo os convidados na calçada, onde carros luxuosos despejavam pessoas vestidas a caráter. Ela olhou para a fachada do antigo edifício, iluminado contra o céu estrelado, onde estava escrito em uma grafia há muito abandonada: Theatro Municipal. Sentiu seu coração bater mais forte. O prédio centenário, com sua arquitetura eclética em arenito, mesclando o estilo renascentista e barroco, tornava o evento ainda mais suntuoso.

A noite estava quente e agradável, e ela usava um vestido verde musgo longo, que deixava seus ombros de fora, sapatos scarpin e um colar fino de ouro branco com uma esmeralda no centro.

Avançou o pé sobre o tapete vermelho. O toque deste parecia mágico! Muitos gritavam seu nome. Sabia que não era comum este assédio com jornalistas. Atrizes e modelos, sim; repórteres investigativas, não! A verdade é que Sandra Garcia era um fenômeno de sucesso e popularidade! Caminhou entre a multidão de convidados distribuindo sorrisos e cumprimentos afáveis. Aquele era um dos eventos mais importantes de comunicação do país, a entrega do prêmio Comunicar, que reconhecia profissionais da área de jornalismo, marketing e publicidade.

Sandra adquirira respeito e admiração em todo o mundo ao ficar conhecida como correspondente internacional do jornal da noite da TVG, a maior emissora de televisão do Brasil. No tempo em que esteve viajando pelo mundo, cobriu dezenas de guerras e desastres históricos, como o atentado ao aeroporto de Moscou, que teve mais de duzentas vítimas, entre mortos e feridos, e o ataque terrorista ao teatro Bataclan, na França, no qual foram mortas mais de oitenta pessoas.

O último país em que atuou, o Iraque, fez Sandra atingir o auge do reconhecimento mundial. Em uma de suas coberturas no país, ela ajudou clandestinamente uma família inteira a fugir, atravessando pai, mãe e filho pela fronteira, escondidos dentro do furgão da emissora. O episódio, que era pra ser sigiloso, vazou, e Sandra ficou conhecida mundialmente, adquirindo o carinho do público que torcia por ela a cada nova aparição nos telejornais, ao mesmo tempo em que desencadeara a revolta de alguns líderes governamentais que reprovaram o ocorrido.

Inúmeros episódios marcaram sua ascensão na carreira. Apesar de jovem, já passara por mais emoções que a maioria dos veteranos de sua classe profissional. Era, no momento, uma das jornalistas da nova safra com maior popularidade, não só pela oportunidade de estar presente nestes lugares, mas pela coragem e determinação, que fazia que cada aparição sua no vídeo fosse única. Dezenas de veículos de comunicação estavam noticiando um desastre? Não importava. O público aguardava ansioso pela aparição de Sandra Garcia, a destemida correspondente internacional. É claro que esta audácia envolvia riscos. Por mais de uma vez ela esteve frente a frente com a morte, como na ocasião em que foi sequestrada e ficou três dias em poder das Farc, na Colômbia, mas, ao final, foi libertada em uma ação noticiada no mundo todo.

De volta ao Brasil, foi convidada pela emissora a se tornar âncora do jornal da noite. No começo refletiu se aceitaria. Sua vida era pura adrenalina! Preferia estar presente na notícia a ficar apenas sentada na bancada. Aceitou, relutante, após negociar que continuaria produzindo reportagens especiais em campo pelo menos uma vez por semana.

Seu rosto aparecia estampado nas capas das revistas Veja e Isto É, e o jornal americano The New York Times havia considerado-a uma das cem mulheres mais influentes da década. Havia meia dúzia de programas importantes da televisão que a queriam na bancada dos entrevistados. Ela já tinha marcadas em sua agenda entrevistas no Programa Roda

Viva, no Programa do Jô, e se especulava que um importante talk show dos Estados Unidos também a sondava para uma entrevista.

* * *

No saguão principal do teatro havia vitrais e lustres do século passado e pinturas famosas. O local contava com apoio de seguranças e garçons que circulavam entre os rostos conhecidos.

Apesar do clima festivo, lembranças do passado afloraram em sua mente. Recordações tenebrosas, fantasmas que ela havia feito questão de enterrar, mas que, rotineiramente, retornavam para perturbá-la. Mas ela não podia deixar-se dominar por estes pensamentos. Era uma lutadora!

Sandra avistou Ronil, o editor-chefe de jornalismo da TVG. Um senhor alto, gordo e com os poucos cabelos que lhe restavam começando a ficar prateados. Ele usava um smoking apertado na barriga e a abraçou sem a menor cerimônia:

— Sandra! Nosso jornal vai dobrar a audiência com você no posto de âncora. E com toda essa publicidade positiva vamos arrebentar na estreia. Como se sente sendo tão requisitada pelos colegas de profissão?

— Confesso que toda esta movimentação de jornalistas e flashes é bem mais fácil quando não é você o alvo deles. Sinto-me como a Gisele Bündchen, só que sem o cachê e a beleza que ela tem. — Sandra tentou parecer bem-humorada e esconder os pensamentos que a perturbavam.

— Agora só falta uma reportagem bombástica para marcar nossa estreia na semana que vem. Quem sabe essa notícia não acontece aqui, com você abocanhando este prêmio de jornalista revelação? Todos apostam em você!

— Contanto que essa notícia não envolva assassinatos, bombardeios terroristas ou coisa parecida, eu estou dentro! — Mas, como um mau presságio, um trovão eclodiu ao longe, contrastando com a noite de calor que fazia.

* * *

Sentada entre a multidão de convidados, no salão principal de eventos do teatro, este que vinha sendo testemunha de famosas óperas e apresentações memoráveis há dezenas de anos, Sandra aguardava o início da cerimônia de entrega dos prêmios. A pintura impressionista no teto chamava a atenção de todos. O público era bastante restrito e fora escolhido a dedo. Como havia profissionais de vários veículos de comunicação, não foi permitido filmar a área interna do teatro, nem a entrega do prêmio. Uma equipe de gravação, contratada pela empresa patrocinadora do evento, faria as imagens e fotografias e distribuiria para todas as emissoras e veículos de comunicação interessados.

Apenas a plateia, o camarote e o salão nobre haviam sido liberados ao público. As galerias mais elevadas estariam abertas para circulação após a entrega enquanto a orquestra se apresentaria. Sandra se acomodou numa poltrona da plateia e ficou arrebatada pela beleza do lugar. O salão era altíssimo! E, nos dois lados do palco, os tubos do órgão subiam do nível do camarote até o teto. Não havia cantos no teto e nas laterais. O lugar era perfeitamente abaloado, o que proporcionava uma acústica impecável, além do espetáculo da pintura impressionista que tomava todo o teto.

A orquestra terminava uma sinfonia, e Ronil sentou-se ao lado dela. A cerimônia teve início, e um filme se passou na cabeça de Sandra. Como chegara até ali? Como fora difícil sua caminhada! Alguns anos atrás ela diria que era quase impossível aquela situação: ela indicada a um prêmio de melhor repórter investigativa!

O eloquente apresentador falava sobre a importância do evento, mas os pensamentos dela estavam em outro lugar, em outra época. Sentiu uma pontada latejar nas têmporas. Fechou os olhos e discretamente elevou as mãos à cabeça, como se pudessem abafar as vozes que queriam voltar. Quando abriu os olhos, percebeu que todos no salão se voltavam para ela e se deu conta de que o apresentador a anunciava como ganhadora do prêmio na categoria Melhor Repórter Investigativa! Desconcertada, Sandra se levantou e caminhou até o palco.

Todos a aplaudiam, vibrando junto com a correspondente das últimas guerras que mais chocaram o país.

— E para toda essa nação — dizia o apresentador —, ela foi uma verdadeira guerreira.

Todo o teatro a aplaudia em pé freneticamente.

— Não só exerceu seu papel de jornalista... — Flashes espocavam sem parar — Como também transmitiu calor humano ao público — prosseguiu o apresentador —, o calor de uma brasileira que estava disposta a arriscar sua vida para apurar a verdade dos fatos. E também salvar vidas, se necessário! — Sandra estava sendo ovacionada.

Ela fechou os olhos ao receber o prêmio, pensando: "O que ele sabe de mim? O que todos eles sabem? E o que o país inteiro pensaria se descobrissem que matei uma pessoa?"

Um

SANDRA SE CONCENTROU NA plateia, ergueu o belo troféu dourado e fez um breve discurso de agradecimento sobre como se sentia honrada. Estava tão apreensiva que quase esqueceu de falar sobre sua estreia como âncora, mas Ronil foi rápido e não parou de gesticular da plateia, então ela encaixou no discurso uma pequena propaganda.

O prêmio ainda tinha outras seis categorias. Todas foram premiadas com muitas palmas e discursos de agradecimento. Por último, haveria a entrega do prêmio de Melhor Peça Publicitária. Sandra estava bastante ansiosa, pois havia uma agência parceira da TVG, de propriedade de Simão e Evandro Jordel, que estava concorrendo. Eles tinham um escritório dentro da emissora e eram responsáveis pelas principais campanhas de publicidade, desde produtos da emissora, como chamadas de eventos importantes do esporte, até estreias de séries e novelas. Se eles ganhassem, com certeza seria matéria no próximo jornal, e ela não queria perder nenhum lance.

A entrega da última estatueta concretizou o que todos imaginavam: a categoria premiou a peça intitulada "Somos Todos Iguais", da Cria Ativos S.A, de Simão e Evandro Jordel. Evandro, o idealizador da ideia, subiu ao palco e, com lágrimas nos olhos, disse que não falaria, que seu discurso era sua própria obra, e, em um momento emocionante, a propaganda da campanha foi reproduzida no telão instalado acima do palco. No vídeo, a raça humana se unia em uma corrente de ajuda, em um mundo mais justo, onde todos são iguais; um take sombrio surgiu com uma bandeira nazista desenhada a sangue, e muitas palavras de separação e preconceito apareciam dividindo os grupos por cor, raça, religião e sexualidade. O comercial defendia os direitos iguais e tenta combater todas as forma de preconceito existentes e terminava mostrando a igualdade entre todos, e que o respeito e o amor ao próximo devem prevalecer.

Assim que o vídeo terminou, todos romperam em aplausos, e a cerimônia foi encerrada com sucesso. A orquestra agora tocava uma sinfonia, e os garçons circulavam com bandejas de prata, servindo champanhe e canapés. Todos se movimentaram, alguns cumprimentando os ganhadores, outros com blocos de anotação para tentar uma declaração que seria publicada no dia seguinte. Sandra encontrou Simão e Evandro Jordel e se abraçaram. Eles tinham uma amizade recente de alguns almoços em conjunto na cantina da emissora.

Além de irmãos e sócios, Simão e Evandro eram conhecidos pela amizade e por sempre estarem juntos. A história de sucesso teve início anos atrás na periferia. Tempos difíceis em que lutavam com uma pequena agência fadada ao fracasso como tantas outras. Mas a inteligência de Simão para os negócios e a criatividade de Evandro para a criação de peças havia formado uma dupla imbatível; em pouco tempo saíram da periferia e fizeram fortuna e fama com a agência e suas campanhas altamente criativas. Logo se tornaram responsáveis pelos comerciais das marcas mais valiosas do mercado. A empresa cresceu tanto nos últimos anos que os sócios receberam uma proposta da TVG para instalarem um escritório dentro da emissora. Eles seriam responsáveis por todas as campanhas publicitárias do canal, desde as novelas até os eventos esportivos. Evandro é dez anos mais jovem do que Simão e ambos são muito parecidos: negros, fortes e vistosos. Evandro é, provavelmente, o espelho do que Simão havia sido outrora: porte atlético, sorriso largo e um rosto jovial. Simão, já próximo da casa dos cinquenta, tem a silhueta um pouco mais cheia e os cabelos já estão ficando grisalhos. Evandro ostentava seu troféu com entusiasmo. Não recusava, alegre, a nenhum dos drinks servidos. Simão, mais contido, tentava frear o irmão.

— Parabéns, Sandra, o prêmio foi realmente merecido. — Evandro a abraçou e sorriu, revelando um sorriso branco e bonito e gesticulando sua estatueta em direção à que Sandra segurava. — Simão e eu queremos lhe convidar para jantar uma noite dessas. Temos que comemorar esse prêmio, não acha?

— E isto aí, Sandra — Simão comentou. — Os bons ventos estão soprando na TVG. Seu prêmio foi mais que merecido. Você é fantástica na tela e suas reportagens são esplendidas!

— Convite aceito, Evandro. E obrigada, Simão. Vocês também estão de parabéns. Confesso que a obra de Evandro me fez chorar.

— Agora é tentar não ser morto por essa horda de gente mal-amada e preconceituosa que existe aos montes por aí — ralhou Evandro.

— Sua obra tem feito muitas pessoas pensarem. A humanidade precisa mais disso. Um brinde ao fim do preconceito!

Eles brindaram, e Evandro comentou:

— No começo, acredita que fiquei temeroso mesmo? Gosto de circular. Sou um cara do povo! Vim da periferia e, às vezes, até encurto rotas viajando de metrô. Acredita que uma destas gangues de carecas me reconheceu de uma entrevista na TV e quase deu cabo de mim dentro de uma das estações?

— Que horror, Evandro. Neonazistas. Não foram presos?

— Horário de pico, Sandra — argumentou Simão. — Este ai teve sorte até nisto, o povo não deixou barato. Mas, em compensação, todos fugiram — observou Simão. — O que aprendemos é que os bons ainda são maioria.

— Eram mais de vinte. Sumiram em pouco tempo, mas levei uns empurrões — finalizou Evandro. — Agora eles que aguentem! Amanhã estarei na capa de várias revistas e jornais recebendo um prêmio que combate esta linha medíocre de pensamento.

— Um absurdo este ataque! Aonde vamos parar? — Sandra estava indignada.

Ela avistou Rogério Freitas, um dos repórteres de esporte, se aproximar. Evandro fez uma cara de quem não gostou muito de vê-lo, mas, por fim, pediu licença e se afastou com ele. Sandra foi surpreendida por Ronil tomando-a pelo braço. Os diretores da emissora estavam presentes e queriam vê-la.

Simão observou o irmão se afastar na companhia de Rogério e não gostou nada daquilo. Os dois sumiram de vista e pouco depois reapareceram nas galerias, vazias naquele momento. Simão observou e, curioso, ficou prestando atenção. O que era uma conversa evoluiu para um papo cheio de gesticulações e dedos em riste. Ele mal podia acreditar! Os dois estavam ali, discutindo em pleno evento! Observou quando um dos seguranças subiu até lá e intermediou a briga, perguntando se estava tudo bem, acalmando os ânimos.

Rogério se afastou, deixando Evandro sozinho e pensativo na galeria. Os punhos de Rogério estavam cerrados e, apesar de tentar aparentar calma, seu desejo era socar Evandro ali mesmo.

— Gorila idiota, acha que pode me passar a perna... — resmungou baixinho enquanto se afastava.

Dois

NA FESTA, O QUE não faltava, além de jornalistas, eram estrelas de novelas, apresentadores de televisão e algumas socialites vaidosas, que frequentavam eventos como aquele para ostentar vestidos e joias. Uma das estrelas da noite que desfilava de um lado para outro, sempre concedendo entrevistas e posando aos fotógrafos, era Elcy Fanny, apresentadora cômica de um famoso talkshow na TVG.

Loira e adepta de muitas plásticas, Elcy não aparentava ser uma sexagenária. Só sorrisos, ela posava ao lado de fãs e até saiu do teatro para servir champanhe aos curiosos menos afortunados que não ganharam convite para entrar no evento. O público adorava isso! E Elcy era perita em agradar o povo no momento certo. Com toda a certeza, no dia seguinte haveria dezenas de fotos dela servindo champanhe ao povão nas capas de jornais e revistas, e sua popularidade só aumentaria. Mal ela sabia que as revistas de fofoca especulariam que ela só esteve na festa para ver Evandro Jordel ser premiado. A apresentadora, quase trinta anos mais velha do que o publicitário, tivera um romance relâmpago com ele, muito comentado na mídia. Até se especulava a diferença de idade entre eles e o matrimônio que logo se realizaria. Evandro nunca assumiu nada e desconversava quando algum jornalista mais ousado perguntava sobre o romance. Elcy andava nas nuvens! Amigos próximos diziam até que tinha dado uma Ferrari, caríssima, de presente para o namorado.

O banho de água fria veio quando uma revista de fofocas estampou uma foto de Evandro beijando Liv Mayer, na Flórida. Liv, brasileira, vinte e seis anos, há quase uma década morava no exterior. Foi Miss Brasil e concorreu à Miss Universo. Agora, desfilava roupas das melhores grifes do mundo. Não bastasse a foto, no rodapé o texto dizia que Evandro e Liv haviam ficado noivos naquele final de semana. As fotos na capa da revista, em que os dois abraçavam-se felizes no Central Park, e a grossa aliança no dedo confirmavam o fato.

Foi uma bomba para Elcy Fanny! A irreverente e cômica apresentadora sumiu por uns tempos. Diziam que ela estava em depressão e que tinha ficado internada em uma clínica devido a problemas emocionais. Mentira ou verdade, ninguém soube. Especulações à parte, ela reapareceu, dois meses depois, bronzeada e com um aspecto mais jovem. Sempre sorridente, declarou que tinha tirado férias e viajado pelo mundo. Nunca mais tocou no assunto!

* * *

Simão viu Evandro virar de uma vez dois copos de uísque e temeu que o irmão desse vexame; isso só atrairia a atenção de jornalistas e a publicidade não seria boa. Publicitários também precisam de boa publicidade! Estas situações têm efeito negativo nos negócios e na hora de fechar novos contratos. Confusão em um evento tão importante só estragaria as coisas. Simão sabia que Evandro vinha enfrentando problemas, teria que cuidar mais da imagem do irmão. Quando questionou sobre a discussão com Rogério ou o que havia acontecido e alertou sobre a necessidade de moderar na bebida, percebeu no tom de voz enrolado que o irmão já estava bastante alterado, daria um jeito de irem embora mais cedo. Evandro, para escapar do policiamento do irmão, pegou duas taças e se encaminhou para as galerias vazias lá do alto, onde as luzes estavam baixas e havia maior privacidade.

Simão já imaginou a cena: o irmão ia desmaiar, cair no sono, e ele teria que levá-lo para casa quase arrastado. Resolveu circular, então foi para a multidão tentar aproveitar um pouco a festa. Não ia deixar que os acontecimentos daquela noite o aborrecessem. Encontrou Sandra e começaram a conversar. Ao fundo, se ouvia uma música clássica tocada pela orquestra presente.

Estavam conversando, quando um segurança do local cortou o salão como um raio. Sandra, com faro jornalístico, logo percebeu uma expressão de preocupação no rosto do segurança.

— O que houve? Há algo errado? — perguntou, aproximando-se do segurança, que olhava para todos os lados, como se estivesse procurando alguma coisa.

— Não, senhorita, está tudo perfeitamente bem. — O segurança sorriu nervoso e se afastou, demonstrando estar incomodado com a repentina curiosidade da jornalista.

Sandra observou a cena, certa de que algo muito estranho estava acontecendo.

* * *

Do outro lado do salão, Raimundo, um dos garçons do evento, estava servindo canapés, impressionado em ver como aqueles famosos comiam tão pouco e bebiam tanto:

Isso porque são todos intelectuais, pensava ele, sempre sorrindo e servindo. *E eu, um simples garçom querendo dar pitaco no que os bacanas fazem.* Ele atravessou o salão e chegou ao hall com entrada para as galerias e as demais acomodações superiores. Passou recolhendo algumas taças deixadas por ali, então avistou, em um canto afastado, a figura de um homem que parecia repousar. Reconheceu, chegando mais perto, que se tratava do homem que havia ganhado um dos prêmios da noite. Estava lá, imóvel. Estaria cochilando? Teria bebido um pouco além da conta? Raimundo achou um desperdício ir a um evento daquele para dormir. Ele resolveu se aproximar do rapaz e ver se estava tudo bem. Talvez não fosse sono! Talvez estivesse passando mal e precisasse de algum remédio para o estômago. Ali no canto, afastado de todos, não devia estar se sentindo bem.

— Boa noite, senhor, precisa de alguma coisa? — Raimundo perguntou.

Como não obteve resposta, repetiu a pergunta em voz alta, já que além de estar de olhos fechados, a música estava alta, agora tocando uma sinfonia de Beethoven. Sem respostas. Como estava dois degraus na fileira de poltronas abaixo, resolveu subir e, inclinando-se, tocou o ombro do rapaz, dando uma delicada sacudida. Foi o que bastou para a cabeça de Evandro, como uma bola de boliche, pender para o lado. Raimundo tentou apoiá-lo com uma das mãos espalmadas no peito e foi aí que sentiu algo viscoso e pegajoso na mão. Sentiu também algo frio como aço tocar-lhe a palma! Olhou, assustado, e, ao empurrar o homem de encontro ao encosto, notou uma mancha vermelha que se expandia na camisa branca do smoking e uma adaga cravada na altura do coração. Ele se desequilibrou, derrubando a pesada bandeja de prata, que fez um ruído enorme pela galeria. Em pânico, ele gritou!

Três

SANDRA CONVERSAVA COM SIMÃO e um grupo de repórteres quando foi atraída por um grito e uma correria que se seguiu nas galerias do teatro. Só então a orquestra foi avisada de que algo anormal estava acontecendo, e pararam de tocar. Todos ouviram gritos vindos daquela direção. As palavras "morto" e "esfaqueado" eram as mais pronunciadas, mas estavam fora do contexto ideal para se perceber o que ocorria. Em meio ao tumulto, Sandra abriu passagem entre a massa de curiosos e com muito esforço conseguiu subir até a galeria. Já havia dois ou três seguranças tentando retirar os convidados do local e bloquear a passagem. Seja lá o que estivesse acontecendo, parecia grave.

— O que está acontecendo aqui?

— Você ainda não sabe? É aquele publicitário, o mais novo, Evandro... Parece que está morto — alguém respondeu, apontando para o corpo.

— Morto?

Como Evandro Jordel estaria morto? Ela estava junto a eles há pouco menos de trinta minutos! Sandra sentiu um leve tremor, que se espalhou rapidamente por todo o seu corpo. Ela estava acostumada a ter acesso àquele tipo de notícia e já havia estado em muitas cenas de crime e assassinato, mas não esperava encontrar alguém tão próximo naquele estado.

— Alguém já chamou a polícia ou os paramédicos? — Sandra fez a pergunta já percebendo que a segunda opção era inútil.

— A polícia está a caminho — respondeu Ronil, aparecendo também. — Mas por Deus, quem se atreveria a cometer uma loucura destas, justo aqui?

— O que aconteceu com meu irmão? — Eles ouviram a voz exaltada de Simão pelas escadas internas do Teatro Municipal. Ele chegou como um raio e, desesperado, lançou-se sobre o corpo e começou a procurar pelo pulso do irmão. Todos se adiantaram para tentar acalmá-lo, mas ele se recusava a deixar o irmão. Seus lábios tremiam, e parecia que estava à beira de um colapso nervoso. — Me deixem! Por favor... Me soltem! — As lágrimas rolavam pelos seus olhos enquanto sacudia o irmão.

— Alguém desmaiou? Alguém... — Era Rogério que, como os outros, foi atraído pela confusão. No momento em que Simão viu Rogério se aproximar, partiu para cima dele, a multidão teve que apartar.

— Foi você, seu desgraçado! Você matou Evandro! Eu vi! Vocês discutiram e até um segurança veio separar.

Foram necessários mais de cinco pessoas para segurar Simão e contê-lo. Rogério, ao ver a cena de Evandro com a adaga cravada no peito, pareceu ficar constrangido.

No meio da agitação, Sandra pareceu ver no meio dos inúmeros curiosos Elcy Fanny, que logo sumiu no meio da multidão.

Ela aproveitou que todos tinham se voltado para a confusão de Simão e Rogério e se abaixou junto ao corpo para observar melhor. Todos tinham a atenção voltada para o ocorrido, mas parecia que ninguém estava percebendo o óbvio: o assassino, provavelmente, ainda estava ali, junto deles.

* * *

Sandra observou a adaga cravada no peito do morto. Poderia alguém ser morto com uma facada e ninguém perceber? A resposta, provavelmente, era sim, ainda mais se a vítima estivesse alcoolizada do jeito que Evandro estava e com quase ninguém naquela parte do teatro, tudo isso aliado à música alta do ambiente. Ele poderia ter sido golpeado sem chamar a atenção. Mas por quem? E por quê? De fato, Rogério e Evandro discutiram. Havia algumas testemunhas, mas dizer que ele matara Evandro era muito precoce. Ela percebeu algo brilhando no chão perto dos pés do cadáver. Apanhou rapidamente e verificou se tratar de uma pequena abotoadura dourada. Era uma abotoadura bonita, com uma gravura em alto relevo, quase imperceptível. Teria caído de algum espectador de noites anteriores? Ou se desprendido do próprio assassino? Sandra aproximou-se e, estupefata, constatou que se tratava do símbolo de uma suástica! Um dos mais conhecidos símbolos do Nazismo.

Quatro

Sandra permaneceu estática, olhando para a abotoadura em sua mão. Teria aquilo alguma ligação com a morte de Evandro? Muita coincidência ele ganhar um prêmio por uma peça publicitária que repudiava e denunciava o preconceito ainda existente nos dias de hoje, relacionando ao terror da época do império nazista, e agora aquela abotoadura com uma suástica gravada caída ali, na cena do crime!

Ela não podia perder o foco! O assassino provavelmente ainda estava ali. Resolveu guardá-la e depois apresentaria para a polícia. Não queria correr o risco de mencionar a abotoadura, havia muitos curiosos no entorno, e poderia haver mais vestígios que, se quisesse, o assassino poderia facilmente apagar, eliminando possíveis provas.

A polícia havia chegado e interrogava o garçom, branco como papel. Simão Jordel estava sentado olhando para o prêmio que o irmão havia acabado de ganhar; os olhos vermelhos injetados, os lábios pareciam balbuciar algo ininteligível.

Sandra aproveitou que ninguém prestava atenção nela, retirou seu smartphone da pequena bolsa incrustada de pontos brilhantes e começou a fazer algumas anotações no bloco de notas:

1. Por qual motivo assassinaram Evandro Jordel?

2. Onde estava Rogério no exato momento da morte de Evandro, já que havia discutido com ele momentos antes?

3. E Elcy Fanny que, até pouco tempo atrás, dizia amar tanto Evandro? Por que não expressou qualquer reação ao vê-lo morto?

4. O que acontecera de anormal para o segurança, momentos antes, ter se portado daquela forma tão estranha, como se perseguisse alguém? Teria acontecido alguma falha de segurança, e pessoas não credenciadas teriam circulado pelo evento?

Teria que checar estas e outras informações. Principalmente o fato de algum skinhead ou neonazista ter cometido o crime.

Ela olhou para a poltrona de onde o cadáver de Evandro estava sendo removido pela polícia técnica. O teatro começou a ser esvaziado. O evento havia terminado de forma trágica!

— Sandra! — Era Ronil, esbaforido e ansioso. — Quero que você se atenha a cada detalhe, este caso vai ter repercussões bombásticas! Que loucura isto!

— A polícia já tem novidades?

— Não. Nada por enquanto, mas nenhuma hipótese está descartada.

— Não é possível que em um lugar abarrotado de gente e cercado por seguranças ninguém tenha visto nada!

— Não há circuito de gravação interno no teatro — respondeu Ronil e reparou que um dos portais na sala ao lado, que dava para a sacada, estava aberto. — Estes portais não deveriam estar fechados? O acesso às sacadas não é apenas para os funcionários do teatro que fazem a manutenção da arquitetura lá fora? — ele completou, já na sacada.

Sandra saiu do teatro e uma lufada de ar frio a recebeu.

— Sim, temos que verificar se ela foi deixada aberta para proporcionar uma boa vista e ar fresco aos convidados, ou...

— ... Se ela foi deixada aberta propositalmente para que alguém fugisse por ela — concluiu Ronil, olhando para Sandra de forma enigmática.

Os dois avançaram pela sacada iluminada fracamente por alguns holofotes. Sandra olhou para as esculturas de pedra, que há dezenas de anos ornamentavam o alto do Teatro Municipal; as órbitas vazias nos rostos das estátuas góticas pareciam observar Sandra de forma macabra.

— Deve ter alguma saída por aqui, Ronil! Alguma passagem por onde o assassino tivesse acesso à rua por uma escada de serviço, sei lá, sem precisar passar pela segurança na porta principal. Afinal, aqui é muito alto, seria impossível alguém pular daqui sem se arrebentar todo!

— Sandra, veja, há uma portinhola ali naquele canto. Deve ser alguma passagem ou escada de serviço que ofereça acesso à rua sem precisar passar pelo salão principal! Se realmente o assassino não for um dos convidados para o evento, esta porta deve estar aberta.

Os dois avançaram cautelosos até a portinhola. Ela deveria estar destrancada! Era a única forma de o assassino ter fugido sem ser alguém da própria festa! Caso contrário, a certeza seria absoluta de que o assassino era um conhecido. Alguém que, provavelmente, seria frio o bastante para assassinar e ficar por perto para ver o resultado de seu trabalho sujo, alguém que conhecia a vítima!

Ronil respirou fundo, e Sandra observou que a testa dele estava coberta de suor. Ela também suava. Ele estendeu a mão e forçou a maçaneta, a porta não se moveu um milímetro sequer. Estava trancada!

Os dois se entreolharam em silêncio. Sandra ouviu as doze badaladas do sino da Catedral do Mosteiro de São Bento. Consultou o relógio, marcava meia-noite.

Cinco

SANDRA ESTAVA DENTRO DO teatro novamente. Ela e Ronil acompanhavam os trabalhos da polícia que havia chegado. Souberam que doutor Matarazzo, o delegado local, estava cuidando do caso.

— Delegado, alguma novidade? — perguntou Sandra.

— Olá, jornalista! — respondeu Matarazzo. Ele sempre se dirigia às pessoas pela profissão. "Olá, ascensorista" ou "Bom dia, advogado". Devia ser extremamente irritante ter de conviver com ele. — O garçom parece estar em choque, não vai nos ajudar muito hoje. Primeiro terá que se acalmar. Apuramos que ele não sabe de muita coisa, mas já identificamos que foi latrocínio, roubo seguido de morte. De qualquer forma, interrogaremos outros funcionários amanhã pela manhã. Copeiros, garçons, porteiros, faxineiros e músicos. Se sentirmos necessidade, interrogaremos, um a um, todos os convidados nos próximos dias.

— O senhor está dizendo que houve latrocínio? — Sandra sentiu vontade de gargalhar na cara do delegado, se isto não fosse tão inadequado e a morte não fosse de alguém que ela admirava e conhecia. — Mas isso é um absurdo, delegado! Este teatro está rodeado de seguranças, quem se atreveria a entrar aqui para roubar?

— Senhora jornalista — o delegado prosseguiu, com certa impaciência e ironia nas palavras —, não sei se já se deu conta disso, mas estamos no centro de São Paulo! São Paulo! Uma cidade pitoresca e fascinante, mas que, às vezes, pode ser bem perigosa. Você não faz ideia do que alguns elementos são capazes de fazer por uma carteira recheada e um relógio de ouro.

— Mas para que o assassino entrasse, seria necessário um convite! Não imaginou que o assassino pode ser um dos convidados? — ela rebateu.

— Jornalista, o papel da polícia, neste caso, não é imaginar nada. Não somos escritores de novelas, nosso papel é apurar fatos e prender os culpados. Por enquanto, nenhuma hipótese será descartada. Agora, com licença, a polícia técnica está terminando de remover o corpo. — Doutor Matarazzo se virou dando fim à conversa.

— Só mais uma pergunta, doutor. — Ele se virou. No rosto, uma expressão impaciente. — Só levaram a carteira e o relógio?

— Não — ele respondeu contra a vontade e com uma expressão especulativa, dando ênfase ao final —, parece que sumiu também a grossa aliança de noivado que a vítima usava.

Seis

ELA CORRIA DESESPERADA PELA casa, tentando manter distância de seu perseguidor. Sabia que se ele a alcançasse seria seu fim! Subiu as escadas correndo e, pelo som das pisadas logo atrás de si, sentia que estava em seu encalço, aproximando-se cada vez mais... Entrou em seu quarto e fechou a porta com uma batida. Podia sentir a adrenalina sendo liberada em seu organismo e o pânico, retardado pela correria, vinha agora, de uma única vez. Logo após trancar a porta, ela foi forçada, seguida por um barulho de socos e pontapés. Ela puxou uma escrivaninha tentando reforçar a segurança, mas era grande e pesada, ela não conseguia tirar do lugar. Tentou gritar, mas no lugar da voz saiu apenas um grunhido, parecia que não tinha forças suficientes para emitir qualquer som.

A porta continuou sendo forçada e esmurrada, mais um pouco e ela cederia! Ouvia a respiração dele através da porta, e seu coração dentro do peito saltava. Mais pontapés na porta e ela ouviu um som gutural.

— Vamos! Abra a porta agora! — Ele respirava com sofreguidão. — Vou arrombar esta porta, e você vai se arrepender...

Sandra sentou no chão, as lágrimas escorrendo pelo rosto. Se a porta cedesse, ela estaria perdida! Apurou os ouvidos e, por um instante, tudo pareceu silenciar! Será que ele havia desistido? Ou simplesmente esperava que ela abrisse a porta, para conferir, e a pegaria de surpresa?

Continuou imóvel, escutando em silêncio, quando percebeu qual era a intenção dele. A cortina dançava pela janela de seu quarto com o vento que vinha da noite escura. A janela estava aberta! Era isso. Ele daria a volta e entraria pela varanda. Como havia se esquecido da janela aberta? Sandra tentou mover as pernas e levantar correndo, mas, para seu desespero, elas não obedeciam. Então, começou a se arrastar em direção à janela. Precisava fechá-la antes que ele desse a volta e entrasse no quarto. Talvez, se gritasse, alguém a escutaria! Abriu a boca em pânico, o coração aos pulos, mas não conseguiu emitir nenhum som. Chegou à janela, estendeu o braço em direção ao trinco, mas cinco dedos de ferro, vindo do lado de fora da janela, o seguraram. Ela tentou gritar, apenas um som engrolado foi emitido. A cortina foi puxada para o lado, e ela viu o rosto do pai. Estava vermelho. Uma expressão de ódio estampada.

— Quero ver você fugir agora, sua vagabunda! Sandra, Sandra, temos contas a acertar...

— Não! Por favor... — Foi um grito de terror.

Sandra impulsionou o corpo para trás e, com uma das pernas, agilmente atingiu o peito do pai, que se desequilibrou e caiu do parapeito, mergulhando do segundo andar em queda livre...

Sandra gritou. Dentro da sua cabeça um turbilhão de pensamentos. Agora ela seria presa. Tinha matado o próprio pai... ela era um monstro. Ouviu a sirene da viatura que se aproximava, eles a prenderiam, e o país inteiro a condenaria antes mesmo de ser levada a um tribunal. A sirene continuava a soar cada vez mais alto, parecia tocar dentro da sua cabeça...

Sandra pulou da cama, estava toda molhada de suor, seu despertador tocava sem parar. Olhou ao redor, assustada. Ainda sentia no braço a pressão dos dedos dele. Ligou o abajur e tentou controlar a respiração, olhou para o relógio de cabeceira: quatro horas da manhã. Mais uma vez aquele mesmo pesadelo, que se repetia, dia após dia, pelos últimos doze anos. Ela ligou a luz, e virou para o lado sabendo que seria difícil dormir de novo.

* * *

O telefone estava tocando. Era pouco mais de sete da manhã e Sandra estranhou um telefonema tão cedo:

— Alô!

— Bom dia, Sandra. — Era Ronil, com certeza ainda sobre o caso do Teatro Municipal, que teria ampla repercussão. — Dormiu bem?

— Não foi uma das noites mais maravilhosas da minha vida, mas...

— Tudo bem, tudo bem... sei que a noite foi agitada. Teremos reunião sobre a pauta do jornal de hoje dentro de trinta minutos. Te espero aqui na redação! Nem preciso lhe dizer qual será a manchete, não é? Venha preparada!

A linha ficou muda, Sandra olhou para o telefone.

— Certo, já estou chegando. Um bom dia pra você também, Ronil.

Era melhor mesmo tomar um banho e ir pensar em outra coisa. Em casa, não conseguiria descansar. Ainda estava atordoada pelo ocorrido na noite anterior, e o sono não tinha a ajudado a relaxar.

Sandra morava em um prédio antigo, mas bem localizado, no centro da cidade, nas imediações da Avenida Paulista. Gostava de poder ir a pé ao Parque do Ibirapuera nas manhãs de domingo. Sentia-se morando em um cartão postal! São Paulo era linda, e, às vezes, assustadora.

O prédio em que estava morando, apesar de não ser luxuoso, era muito limpo; os vizinhos amistosos e ainda tinha a dona Margarida, a simpática e gorducha senhora, que tinha uma espécie de restaurante no mezanino do prédio. Era lá que Sandra se sentia em casa, quando descia para tomar café ou almoçar, nas raras vezes em que estava em casa.

Dona Margarida cozinhava bem, e sua comida trazia a sensação de "comida da mamãe". Havia até turistas que queriam provar seus pratos em seu modesto restaurante. Talvez fosse por causa dela que Sandra ainda não havia se mudado dali agora que tinha melhores condições financeiras para isto. Dona Margarida representava para Sandra – sozinha no mundo – uma figura maternal, e, pelo menos uma vez por semana, ela a surpreendia com um delicioso jantar em sua casa, já que tinha cópias das chaves do apartamento dela. Dona Margarida fizera a manutenção do apartamento enquanto ela estava fora do país e fazia questão de dizer à todos, orgulhosa, que Sandra Garcia, a correspondente internacional do jornal da TVG, era uma das clientes de seu restaurante.

* * *

Era uma manhã clara de sol, mas bastante fria, em São Paulo. Sandra percebeu, logo ao chegar, a agitação na redação do jornal. O clima era de tensão e muito trabalho. Ela avistou Ronil gesticulando na sala de reuniões. Ele era um dinossauro da TVG! Fazia parte da emissora há mais de quarenta anos. Começou como substituto de repórter e, aos poucos, foi galgando os degraus de seu crescimento.

Ela cumprimentou rapidamente a todos e se sentou.

— Sandra, vamos fazer algumas tomadas externas do teatro, e você fará a narração dos fatos ocorridos.

Ronil delegava a cada um as atividades do dia. Havia operadores de câmera e cabos, popularmente conhecidos como *caboman*; iluminadores; e redatores, que escreviam as notícias da forma em que o jornalista as leria no ar através do *teleprompter*. Ronil se orgulhava de manter uma das equipes mais fortes do telejornalismo a todo vapor.

Sandra reparou que, ao lado de Ronil, estava um desconhecido, que acompanhava a reunião e fazia algumas anotações. Sandra se recordou de tê-lo visto junto aos diretores na noite anterior.

– Quero aproveitar para apresentá-los o mais novo membro de nossa equipe: Fábio Guedes! Ele será o diretor de externas e matérias especiais, já que assumo a partir da semana que vem o jornal da meia-noite. Para quem não o conhece, ele já atuava na direção de externas para documentários e séries na área de teledramaturgia. Trabalha na TVG há algum tempo e agora estará integrando nossa equipe.

Todos desejaram boas-vindas a Fábio, e Sandra aproveitou para questionar o caso de Evandro:

— Ronil, pretendo fazer mais do que uma simples reportagem sobre o caso do Evandro. Acredito que uma série de reportagens investigativas seria interessante, e ainda ajudaria na elucidação do ocorrido. Com tanta coisa acontecendo, é uma forma de não deixar este crime cair no esquecimento e ficar impune.

— Sandra, também sinto muito pelo que aconteceu, mas acho exagero uma série de reportagens investigativas. Ele também era meu colega de trabalho, vamos dar foco ao caso, mas não sei se é um assunto para queimarmos cartucho. O que acha, Fábio?

Fábio, recém-apresentado à equipe, foi pego de surpresa. Sua função seria de diretor de externas e não esperava que tão rapidamente fosse chamado para opinar em algo tão importante.

— Bem, eu acredito que, por ora, o caso já está pré-solucionado, não? — ele se manifestou pela primeira vez. — Já está certo que foi latrocínio, roubo seguido de morte, pelo que a polícia tem divulgado. O que temos que fazer é pressioná-los para verificar se já sabem quem foi o assassino! No mínimo algum delinquente... Mas concordo com a Sandra que não deixar o tema esfriar seja uma obrigação nossa.

Sandra prosseguiu:

— Ronil, não quero falar o que todos os outros jornais estão falando, quero coisa nova! Apontar novos caminhos e ajudar na investigação de um colega nosso que foi brutalmente assassinado.

— Bom, se querem minha opinião — começou Estela, uma das redatoras do jornal —, o caso vai dar muito pano para manga ainda. O jornal O Estadão publicou uma manchete hoje como "O misterioso caso do Teatro Municipal", já outro vespertino sensacionalista publicou como "Morte no Municipal".

— Este é o problema da imprensa escrita: muita fantasia, pouca realidade. Não podemos transformar este caso em novela policial! Devemos informar o que é fato, não que eu não goste de novelas, aliás, venho desta área... — Fábio fez uma pausa, sorrindo, e houve um risinho coletivo abafado na sala da redação. Sandra o odiou por isso.

— Eu concordo com Fábio — Ronil prosseguiu —, um companheiro nosso foi assassinado, mas não quero que isso nos faça perder o foco do jornal. Temos que pressionar para que a prisão deste delinquente aconteça rápido.

Sandra estava ficando impaciente. Talvez devesse ser mais cuidadosa. O tempo de correspondente havia passado, não precisava ficar se metendo em encrenca. Era sentar como âncora do jornal e repassar notícias sem mexer uma só palha. Mas quem ela estava tentando enganar? Este não era o seu método. Queria participar, levantar pontas soltas, descobrir quem matara Evandro. Resolveu, então, reforçar suas ideias:

— Ainda não creio em latrocínio. Em pleno Teatro Municipal? Em uma noite de evento? Meus caros — disse ela em tom de deboche —, sejamos menos ingênuos. Quem garante que não houve um assassinato premeditado, com roubo dos pertences para desviar as suspeitas? Não acham estranho o fato de ele ter discutido com Rogério ontem? E Elcy, onde estava no momento em que ele foi morto? Outro detalhe: alguém já falou com aquele segurança que parecia ter rodinhas no pé e estava com cara de assustado? Teria sido uma invasão? Seria uma vingança de skinheads ou neonazistas contra um negro que se destacava pela luta contra o racismo?

— Sandra, por Deus! Não acha que está imaginado coisas? Talvez lendo muito romance policial...

— Ronil, apenas estou tentando levantar uma hipótese que nos ajude a chegar a algo mais plausível do que um assaltante em pleno Teatro Municipal furando uma barreira de seguranças, para roubar e depois matar um homem tão bêbado que nem força deveria ter para reagir a um assalto! — Sandra foi mais enfática do que pretendia. Todos a olhavam calados.

Um telefone insistente tocava na mesa da redação. Sonia, a secretária, atendeu, todos voltaram à discussão:

— Eu entendo, Sandra. Ontem, enquanto eu observava a sacada com você, muitas coisas me passaram pela cabeça. Mas a uma hora dessas o delinquente deve estar vendendo o relógio de Evandro para algum receptor sacana pela metade do que ele vale, ou simplesmente o trocando por tóxicos e gastando seu dinheiro... – Sonia abriu a porta e interrompeu Ronil.

— Senhor Ronil?

— Fala Sônia! Você não percebe que estou no meio de uma reunião importante?

— É que... bem... Era da equipe do doutor Matarazzo...

— E? — Todos ficaram em silêncio.

— O senhor sabe, não é, o delegado encarregado do caso de ontem?

— Não me diga. É lógico que eu sei quem é o doutor Matarazzo. Alguma novidade? — Ronil estava perdendo a paciência.

— Bom, creio que sim... Um faxineiro do municipal encontrou, hoje pela manhã. — Era nítida a consternação no rosto de Sônia. — Enquanto fazia a limpeza, a carteira e o relógio do Evandro jogados atrás de uma das esculturas de pedra do teatro.

Sete

Sandra estava junto com Simão na sala de Matarazzo. Ele era um policial experiente, e apesar do tratamento peculiar com as pessoas, tinha olhos inteligentes de quem já havia visto de tudo. Beirava os 45 anos, era negro e alto, já perdendo o porte atlético de outra época. Tinha uma expressão séria e dura. O clima na sala era muito ruim. O delegado não queria liberar a entrada de Sandra, só cedeu após os protestos de que ela estava ali não como jornalista, mas como acompanhante do irmão da vítima. A aparência de Simão era sofrível, bolsas escuras sob os olhos demonstravam que ainda não havia pregado os olhos. A pequena delegacia de pedra instalada num casarão no centro velho da cidade, mais precisamente na Liberdade, estava claramente necessitando de reformas. Na porta, alguns veículos de comunicação esperavam alguma novidade do caso.

Doutor Matarazzo cumprimentou-os e, apertando um botão no telefone da mesa, chamou um guarda, ordenando que trouxesse os pertences.

O guarda chegou em alguns minutos com um saco plástico, de onde retirou uma carteira e um relógio dourado:

— Reconhece o relógio e a carteira? — questionou à Simão.

— Sem dúvida alguma eram de Evandro! — Simão suspirou e recostou-se na cadeira. Ele apertava o relógio entre os dedos, como se ainda pudesse encontrar nele alguma vitalidade de seu falecido irmão.

— Alguma pista do delinquente?

— Mantenha a calma, por favor. Sei que não é fácil, mas estes objetos mostram que já tivemos um progresso nas investigações. Não prendemos ninguém por enquanto, mas foram achados dentro do próprio salão do teatro, o que dá uma nova luz ao caso, e nos faz repensar se realmente foi latrocínio.

Sandra deu um leve sorriso e indagou:

— Doutor Matarazzo, eu já havia levantado esta hipótese no dia. Se a polícia tivesse me dado ouvidos...

— Na realidade, Sandra Garcia, você está aqui por ser próxima do irmão da vítima — doutor Matarazzo prosseguiu — e por ter estado presente na data do ocorrido, mas não pense que terá privilégios jornalísticos, não será nada diferente daquela massa de repórteres que estão se espremendo lá fora agora! Quero deixar claro que o que vou dizer a vocês agora são informações confidenciais! Cremos que a pessoa que matou seu irmão tenha agido com um propósito muito diferente de subtrair-lhe os bens, já que os deixou no local, e trata-se de um relógio de ouro e a carteira tem uma boa quantia de dinheiro...

— Mas por qual motivo alguém mataria meu irmão? Ele não tinha inimigos!

— Um homem sempre tem inimigos! Principalmente um homem que veio da periferia e fez fortuna rapidamente. Sem contar que seu irmão tinha acabado de ganhar um importante prêmio. Aliás, um cobiçado prêmio de publicidade. Talvez algum concorrente que teve seu orgulho ferido, um antigo relacionamento amoroso, ou uma briga anterior ao evento. São inúmeras questões, e nada será descartado agora.

— Eu não sei... Mas que droga! Como pode o responsável por uma morte ainda estar solto? Não quero acusar ninguém sem provas, doutor Matarazzo, mas tenho motivos pra crer que Rogério teve culpa na morte de meu irmão. Eles brigaram e se ofenderam no dia da morte de Evandro. No começo, não pensei que ele pudesse ter feito isso, afinal havia o roubo do relógio e da carteira, mas agora começo a pensar que...

— Fique calmo, Simão, o faxineiro que encontrou os objetos parece ter algo interessante para nos contar. Ele estava de plantão ontem quando viu algo suspeito. Como o sujeito estava meio embriagado quando encontrou as coisas hoje pela manhã, mandamos ele comparecer agora à tarde para prestar esclarecimentos. Ele estava em serviço na noite do crime, viu algo estranho acontecer, mas não deu atenção. Agora ele diz ter pistas que podem indicar quem matou seu irmão, então em questão de horas o assassino estará preso! Hoje, às quatorze horas, ele estará aqui depondo.

* * *

O Centro de São Paulo era uma profusão de corpos apressados. As pessoas andavam de um lado para outro sem olhar para os lados. Pessoas de todas as raças, idades, cores, nacionalidades, pareciam estar atrasadas para algum compromisso, dando a impressão de um formigueiro em plena atividade em um dia de chuva. Entre a multidão caminhava um homem em ritmo desacelerado, sem demonstrar preocupação. Era branco, alto, tinha a cabeça raspada e, apesar de não estar tão frio, vestia um blusão de couro bem largo que cobria dezenas de tatuagens. Pensava na missão que tinha pela frente.

Não estava nervoso, sentia até certa empolgação, como sempre acontecia quando era contratado para aquele tipo de serviço. Tocou com a ponta dos dedos o cabo da pistola dentro do blusão e sentiu, ao andar, a pressão que a adaga fazia no vão entre a sua cintura e as costas, onde ela estava camuflada.

Passou pela rua Barão de Itapetininga e pelo Vale do Anhangabaú. Avistou um prédio de pedra bem antigo, caindo aos pedaços. Era feito de um bloco resistente e devia estar ali há mais de duzentos anos. Conferiu o número do prédio, era aquele mesmo! Não sabia qual era o andar do apartamento. O prédio estava bem decrépito, não tinha porteiro. *Melhor assim!* Entrou no bar em frente, pediu uma cerveja e perguntou ao dono:

— Você sabe em qual apartamento mora o Juarez?

— Juarez? Não conheço, meu chapa!

— Um tipo nordestino, que mora sozinho.

O dono fez cara de quem força a memória:

— Não, não conheço... Juarez... Nordestino?

— É, meu primo! Faz tempo que não o vejo — mentiu o careca do blusão, para inspirar confiança. — Estou de partida para o norte, queria me despedir dele. Fiquei sabendo que está morando aqui no número 180, mas não sei o apartamento! Ele é faxineiro no municipal.

O semblante do comerciante se iluminou:

— Faxineiro do municipal! Por que não disse antes? É o Juca Pinguinha! Nem sabia que seu nome é Juarez. Mora no 72. O senhor é primo dele? Sabe que nem parece? Ele trabalha de manhã no municipal, mas a essa hora da tarde deve estar desmaiado. Sabe como é, né? Seu primo bebe um pouquinho além da conta — respondeu o comerciante, dando uma risada torta.

— Bom, então deixa eu dar um tchau antes que ele beba demais e não me reconheça. — Ele jogou uma cédula sobre o balcão. — Pode ficar com o troco.

Subiu as escadas rumo ao 72. *O que será que aquele homem tinha feito para alguém ter o contratado para matá-lo? Melhor nem saber*. Sua parte no serviço era só liquidá-lo!

— Hora de dizer adeus, Juca Pinguinha!

* * *

Naquele dia, Sandra ligou diversas vezes para a delegacia para saber se o depoimento do faxineiro alterava algo no rumo das investigações. Ele havia marcado às 14h com o delegado Matarazzo, mas já passava das 15h e ele ainda não havia comparecido. Sandra se questionava sobre o motivo. Ela já havia falado com Simão, o maior interessado nas novidades. Ele ainda estava muito abalado e nem um pouco mais conformado com a notícia do que no dia anterior. Ela estava prestes a roer as unhas de tanta ansiedade.

Perto das 16h a espera teve fim: recebeu a notícia de que dois policiais foram até a quitinete de Juca e encontraram a porta apenas encostada, como era de costume, segundo alguns vizinhos. O rádio estava ligado e Juca estava morto na banheira, afogado e, aparentemente, sem sinais de violência!

* * *

A noite caía em São Paulo, tingindo o céu de laranja e de um azul quase roxo. Um vento frio soprava balançando os galhos das árvores. Sandra estava estupefata dentro do carro da TVG. Quem dirigia era Fábio, estavam indo para a delegacia. Aquele caso estava um verdadeiro pandemônio. Eles mal conseguiam finalizar um texto para ir ao ar sem que novos fatos ocorressem.

Fizeram um take externo com a delegacia ao fundo. Sandra dava ênfase à novidade do caso: a principal testemunha, que tinha, inclusive, achado os pertences que mudavam o crime de latrocínio para assassinato, também estava morta agora. Sandra ainda estranhava a presença de um desconhecido ao seu lado, mas Fábio, rapidamente, mostrou-se muito eficiente nas gravações e bastante competente nas tomadas que realizava.

Ao acabar a curta gravação, ela viu Simão saltar de um táxi e foi ao seu encontro. Com sorte entraria novamente com o irmão da vítima na sala de Matarazzo.

* * *

De volta à sala de Matarazzo e acompanhada de Simão, ela questionava:

— Acredita que a morte deste pobre homem também seja uma coincidência, doutor Matarazzo?

— Cara jornalista, quem faz as perguntas aqui sou eu! Ou quer que a mande se retirar para que espere junto aos demais jornalistas na recepção? Já disse que estamos levantando todas as hipóteses!

— Morto na banheira? — questionou Simão.

— Pois é, publicitário, consegue acreditar? O único luxo deste faxineiro do municipal era habitar um prédio — ele pareceu cuspir as palavras — que mais parecia uma favela em pé. Um verdadeiro cortiço, com a vantagem de ter uma banheira. Segundo os vizinhos, a vítima era alcoólatra e quase sempre deixava a porta da residência sem a tranca, apenas encostada. Mais de uma vez teve que ser socorrido por vizinhos em coma alcóolico e princípio de convulsões. Já havia sido alertado a não se demorar na banheira.

— E os vizinhos? Alguém ouviu algum grito? Viu algo estranho?

— Por enquanto, nada. O prédio, como já disse, é bastante precário, sem porteiro e muito menos circuito interno. Ninguém ouviu gritos. Temos apenas o corpo dele boiando na pequena banheira e sem sinais de violência.

Sandra revirou os olhos. Doutor Matarazzo se dirigiu a ela:

— Sei o que está pensando, jornalista! Também gostaria de acreditar que ele foi assassinado e recebeu uma visitinha do Saci Pererê e da Mula sem cabeça para eliminá-lo, porque ia nos dar uma pista importante, mas o fato é que havia duas garrafas de cachaça no chão do banheiro, sendo uma vazia e a outra pela metade. O superior dele no teatro também confirmou que ele andava bebendo demais e, inclusive, andava faltando em alguns plantões.

Sandra se pôs de pé com um muxoxo e apanhou sua bolsa.

— Vamos aguardar o resultado da perícia. Ainda é cedo para ter qualquer conclusão sobre o que houve.

Sandra sentiu pena de Simão e perguntou se queria que o acompanhasse até sua casa. Ele agradeceu e seguiu de táxi.

Ela voltou para a emissora para mais uma edição do jornal. Não via a hora de terminar e voltar para casa e descansar. Estava exausta. Que aquela noite não tivesse nenhum pesadelo.

Oito

Sandra dormiu feito uma pedra e sonhou com adagas, suásticas e cadáveres em poltronas do Municipal. Levantou-se e tomou um xícara quente de chá-mate, olhou para o relógio e pensou em se exercitar, mas não conseguia pensar em nada além da morte recente de Evandro e do faxineiro do teatro. Tomou um banho e resolveu ir para a redação da TVG. Precisava colocar a cabeça em ordem e tocar os projetos parados. A Semana Santa estava chegando e Ronil já havia comentado que queria uma série de reportagens com crimes mencionados na Bíblia. Era um tema que estava em voga e parece que uma emissora concorrente até estava ganhando audiência com novelas bíblicas, então eles precisavam se mexer rápido.

* * *

Na redação do Jornal da TVG, Sandra estava sentada em frente ao computador, pensativa. Os amigos conversavam animadamente, aproveitando uma pausa das gravações enquanto tomavam chá. Parecia estar entretida com o grupo, que conversava sobre os tempos de criança, a escola, mas seu pensamento estava no mistério do Teatro Municipal. Quem matou Evandro Jordel teve o cuidado de retirar os pertences mais valiosos para simular um roubo, mas com medo de ser revistado ao sair do teatro, se precipitou e jogou a carteira e o relógio por ali mesmo. Este foi o erro do assassino.

Sandra tomou água se indagando como alguém pôde matá-lo ali, na presença de todos! Lembrou-se da abotoadura que estava em sua bolsa. Ela havia encontrado no chão próxima ao cadáver. Seria uma prova? Seria hora de passar essa informação para a polícia? Na correria, havia até bloqueado mentalmente essa informação.

Pegou a abotoadura e observou mais atentamente. Uma cruz suástica? Nazistas? Não, não poderia ser. Sandra entrou em um site de buscas e, no campo de pesquisa, digitou: "cruz suástica". Em poucos segundos, o resultado das buscas apareceu, revelando várias informações sobre Hitler e a segunda guerra mundial. Tudo coisa velha. Nada que Sandra já não soubesse, ou que já não tivesse estudado. Mas, no final da página, Sandra encontrou uma informação que lhe pareceu valiosa, era uma pequena matéria que dizia:

Grupo dos carecas ataca e mata outra vez

Quatro rapazes com a cabeça raspada vestindo blusões de couro atacaram e mataram um homossexual em plena Praça da Sé. O crime aconteceu na noite desta segunda-feira e a polícia trabalha com a hipótese de homicídio por preconceito. Testemunhas disseram que os homens eram extremamente fortes e violentos.

O grupo dos carecas é formado por adeptos de Hitler e atacam, principalmente, negros, judeus, nordestinos e homossexuais. A polícia já prendeu um dos assassinos e diz ter pistas para encontrar os outros três.

A reportagem era de quase dois anos atrás. Abaixo da reportagem, Sandra viu uma foto do acusado. Era realmente forte, tinha a cabeça raspada e um brilho maldoso nos olhos, seu blusão de couro tinha costurado na manga uma cruz suástica. Evandro havia ganhado o prêmio justamente por uma campanha publicitaria que fez sobre a igualdade e o combate ao preconceito.

Sandra fechou os programas que estavam abertos em seu computador e pegou o telefone para ligar para Matarazzo. Era hora de ele saber sobre a abotoadura e sobre as propagandas pelas quais Evandro havia sido premiado na noite de sua morte. Sandra releu a reportagem que havia impresso e parou na última frase:

O grupo dos carecas é formado por adeptos da filosofia de Hitler e atacam, principalmente, negros, judeus, nordestinos e homossexuais.

E Evandro era negro!

* * *

Sandra tentou, em vão, falar com o delegado Matarazzo. Ninguém atendia na sala dele. Foi até o refeitório da redação. Os amigos continuavam com a conversa, Sônia estava falando:

— Então, eu colocava a cola embaixo da saia e dava uma levantadinha nela na hora de colar. O professor não era louco de ficar olhando por baixo da minha saia. — Todos deram uma estrondosa gargalhada, Sandra sorriu ao passar por eles.

— Agora, imaginem a Sandra na escola, com certeza não deveria precisar de cola. Aposto que era muito dedicada, uma verdadeira nerd. Acredito que não faltava nem um dia na aula. — Era Nestor Campos, redator de política do jornal.

— Eu era bem estudiosa, sim, mas não chegava a ser nerd, Nestor!

— Ah, duvido, Sandra! Devia ser uma nerd, daquelas bem patricinha, hein? Aposto como seus pais a colocaram para estudar nas melhores escolas! Como era sua relação com seus pais, Sandra? Você nunca os menciona! — Perigo! Uma luz vermelha piscou na mente dela.

— Bem... normal. Relação de pai e filha. — Ela sorriu, mas até a ela soou falsa a declaração.

— Devia ter uma porção de garotos te paquerando na escola, não é, Sandra? — Fábio fez o comentário e se arrependeu na mesma hora, não acreditava que tinha falado aquilo! Justo para Sandra Garcia, que ele acabara de conhecer.

— Não me lembro bem, mas sempre tem alguém, não é? — *Mas que sujeito atrevido!* Pensou. Mal a conhecia e fazia esse tipo de pergunta.

— Você viajou por tanto tempo e agora que voltou mora sozinha! Sua família mora onde? — Era Sônia que tentava mudar o assunto.

— Minha família é bem restrita, praticamente só eu e meu pai. Ele é empresário, vive para os negócios. Mora na Escócia, tem uma empresa por lá. Só nos vemos em festas e ocasiões especiais. — *Mas que idiota*, pensou Sandra. Empresário? Escócia? — Agora, deixem-me ir. Ainda vou dar uma olhada na pauta de hoje. Semana de estreia, sabem como é! — Sandra se afastou com um sorriso nos lábios, mas por dentro seu coração estava aos pulos e sua mente havia regressado muitos anos, nos tempos de escola.

Nove

Serra Negra, dezoito anos antes.

SANDRA HAVIA NASCIDO E crescido em Serra Negra. Uma cidade pequena do interior de São Paulo, bonita e pacata, com pouco mais de quinze mil habitantes na época. Morava com a mãe, Rosangela, e o pai, Antenor, em uma casa muito humilde, em uma rua que fazia divisa com um condomínio de casas luxuosas. A casa de Sandra, apesar de ser um sobrado de dois andares, destoava das outras pelo aspecto simples e aparente necessidade de reforma. A fachada da casa, apesar da imponência herdada de outras décadas, agora descascada, gritava por uma demão de tinta.

Na escola, ela era apontada e tratada sempre como uma criança de outro planeta. Quase não tinha roupas decentes para vestir, seus sapatos estavam furados e as saias eram remendadas. Era muito magra e se sentia inferior às demais meninas. Faltava-lhe brinquedos e todos os mimos que as outras crianças tinham acesso. Talvez por isso, Sandra criava suas próprias brincadeiras, explorava a sua imaginação, e no faz de conta ela podia ser qualquer coisa, estar em qualquer lugar e ter tudo o que desejasse. Também criou o hábito de servir e nunca reclamar de nada. Estava sempre disposta a ajudar. Era simpática com todos e tentava sempre agradar. Não tinha amigos e as outras meninas pareciam ter vergonha de serem vistas circulando pelo pátio da escola ao lado dela.

Sandra sabia que sua condição financeira estava muito abaixo das demais crianças, mas nunca reclamava com a mãe, pois sabia o quanto ela sofria para sustentar a casa. O pai de Sandra era alcoólatra ou simplesmente "aquele bêbado", como alguns colegas mal criados de Sandra o chamavam para humilhá-la, desde que ela era apenas um bebê. A diferença estava em que, com o passar dos anos, seu pai pareceu trabalhar cada vez menos à medida que as doses de bebida aumentavam. A sensação era que a cada mês seu pai estava em um emprego novo. "Agora tudo vai dar certo", ele costumava dizer, mas logo estava sendo despedido outra vez por chegar embriagado à empresa. Não bastasse o vício no álcool, ele também havia começado a jogar! A impressão é que sempre estava precisando de dinheiro e seu salário mal sustentava seus vícios. O bom ânimo e a certeza de que tudo estava bem duravam até o momento em que os patrões descobriam seu vício. Com o passar do tempo, a situação do pai de Sandra só piorou: perdeu as últimas economias em jogos e bebidas, passava as tardes dormindo e as madrugadas bebendo pelos bares da cidade. Em poucos anos, o pai de Sandra aparentava ter envelhecido décadas, quase não tomava banho e sempre estava arranjando brigas.

Foi quando Sandra completou oito anos que ela viu seu mundo desabar! Era reunião de pais e filhos na escola, e ela estava dentro da sala de aula, esperando por sua mãe. Os pais de outros alunos chegavam e sentavam junto dos filhos. Sandra estranhou a demora da mãe. Os cuidadores de todos os alunos já haviam chegado, menos sua mãe, que não era dada a atrasos! A professora, visivelmente incomodada com a demora, a avisou que iria começar. Mal a professora terminou a sua terceira frase de abertura e a porta da sala se abriu com um surpreendente estrondo. Para infelicidade de Sandra não era sua mãe, mas o pai que havia chegado, visivelmente bêbado. Ele entrou com o rosto vermelho e Sandra encolheu-se na cadeira. *Não, na escola não!* Ouviu a voz de alguns alunos entre burburinhos assustados e risadas contidas. Alguém falou baixinho: "Papai, veja! Este pinguço invadiu a sala!" Outro: "Mamãe, será que ele confundiu a sala de aula com o bar?" Em seguida, mais risadas, agora acompanhadas de maldosas gargalhadas, algumas de adultos. A professora se adiantou:

— O senhor é pai de algum aluno aqui?

— Ele é o pai da Sandra, aquela menina esquisita. — Era a voz de Alicinha, filha de Astolpho, subprefeito da Cidade, que morava em uma das melhores casas do bairro e humilhava Sandra sempre que tinha a oportunidade.

Sandra sentiu o rosto corar e queimar. Teve desejo de que o chão se abrisse para que ela pudesse fugir daquela situação.

— Sou o pai de Sandra, sim — Antenor falou com a voz engrolada, cambaleando e exalando forte cheiro de álcool. — Vim saber, professora, se esta menina está mesmo... bem é... estudando!

— Senhor, peço que retorne em outra ocasião ou peça para a mãe da menina vir! — A professora não sabia o que fazer e estava tão constrangida quanto Sandra. — O senhor está alterado, peço que volte em outra ocasião e...

— Voltar o escambau! Voltar... o escambau! Quem é que tá alterado aqui? Ninguém vai me tirar daqui. Eu quero saber as notas dela. — Antenor, além de bêbado, agora falava alto.

Sandra estava tremendo. O que teria acontecido à sua mãe? Ela nunca permitiria que o pai fosse à escola naquele estado. Neste momento, a porta se abriu e dona Rosângela entrou. Tinha os olhos inchados, indicando que tinha chorado muito. Sandra se levantou em um pulo e foi correndo em direção à mãe.

— Desculpe, professora. Eu volto amanhã para conversar com a senhora. — Dona Rosângela pegou a mochila de Sandra e se encaminhou para a porta.

— Volta aqui... sua vagabunda! Volta com a minha filha! — Antenor gritava. A mãe de Sandra pegou-a pela mão e saiu da sala, Antenor foi atrás e a sala inteira observava impassível a movimentação. Assim que os três saíram, a professora fechou a porta, constrangida. Ana Lúcia, mãe de Alicinha, comoveu-se:

— Astolpho, não é melhor que você vá ver se elas precisam de ajuda? Aquele homem me pareceu meio maluco!

— Ana, são marido e mulher. Deixe que se entendam!

Mal acabou de falar, todos ouviram uma gritaria e um barulho como de um tapa, seguido do grito de dona Rosângela. Ninguém fez nada.

* * *

Sandra, desde cedo, percebeu que era uma garota talentosa. Gostava de pintar e desenhar e descobriu sua paixão pela leitura muito cedo. Nos livros, ela encontrava a porta de fuga de todo o sofrimento que sentia por causa do pai. Em casa, ele brigava e até batia nela e na mãe. Mas através dos livros Sandra poderia ser tudo o que quisesse: podia ir para Nova Iorque e ser uma grande estilista; podia resolver um caso de mistério na Inglaterra; ou simplesmente passear pelo Empire State Building ou pela Quinta Avenida e outros lugares. Lia romances e se imaginava na pele das personagens, conhecia pessoas atraentes, e sonhava com o dia em que pudesse viajar pelo mundo: "Um dia, vou ser muito famosa e viajarei por todos os lugares que eu quiser".

Através dos livros, Sandra aprendeu coisas que não teria como sem eles, pois não tinha condições de conhecer ou pagar. Aprendeu os nomes dos principais restaurantes, ficou a par dos grandes escândalos e crimes da história, desenvolveu raciocínio lógico de tanto ler livros de Agatha Christie e se encantava com a cidade de São Paulo, cidade que ela só conhecia através dos livros de Marcos Rey, e com eles era como se já estivesse na grande Paulicéia.

Com o hábito da leitura, Sandra foi apurando seus gostos, sua forma de falar e, à medida que lia e crescia, começou a despertar o interesse e a chamar a atenção dos professores e adultos em geral por ser uma garota que tinha assunto para tudo. Conhecia de tudo. Tinha sempre uma opinião com bom humor para dar. Ela viu, com o tempo, centenas de colegas sem acesso à cultura que se lamuriavam por isso, cresciam sem perspectiva e se conformavam com o que a vida oferecia, sem fazer nada para mudar seus destinos. Sandra não se conformava! E descobriu, na biblioteca perto da escola, uma forma de enriquecer seu conhecimento sem precisar gastar nada. Seu sonho era ganhar dinheiro, conhecer o mundo e tirar a mãe daquela vida privada de prazeres e carregada de tantos sofrimentos.

Ao completar quatorze anos, Sandra começou a procurar trabalho. Era uma idade difícil de arranjar emprego registrado e, sem carteira assinada, quase não havia vagas em sua cidade. Ela ajudava a mãe, a única que trabalhava em casa e de onde provinha seu sustento. Dona Rosângela fazia alguns trabalhos artesanais, de peças de decoração, e vendia em uma feira livre, no centro da pequena cidade, onde havia o teleférico de Serra Negra e outras atrações turísticas. Vendia uma receita de biscoitos, tipo sequilho, receita de família, que desmanchavam na boca. Em pouco tempo, a receita virou sucesso e era muito requisitada nas feiras aos domingos. Sandra ajudava muito a mãe, tanto no preparo como na hora de vender. O pai se recusava a mover uma palha sequer e, quando a mãe pedia auxílio, ele esbravejava e ia para o quarto dormir. Quando sua mãe começou a ganhar dinheiro com as encomendas de artesanato e do biscoito, seu pai percebeu que era um negócio lucrativo. Um dia, quando dona Rosângela se preparava para sair, ele a abordou:

— Preciso de dinheiro!

— Eu não tenho dinheiro. O que tenho é para fazer o troco na feira.

— Vai me dar dinheiro ou não vai sair daqui.

— Se quer dinheiro para seus vícios, vá trabalhar.

— Eu não trabalho, sua vagabunda, e preciso tomar alguma coisa. Como acha que vou comprar cigarros? Estou sem grana.

Sandra ouviu a conversa e saiu do quarto. O pai estava pegando algumas notas na bolsa da mãe:

— Pare com isso! Larga o dinheiro da minha mãe agora!

— Cala essa boca, menina, não se mete em conversa de adulto!

Sandra entregou as sacolas dos biscoitos nas mãos da mãe e num impulso tomou o dinheiro da mão do pai e o empurrou sobre o sofá, abriu a porta e puxou a mãe pela mão:

— Vamos, mãe! — As duas saíram em disparada, enquanto o pai, surpreso, levantava-se e saía para o quintal atrás delas.

— Querida, você não devia ter feito isso, ele vai nos alcançar.

— Não importa, mãe, vamos! Não é justo a senhora trabalhar tanto pra ele pegar seu dinheiro.

— Desgraçada! — O pai de Sandra berrava já na calçada.

Vermelho e ajeitando a camisa, tentava alcançá-las. Sandra viu Alicinha na esquina sentada com alguns amigos. O pai de Sandra alcançou-a e a esbofeteou na frente de todos. Tomou o dinheiro das mãos dela e a lançou no asfalto. Ela caiu, em lágrimas, sentindo-se impotente, os joelhos ralados ardiam. Dona Rosângela tentou intervir, mas também foi golpeada e empurrada violentamente.

— Antenor, pelo amor de Deus, tenha paciência! Bater em sua filha... e ainda na frente de todos! Nós estamos indo trabalhar, você deveria fazer o mesmo e...

— Isso é pra ela aprender a não se meter comigo — gritou Antenor. — Está pegando tamanho e acha que pode me afrontar dentro da minha casa! Sua moleca, está descontente? Pegue seus trapos e encontre um lugar pra morar. Tá me ouvindo? Some da minha casa, pois lá quem manda sou eu!

Sandra ficou no chão, as lágrimas escorrendo quentes pelo rosto, os joelhos ralados. Ela não sabia dizer o que doía mais: a bofetada do pai ou o meio sorriso estampado no rosto de Alicinha, que assistiu a tudo como se assistisse a um espetáculo circense.

Rosângela ajudou a filha a se levantar. Sandra tremia muito e parecia que ia ter um colapso nervoso.

— Vamos, filha, vamos para a feira. Dinheiro a gente ganha de novo.

— Mas ele nos roubou, mãe.

— Não tem importância, filha, ele vai ter o troco dele.

Sandra passou de cabeça baixa diante do grupo de jovens. Mas o vento trouxe aos seus ouvidos parte da frase que Alicinha dizia:

— Bem feito, quem mandou ter um pai cachaceiro...

* * *

Sandra começou a escrever e percebeu que gostava de contar casos. Quando lia romances ou assistia a um filme gostava de imaginar finais diferentes para a história e para os personagens. Às vezes, pensava até em outras aventuras, uma continuação.

Sandra virou leitora do único jornal do bairro, um jornal mais comercial do que informativo, que sobrevivia às custas dos anunciantes do bairro, e estampava duas ou três matérias sobre acontecimentos da região. Era um jornal semanal distribuído gratuitamente. Um dia, ao terminar de ler uma das edições, resolveu ligar para a redação do jornal e marcou uma reunião com o editor para lhe apresentar alguns textos. A redação do jornal ficava no segundo andar de um prédio antigo do centro. Era um prédio de tijolos, cinza, sem elevador e sem porteiro. Sandra foi recebida em uma antessala com algumas cadeiras para espera, e uma secretária, que Sandra descobriu depois também ser digitadora, copeira, uma espécie de faz-tudo.

A redação era pequena: consistia em três salas, abarrotadas de pequenos arquivos. A primeira sala tinha uma máquina de escrever e dois computadores muito antigos, um aparelho de fax e dois telefones. A segunda sala parecia um arquivo, já que havia exemplares do jornal em todo o canto. A terceira sala era a sala do diretor, Bonnie Spilla, um homem com mais de sessenta anos, que parecia fumar sempre três cigarros de uma só vez, pois sua sala estava sempre esfumaçada. Havia ainda uma pequena copa com fogão e um minúsculo banheiro. A copa exalava sempre um cheiro de torresmo frito, deveria ser o prato principal de Bonnie.

Depois de uma espera de quase quarenta minutos, Sandra foi levada à sala de Bonnie. Estava nervosa e queria causar uma boa impressão. Estava usando uma saia cinza com blusa cacharrel branca e uma sandália de salto alto que pegara emprestado da mãe, queria parecer mais velha do que uma garota de quatorze anos.

Bonnie era o protótipo de editor de jornal das antigas. Bastante alto, fartos cabelos grisalhos, bigode volumoso já um pouco acastanhado pelo cigarro. Era mais gordo do que magro e usava um óculos de aros grossos.

— Olá, garota. Você disse que queria me apresentar um material "interessante"!

— Sim.

Sandra retirou, cuidadosamente, de uma pasta plástica os textos e a ideia de uma coluna para jovens que ela havia bolado. Bonnie deu uma olhada. Parecia ter gostado, mas não se mostrava tão interessado assim. Também não parecia ter pressa em despachá-la.

— Bom. — Bonnie virava as páginas. — Bom, bom, bom. — Parou na página que tinha uma crônica de Sandra, deteve-se por um minuto lendo algumas linhas e depois de um tempo exclamou: — É o seguinte, garota, você é muito jovem, mas percebi que escreve bem! Acha que escreve bem?

— Sim, eu gosto muito de ler e escrever... E também sou boa de gramática, se...

— Tudo bem. Preciso de alguém que escreva matérias para este jornal. Você não é repórter, mas pode cobrir alguns acontecimentos da região para mim. O prefeito da cidade inaugurou uma rua, você vai lá, tira umas fotos e escreve uma nota sobre o evento, conversa com os moradores e tal. Me traz para publicarmos. Acha que pode fazer isto?

— Eu... fazendo algumas reportagens — Sandra estava eufórica. Não importava que ainda não tivesse curso superior e nem mesmo que o jornal era de quinta categoria. Ele a estava contratando pra ser uma repórter! — É claro que posso e eu tenho certeza de que vou te surpreender!

Bonnie estava bem menos empolgado do que ela e, como para se justificar por estar a contratando, disse:

— Este jornal já teve seus momentos de glória, já tive um jornalista que fazia isto pra mim, mas hoje ele não rende muita coisa. — Ele levantou e pegou uma câmera fotográfica profissional e entregou para Sandra. — Não é um grande emprego, garota, mas para você está ótimo, não é registrado e nem vai ganhar salário fixo. É uma espécie de freelancer, como chamam por ai, sabe o que é isso? Você escreve e eu te pago, tem uma reportagem você vai lá e faz. Tira fotos e eu te pago. — Ele parou pra pensar. — Vinte pratas por reportagem. Irá fazer em torno de três reportagens por edição, mas não é uma promessa, podem ter edições que você não tenha nada para fazer, ok?

Estava ótimo. Vinte pratas era uma ninharia, mas Sandra estava nas alturas, nem podia acreditar. Apertou com força a máquina fotográfica e a mão de Bonnie. Era o começo, ela iria realizar seu sonho. Um dia seria uma grande jornalista.

— Vou caprichar nas matérias, tenho certeza de que não se arrependerá!

— Passe na mesa da secretária. Ela te dará pilhas novas para a máquina e uma carteirinha para facilitar seu acesso a alguns eventos do bairro...

Sandra levantou-se radiante, estava felicíssima. Recebeu um crachá com o logo do jornal, havia espaço para ela colocar uma foto e a secretária havia digitado seu nome e função: SANDRA GARCIA – REPÓRTER. Sandra olhou, orgulhosa. Sua mãe teria orgulho e seu pai se arrependeria de todas as humilhações que a havia feito passar! Veria como ela havia crescido e era talentosa e talvez até parasse de beber, arranjando um emprego também.

Dez

A primeira reportagem de Sandra era sobre o aniversário do teleférico de Serra Negra, no centro da cidade. Era um lugar que ela gostava muito de ir. Ficava sempre encantada com as barracas de doces e comidas típicas, mas era diferente estar lá cobrindo um evento. Só ia para lá para trabalhar com a mãe e acabava não desfrutando de toda a beleza. Agora que precisava fotografar o lugar, identificou detalhes que na pressa lhe fugiam. Ela caprichou nas fotos. Procurou os melhores ângulos, as fotos ficariam melhores se fossem tiradas do alto por um helicóptero, talvez. Teve a ideia de fotografar de uma das cadeirinhas do teleférico, a qual sempre tivera vontade de ir, mas o dinheiro nunca dava! Estava tão feliz, que resolveu investir e se divertiu à beça. Como era gostosa aquela sensação. Fotografou o Cristo que ficava na montanha onde acabava o passeio e começava a volta. As fotos ficaram fantásticas. Em casa, redigiu uma matéria sobre o aniversário do parque com o título: "Teleférico de Serra Negra: o oásis da cidade".

Quando a matéria foi publicada, Sandra ficou orgulhosa de ver em letras pequenas, abaixo do título, "Fotos e texto: Sandra Garcia". As fotos foram muito elogiadas e uma das fotos estampou o periódico! Ela foi correndo mostrar para a mãe, que se derreteu em elogios e até deixou escapar uma lágrima, abraçando a filha e dizendo que ela seria uma grande jornalista!

* * *

Os dias foram passando e, aos poucos, os colegas de classe e professores ficaram sabendo. Sandra passou a não ser mais conhecida só pela má fama de seu pai, mas pelo talento em escrever e fotografar!

Sandra estava crescendo e as mudanças foram aparecendo. O corpo magricelo e desajeitado deu lugar a um corpo jovem, cheio de curvas. Os cabelos compridos abaixo dos ombros eram lustrosos e os olhos castanhos irradiavam brilho e vitalidade. O rosto de Sandra era um espetáculo à parte, aos poucos as maçãs do rosto ficaram salientes e seus lábios, bem-definidos.

O pai de Sandra, ao tomar conhecimento dos textos da filha, apenas observou, em silêncio. Exibiu um olhar de desdém enquanto lia a reportagem, mas depois pareceu refletir e ficou calado. O dinheiro continuava curto em casa, ela ainda ajudava a mãe aos domingos, quando podia. Às vezes sobrava alguma coisa e ela dava um jeito de ir ao cinema ou comprar livros nos sebos da cidade.

O pai continuava bebendo e, quando Sandra chegava em casa, ainda surpreendia a mãe chorando. Com o tempo, o pai de Sandra pareceu diminuir a implicância com ela, mas por outro lado aumentara com sua mãe. Sandra sempre perguntava para a mãe por que ela chorava; a mãe disfarçava e dizia que não era nada. Sandra, aflita, perguntava se o pai a havia agredido, ela apenas dizia que não. Era como se ela tivesse seu inferno particular, não queria envolver Sandra ainda mais naquele tormento. Para Sandra estava bem claro: não importava se o pai batia nela de vez em quando, a maior ferida parecia estar tão profunda na mãe, que parecia que ninguém poderia curar.

* * *

Começou em meados de fevereiro. Sandra estava com dezesseis anos e notou que a mãe estava sempre cansada, sentia dores e tontura. Sandra insistia para que ela fosse ao médico, mas a mãe deitava e dizia que precisava apenas de um pouco de repouso para ficar bem. Quando Sandra saía para trabalhar, não tinha certeza se a mãe teria esse "repouso". O pai sempre aparecia para arranjar confusão. Em um domingo ensolarado pela manhã, em que as duas saíam para vender suas mercadorias na feira, o pai de Sandra insistia para dona Rosângela lhe dar dinheiro. Sandra interveio e houve uma séria discussão. Sandra pegou a mãe pela mão e a puxou para fora de casa; enquanto fechavam a porta, ouviram a voz do pai embriagado que, do sofá, praguejava:

— Tomara que um caminhão passe por cima das duas e as levem para o inferno.

A mãe de Sandra começou a tremer imediatamente, não parava de chorar e soluçar. Sandra a levou para o hospital da cidade, onde o médico diagnosticou sérios problemas de saúde e de nervos em dona Rosângela. Receitou muitos remédios e disse que era importante que ela não ficasse nervosa. Sandra temeu por essa última recomendação.

Nos meses que se seguiram, a saúde de dona Rosângela só piorou. Cada vez ficava mais nervosa, até que Sandra chegou ao absurdo de implorar e até ofereceu dinheiro para que o pai não a maltratasse mais. Logo percebeu que com essa saída não teria êxito, já que com dinheiro seu pai bebia ainda mais e quando voltava para casa estava totalmente alterado.

Certo dia, Sandra estava trabalhando, quando dona Sofia, a atendente da biblioteca do bairro, uma das poucas amigas que ela tinha, apareceu na redação do jornal. Antes mesmo que ela falasse qualquer coisa, Sandra já sabia do que se tratava. Sua mãe havia passado mal e estava internada no Hospital Central em estado grave. Conforme Sandra descobriu depois, o pai alcoolizado havia discutido e agredido sua mãe.

Sandra entrou no quarto, onde diversos aparelhos estavam ligados à mãe, segurou forte sua mão e pareceu sentir que, de uma forma suave, ela também a segurava. Tudo corria em câmera lenta. À meia-noite daquele dia, dona Rosângela faleceu. Sandra chorou dois dias seguidos e, quando parou de chorar, estava determinada a uma única coisa: venceria os obstáculos para se tornar alguém importante e faria com que seu pai pagasse por tudo o que havia feito! Cada agressão. Esta seria sua vingança particular.

Onze

ERA COMEÇO DO ANO letivo e o último período de estudos de Sandra. Ela se formaria e uma preocupação a assolava: como se sustentaria agora que a mãe havia partido? Além de seu sustento, havia o pai e todas as despesas da casa. O trabalho no jornal do bairro mal rendia para a comida. Todos os alunos já falavam sobre o início na faculdade dentro de um ano.

Uma das novas professoras, a que mais agradou Sandra, lecionava História e se chamava Rebecca. Ela era diferente de todos os outros professores que, por trabalhar em uma escola pública do interior, viviam reclamando das más condições de trabalho e pareciam ter vestido uma fantasia de desânimo e apatia, andando encurvados e sem paciência com os alunos. Rebecca era o oposto deles. Jovem, bonita, loira, alta, estava sempre maquiada e com uma postura confiante. Seu cartão de visitas era o sorriso, dentes brancos e alinhados, poderia ser garota propaganda de qualquer creme dental. Um dia, após aula, ela dispensou a classe e chamou Sandra para conversar:

— Sandra, o que está havendo? Suas notas vêm caindo a cada bimestre! Você sempre aparentou gostar das minhas aulas! Há algo errado?

Sandra foi pega de surpresa. Ninguém jamais a havia questionado sobre seus problemas. *O que dizer?*

— Professora, eu vou melhorar, é que... eu estou com algumas preocupações bobas na cabeça e... tenho trabalhado bastante, acho que é isso só.

Rebecca observou Sandra por alguns minutos e então disse:

— Sabe, Sandra, às vezes nos preocupamos com o futuro e deixamos de viver o presente. Não gostaria que você reprovasse este ano, tendo de ficar presa mais doze meses para concluir o ensino médio!

Sandra deu um salto: reprovar! Isto estava fora de seus planos.

— Professora, por que a senhora vai me reprovar? Eu estou tão mal assim? Eu...

Rebecca segurou as mãos de Sandra e olhou firmemente em seus olhos:

— Querida, eu não disse que vou te reprovar! Eu apenas disse que, se você continuar assim, você vai reprovar. O que está havendo? Fale comigo, você precisa dividir este peso com alguém.

Sandra estava petrificada. Todos sabiam da situação do pai dela, mas ela nunca tinha falado sobre isto com ninguém. Para a professora era fácil falar aquilo, ela era linda, sorridente, bem-sucedida e não tinha enfrentado os mesmos problemas que ela. Como se lesse os pensamentos de Sandra, a professora prosseguiu:

— Sandra, minha vida não foi fácil enquanto eu achei que ela não era fácil! Minha mãe era viciada em jogos, todos os tipos de jogos que você pode imaginar. Eu tinha apenas treze anos e, no começo, achei que era apenas uma diversão para suprir a falta que meu pai fazia depois que ele faleceu. Com o tempo, ela ficou realmente viciada, frequentava cassinos e bingos em minha cidade, no Rio de Janeiro. Depois, ela começou a gastar toda a pensão que recebia em jogos e, em seguida, quando esse dinheiro não era mais suficiente, ela começou a vender as coisas de casa. Era horrível! Um pesadelo real todos os dias!

Sandra estava abismada com a história que a bem-sucedida professora à sua frente contava.

— E como conseguiu sobreviver a isto? Mesmo com sua mãe desta forma...

— Sandra, eu decidi mudar de vida! Já sei um pouco sobre sua história, seu pai, a perda da sua mãe. Mas você quer mudar de vida? — Sandra balançou a cabeça positivamente. — Então você não deve se entregar! Ninguém pode mudar a sua vida a não ser você! Nem seu pai pode desgraçar o seu destino. Se você fracassar, Sandra, a culpa não será dele, e sim sua, que permitiu tudo isto. Não pense que será fácil, porque não vai ser, mas você precisa plantar hoje o que você quer colher amanhã. Você quer o mesmo destino da sua mãe para você, minha querida? — Sandra balançou a cabeça de forma negativa. — Então, mude!

— Se Deus me abençoar, e eu conseguir...

— Sandra! Se Deus te abençoar? Ele já te abençoou! Você é jovem, inteligente, bonita e saudável. O que te faz acreditar que Deus tem preferência por uns ou por outros? Você acredita que Deus não quer abençoar seu pai, por isso ele tem aquela vida? Não. Você está enganada. Deus ama a todos e ele nos dotou de vários dons quando nos criou. Uma dessas dádivas é o livre-arbítrio. Sabe o que é isso, Sandra? — Sandra agora estava encantada e, ao mesmo tempo, abismada com aquela conversa, que parecia revelar-lhe o que ela não queria entender. — Isto significa que somos livres para escolhermos nossos destinos. Com certeza, Deus tem um plano maravilhoso para sua vida, como tem para seu pai! A diferença, Sandra, é que você pode pedir para que Deus te ajude, te proteja, te auxilie, mas você precisa tomar algumas decisões. Pergunte ao seu pai se ele acredita em Deus. Provavelmente, se ele for sincero, vai responder que sim. E por que ele não muda de vida? Entre outras coisas, porque ele tem o livre-arbítrio de levantar de manhã e tentar mudar de vida ou ir para o bar beber. E o que ele escolhe? Beber e degradar ainda mais sua vida. Sandra, minha querida, eu resolvi mudar! Vim morar nesta cidade com meus tios, me formei, arranjei este emprego e sou grata a Deus por tudo o que ele tem me proporcionado, e vou continuar crescendo. Sabe qual é meu próximo passo? Quero ser diretora, de preferência em uma escola particular em minha cidade, no Rio de Janeiro. E eu te garanto, Sandra, eu vou conseguir! E você, o que vai fazer? O que vai ser? Vai continuar se lamentando pela vida que seu pai escolheu? Esta é a escolha dele, e não pode ser a sua. Você deve tentar ajudá-lo, sempre. Mas se ele resistir, você não deve abrir mão de seus sonhos. Lembre-se, Sandra: ninguém pode mudar a sua vida. Só você! Se você disser: "Sim, eu vou mudar!", o céu também dirá Sim. Está escrito!

Sandra chorava. Recebeu um abraço da professora, recolheu suas coisas e se levantou. Sua postura estava diferente, algo dentro dela começava a mudar.

* * *

Dois meses depois, quando Sandra voltou das férias de julho, encontrou, na aula de História, outra professora no lugar de Rebecca. Encurvada, com um rosto amargurado, ela se parecia com muito dos outros professores. Sandra se levantou e foi até a mesa dela. Rebecca teria faltado? Esta seria a substituta do dia?

— Olá, a professora Rebecca faltou hoje?

A nova professora olhou para Sandra e respondeu:

— Não, criança. Eu sou a nova professora de História e ficarei até o final do ano nesta classe.

— E a professora Rebecca, o que houve?

— Mulher de sorte! Acredita que arranjou outro emprego? Foi admitida no cargo de diretora em uma escola particular. Parece que é pelas bandas da cidade natal dela, lá no Rio de Janeiro.

Doze

ERA FINAL DO ANO letivo e Sandra havia se formado com mérito. Houve uma festa para os formandos na escola com a participação das famílias, e Sandra sentiu desesperadamente a falta da mãe. Sentia-se sozinha, sem ter a quem abraçar ou compartilhar aquele momento de felicidade. Continuava trabalhando no jornal da cidade, mas sentia que aquele salário já não dava para muita coisa. Vinha economizando há vários meses e passara a ler todos os jornais da capital. Sua ideia era prestar vestibular e, no começo do próximo ano, iniciar os estudos de Jornalismo. Tinha metido a cara nos livros e se preparava com fervor para passar nas provas. Sentia que seu futuro dependia daquilo. Seu dilema era o de estudar na capital e deixar o pai. Como se sustentaria lá? Se permanecesse em Serra Negra, teria oportunidades no futuro?

A grande decisão aconteceu na noite em que Sandra aceitou carona de Bonnie Spilla. A cidade era castigada por golpes de vento e uma tempestade de derrubar árvores, o que deixou Bonnie com pena da funcionária que iria embora a pé e se prontificou para levá-la de carro até sua residência. Sandra estava para completar dezoito anos. Após descer do carro e agradecer a Bonnie pela gentileza, ela vasculhou a bolsa à procura das chaves, mas encontrou o portão entreaberto. Entrou na sala, um pouco molhada pela chuva. Seu pai estava de pé, junto à janela.

Em uma das mãos segurava um cigarro e na outra, um copo com bebida. Estava visivelmente alterado:

— Isto são horas de uma moça chegar em casa?

Sandra respirou fundo e passou por ele, ignorando-o. O barulho da chuva misturado a clarões e estrondo de relâmpagos e trovões causava uma penumbra assustadora. Ele avançou em sua direção e a segurou firmemente pelo braço:

— Estou falando com você, menina, está surda?

— Não, não estou surda. Só estou cansada. São quase dez horas da noite e sabe onde eu estava? Trabalhando! E você, papai, está cansado? Trabalhou bastante hoje? — Sandra não conseguiu disfarçar o tom irônico.

— Veja lá o jeito que fala comigo. Quem é este sujeito que te trouxe de carro para casa?

— Este sujeito é um senhor de sessenta anos que resolveu me dar uma oportunidade de emprego para que eu pudesse me sustentar!

— Ah, claro! Ele resolveu te dar uma oportunidade. E você? Deu o que pra ele em troca, hein? Você está me saindo uma grande vagabunda, feito sua mãe. — Sandra bebia um copo de água quando estas palavras chegaram aos seus ouvidos. Ela se virou e encarou o pai. Sentiu a raiva brotando e as mãos tremerem de ódio.

— Você não é só um mau-caráter, que não gosta de trabalhar, sabia? Você é perverso e muito, muito nojento. Sabe o que sinto por você? Nojo! E muita, mas muita vergonha de ser sua filha. — O bofetão veio tão repentino e tão violento que Sandra deixou cair o copo de vidro, que se estilhaçou em mil pedaços pelo chão da cozinha.

— Dobre a sua língua para falar comigo.

Sandra sufocou um soluço na garganta e, com a voz mais firme que conseguiu, voltou a encarar o pai e disse:

— Dobre você a língua para falar da minha mãe. Ela não morreu de doença, ela morreu de desgosto. Desgosto por ter uma pessoa tão imprestável ao lado dela. Você a matou! Você a matou!

A sequência de bofetões só terminou quando Sandra caiu atordoada entre os cacos de vidro no chão da cozinha. Antes de perder a consciência, ela só lembrava-se de ver o pai sair pela porta para rua e de fazer uma prece silenciosa: *Oh Deus, por favor, que ele não volte mais... Nunca mais.*

Deitou-se depois de trancar a porta do quarto. Só retirou a roupa molhada e se meteu debaixo das cobertas. Dormiu com lágrimas escorrendo pelo rosto. No dia seguinte, ela constatou, com alívio, que não havia marcas em seu rosto.

Passaram-se alguns dias e logo já era dezembro. As residências estavam lindas, decoradas para o Natal. Os jardins tinham enfeites natalinos e luzes coloridas piscantes. Ela foi trabalhar em um dia normal e, no meio do expediente, informaram que havia um telefonema para ela, era do Hospital Central da cidade. Seu pai havia sofrido um ataque cardíaco.

Sandra passou em casa para pegar os documentos do pai, conforme a haviam orientado. Embaixo da porta havia duas correspondências. Ela abriu e, por um momento, seu coração parou: ela havia sido aceita em duas universidades da capital para o curso de Jornalismo! Aguardavam, em 45 dias, sua ida para São Paulo!

Tudo está dando certo, pensou Sandra a caminho do hospital. Vou para São Paulo estudar e minha vida vai mudar! Ao mesmo tempo, sentiu-se envergonhada por esses pensamentos. Seu pai havia sofrido um ataque do coração, como ela poderia pensar na faculdade?

Ao chegar ao hospital, a enfermeira de plantão disse que o médico responsável iria conversar com ela. Sandra percebeu um tom estranho na forma como ela falava e uma ponta de piedade no olhar dela.

Será que seu pai... havia... Enfim, tentou não pensar no pior.

— Olá, moça! Você deve ser a filha de seu Antenor.

— Sim, o que houve? Ele está bem?

O médico a examinou de alto a baixo, com uma expressão preocupada no rosto:

— Filha, quantos anos você tem?

— Completo dezoito em menos de um mês...

— Ele é casado? Tem outros parentes? Alguém maior de idade responsável por você?

— Não, é só ele e eu. Ele é viúvo. — Sandra se lembrou da mãe ao pronunciar a palavra viúvo e isto fez com que seus olhos se enchessem de lágrimas.

— Entendo. — O médico apontou uma saleta de ladrilhos brancos com uma mesa e duas cadeiras. Sandra entrou e se sentou em uma das cadeiras. O médico sentou-se também e mexeu em uma pilha de papéis que trazia na mão. Parecia procurar as palavras certas para falar. — Filha, a notícia não é boa...

Sandra se remexeu na cadeira, podia sentir os envelopes das faculdades crescendo e pesando no interior da bolsa. *Te aguardamos em 45 dias*, diziam as mensgens.

— A situação é bastante grave. Seu pai está vivo, mas seu quadro clínico não é nada animador. Como recobrou a consciência agora, não sabemos se o ataque afetou sua capacidade de se locomover, mas mesmo que ele volte a andar, será com o auxílio de uma bengala ou ficará na cadeira de rodas. Se isto ocorrer, vai precisar de você para se locomover e subir escadas. Espero que não tenha planos de deixar a cidade ou sua residência nos próximos meses, pois o processo de recuperação é bastante lento. Ele também vai precisar ser medicado, não pode deixar de tomar seus remédios para o coração, nem um dia sequer! E, o mais importante: não deve ingerir bebidas alcoólicas! Hoje ele ainda fica no hospital, mas amanhã uma ambulância vai levá-lo de volta para casa. Não há motivos para ele ficar aqui, também estamos com poucos leitos disponíveis.

Sandra não ouvia mais, seu olhar estava parado e, instantaneamente, suas mãos alcançaram as correspondências das universidades de São Paulo dentro da bolsa. *Te aguardamos em 45 dias*. E o médico: "Espero que não tenha planos de sair da cidade nos próximos meses, pois o processo de recuperação é bastante lento."

Treze

Sandra se viu de uma hora para outra, com o pai enfermo dentro de casa. Seus planos de ir para a capital foram por água abaixo. Não importava o que ele já tinha feito, era o seu dever cuidar bem dele até que estivesse recuperado! Quando estivesse bom e pudesse se virar sozinho, ela voltaria a prestar vestibular e poderia pensar na carreira.

Quem sabe agora, com ele dependendo dela, as coisas melhorassem! Sandra até fantasiou que poderiam se dar bem, afinal o pai sem beber não era nenhum monstro.

* * *

Sandra era esforçada e começou a se levantar duas horas mais cedo todos os dias para, antes de ir trabalhar, deixar tudo pronto para o pai. Fazia café e já deixava preparado o almoço; enchia um jarro com água fresca e deixava ao lado da cama dele. Passados dez dias do ocorrido, o pai já se levantava sozinho, apoiado na bengala, para se movimentar lentamente até o banheiro. A única barreira ainda era a escada de 36 degraus que ligava os quartos e o banheiro ao andar inferior, onde ficava a sala e a cozinha. Quinze dias depois, quando voltou do serviço, encontrou o pai na sala. Ele contou que havia descido com um pouco de dificuldade.

Sandra olhava quase todos os dias para as correspondências das universidades. Faltariam menos de trinta dias para que estivesse em São Paulo, caso tudo aquilo não houvesse acontecido. Mas já tinha tomado sua decisão: ficaria e cuidaria do pai!

No verso das duas cartas havia uma solicitação de que, em caso de ser aceito na universidade, o aluno ligasse com dez dias de antecedência para confirmar a matrícula e providenciar o envio dos documentos necessários.

* * *

Vinte e cinco dias após o ataque de seu pai, Sandra voltou do serviço e encontrou a porta da sala entreaberta. Um cheiro forte de álcool enchia o ambiente. O pai, no sofá, roncava e no colo dele havia uma garrafa de cachaça. Sandra sentiu seu coração disparar. Com que dinheiro ele havia comprado a bebida? E a recomendação do médico de que não misturasse os remédios com álcool? Sandra se lembrou de uma reserva de dinheiro que ela deixava dentro de uma lata de biscoitos em cima da geladeira e havia resolvido contar ao pai para que, em caso de emergência, ele pudesse utilizar para pegar um táxi. Ela correu até a lata e constatou que ela estava vazia. Ele havia gastado todo o dinheiro dela!

Sandra esperou até o dia seguinte para confrontar o pai. Assim que ele acordou, indagou:

— Quem te autorizou a mexer naquele dinheiro para comprar bebidas?

— E desde quando eu preciso de autorização para pegar alguma coisa que esteja dentro da minha casa?

— Pai, você não ouviu o que o doutor disse? Você não deve misturar bebidas com os remédios.

— Escuta aqui, sua moleca, eu estou um pouco doente, sim, mas não estou morto! E enquanto eu estiver vivo, quem manda aqui sou eu — ele começou a gritar e Sandra se preocupou com os vizinhos que iriam escutar a discussão. — Eu mando nesta casa e, se você não estiver contente, pode pegar a suas coisas e sumir daqui! Quero ver como você vai sobreviver sem um teto. Não pense que pode mandar em mim só por causa desta maldita bengala. — Num acesso de fúria repentina, ele arremessou a bengala de encontro a Sandra, que se abaixou, e, por pouco, não foi golpeada. A haste de madeira atravessou a vidraça da janela, que se espatifou em mil estilhaços.

— Você está maluco? Só pode ser louco mesmo! — Sandra observou o pai virar no gargalo a metade da garrafa que ainda estava cheia de cachaça. Sandra pegou a garrafa e cheirou. — Você deu de beber cachaça pura agora? Você quer morrer, é?

Enfurecida, ela pegou a garrafa e se dirigiu até a cozinha. Na pia, ela despejou todo o líquido do vasilhame. Pegou um pacote de cigarros que estava no armário e mais duas garrafas de cachaça, compradas com o dinheiro dela, e começou a picar e jogar tudo na pia.

— Você não ouse fazer isto, menina! — Seu pai estava em pé, na porta da cozinha, e se escorava com dificuldade em um rodo. Ele agarrou a última garrafa que Sandra tentava abrir e tomou das mãos dela à força. Seus olhos brilhavam. — Larga isto agora ou eu mato você. Eu te mato!

— Pois então agora você vai me matar.

Num impulso, Sandra pegou de volta a garrafa e a arremessou no chão da cozinha. Ela viu o brilho insano nos olhos do pai:

— Desgraçada! Você vai embora desta casa hoje... Agora! Sai! Some daqui! Some se você tem vergonha na cara, sua vagabunda.

— Você está bebendo e não tomou os remédios. Você pode até morrer.

— Eu só morro no dia em que eu parar de beber. Mas antes eu te mato!

Ele levantou o rodo que segurava e se preparou para golpeá-la. Sandra não acreditava no que estava vendo. Ela correu escadas acima em direção aos quartos, mas, na pressa, tropeçou e caiu já no final da escada. Como alguém que não tinha dificuldade alguma para andar, o pai subiu as escadas e começou a desferir golpes com o cabo do rodo. Ela segurou o grito de raiva quando a primeira paulada lhe atingiu. Estava acuada, e pelo olhar dele só terminaria quando ela desmaiasse. Tentando se defender, Sandra começou a espernear e, no meio da briga, acertou um pontapé certeiro no peito do pai. Ele se desequilibrou e, de costas para a imensa escada, rolou escada abaixo. Sandra sentiu um filete de sangue escorrer pela testa e, quando viu o pai caindo, levou a mão à boca e gritou.

Ela se levantou e o viu estendido no chão lá embaixo. Parecia... morto! Sandra entrou em seu quarto e, em questão de minutos, tinha feito a mala. Pegou seus documentos e uma reserva de dinheiro que tinha; uma foto da mãe; dois livros que mais gostava, jogou tudo numa mochila e desceu as escadas. Tinha medo de que seu pai se levantasse e realmente a machucasse, mas quando passou pelo corpo percebeu que ele estava imóvel, tomou um dos pulsos e não sentiu nada. Parecia totalmente ausente de vida. Ele estava morto! Ela havia matado o próprio pai? Desesperada, ela abriu a porta e fugiu. Só quando chegou à esquina, ela parou e ligou de um orelhão para a polícia, solicitando uma ambulância. Não se identificou e disse que ouviu da rua um homem que gritava por socorro em uma das casas. Quando ouviu a sirene se aproximar, fugiu sem ser vista e na avenida principal pegou um táxi:

— Pra onde vamos, moça? — indagou o taxista.

— Para a rodoviária!

Quatorze

A CIDADE DE SÃO PAULO foi uma grande surpresa para Sandra. Acostumada com a vida do interior, não imaginava que fosse possível uma cidade tão movimentada! O que mais lhe chamava a atenção era a quantidade de prédios e arranha-céus. A quantidade de carros no trânsito também a fascinou. Ao desembarcar à rodoviária Tietê, sentiu-se desorientada e quase não conseguiu chegar à plataforma do metrô. Olhava tudo com muita curiosidade. Decidiu se alojar em uma modesta pensão para moças no centro, que já havia pesquisado em jornais. O lugar era bastante humilde e dirigido por uma senhora que parecia tão velha quanto os móveis da residência, apresentou-se como dona Norma. Tinha cabelos grisalhos e o rosto marcado por muitas rugas. Sandra foi acomodada em um quarto com duas camas e combinado de que dividiria o local com mais uma garota que chegaria nos próximos dias. A pensão incluía café da manhã e jantar, o almoço era por conta dos hóspedes. Observou que, apesar do lugar ser precário, a roupa de cama era limpa e o ambiente, agradável. Estava tão cansada e apreensiva que, após fechar a porta do quarto, desabou na cama de sapato e tudo. Era apenas começo da tarde, mas só acordou no dia seguinte.

* * *

Sandra despertou faminta e sentindo um aroma delicioso de café fresco. Desceu para a cozinha, onde conheceu mais cinco garotas, quase todas estudantes que também haviam saído do interior ou de outros estados. O lugar era uma espécie de república estudantil. Na mesa tinha pães frescos, manteiga, leite, café e bolo de milho. Sandra comeu de tudo um pouco, e depois resolveu dar uma volta pelo centro da cidade.

Tomou um ônibus e poucos pontos adiante, saltou em frente à Praça do Correio, vagou pelo Vale do Anhangabaú e ficou alguns instantes observando os detalhes do Teatro Municipal. Andando, avistou o Mosteiro de São Bento, famoso pelos pães especiais fabricados há anos pelos monges residentes. Passou pelo Pátio do Colégio e pelo Ponto Zero da cidade em frente à catedral da Sé. Tudo o que vira nos livros e na TV estava ali e era real! Próximo à Praça João Mendes ficou deliciada com os diversos sebos de livros que encontrou. Queria comprar todos, mas teve receio, pois seu dinheiro estava curto. Depois de várias horas visitando os sebos locais, saiu satisfeita com dois livros que não tinha na biblioteca de sua cidade e só então percebeu que, apesar de já passar das duas da tarde, ainda não havia almoçado. Alimentou-se em um restaurante por quilo. Tudo estava muito bom, mas a todo instante ela temia pelo seu passado. Teriam encontrado o corpo de seu pai? A ambulância teria chegado a tempo? Fazia estas perguntas, mesmo sabendo que de nada adiantaria. Seu pai havia morrido. Precisava aceitar isto. Mas a culpa era tão forte que chorava toda vez que pensava. Que saudade sentia de sua mãe nessas ocasiões. Uma saudade profunda, o desejo de seus abraços confortadores e a segurança que sua presença transmitia. Estaria sendo procurada? Fizera certo em fugir? Pensariam que ela era culpada por ter fugido, apesar de ter sido um acidente? Seria culpada de ter jogado, mesmo que acidentalmente, seu pai do alto da escada, o que pode lhe ter custado a vida? Teria morrido por conta de mais um ataque, por falta dos remédios e excesso de bebidas alcoólicas, ou pela queda? Sua cabeça espocava com todos esses questionamentos, ao mesmo tempo em que temia que sua foto aparecesse nos jornais. Em algumas noites tinha sonhos agitados, nos quais ela era levada para uma instituição de infratores e acusada de matar o pai. E se ele não tivesse caído, o que teria feito com ela?

* * *

Já na segunda-feira, após efetivar sua matrícula na faculdade, ela começou a procurar emprego. Recortou diversos anúncios de jornais e, às seis da manhã, já estava andando de agência em agência, participando de dinâmicas de grupo e entrevistas. As vagas eram diversas: recepcionista, secretária, balconista e vendedora. Ficou impressionada com as dinâmicas realizadas em grupo e sentiu-se um verdadeiro mico de circo.

Em todas as agências, a resposta era a mesma: aguardar a convocação. Já estava desistindo quando olhou para um último anúncio: palestrante oferece vaga para auxiliar. Apesar de não explicar a especialidade do auxílio que a profissional dispensaria, Sandra se interessou. O anúncio dizia: ter disponibilidade de horário, boa aparência e comunicação. Por enquanto era tudo o que ela tinha, e o escritório era próximo. Dirigiu-se para lá e foi atendida por um homem baixo e calvo com uma cara engraçada. Parecia um antigo comediante famoso e falava muito bem.

— É aqui que estão contratando uma auxiliar?

— Isso mesmo, meu bem. A vaga é para você? Prazer, meu nome é Hélio. — O homem era elétrico. — Vamos sentando. Qual o seu nome?

— Sandra, prazer. Qual a função da vaga?

— Filha, o ofício é fácil. Trabalho com palestras motivacionais para executivos de diversas empresas. Nem sempre temos trabalho garantido, mas este ano as coisas começaram quentes: já tenho contrato fechado com duas multinacionais, por isso a necessidade de uma auxiliar. A atividade é digitar meus textos, atualizar algumas informações nas apresentações, preparar os espaços das palestras, emitir comunicados, cuidar da minha agenda e recepcionar os participantes na entrada do evento.

Ela simpatizou com o empresário na mesma hora. O salário era pequeno, mas era melhor do que nada, além de que poderia treinar seus conhecimentos em informática. As aulas iriam começar em duas semanas e ela precisava se manter. Ele gostou de Sandra e acertaram que o início seria imediato.

* * *

Sandra iniciou as atividades com doutor Hélio, como ele mesmo se apresentava, apesar de Sandra não ter certeza se ele era doutor ou em quê. Com ele, Sandra pôde aprender mais do mundo corporativo. Era impressionante o poder de argumentação que ele tinha, parecia sempre ter boas respostas na ponta da língua. Suas palestras eram fantásticas e quase sempre variava o tema: *Como liderar e ser liderado, Como vender Mais trabalhando Menos! Finanças: Aumente sua receita gerindo bem seus negócios*.

Ela se impressionava cada vez mais com o conhecimento do doutor Hélio. Em suas palestras, abarrotadas de empresários e executivos engravatados, ele sempre dava uma lição de moral, sabia modular o tom de voz para recitar suavemente algumas metodologias e elevá-la ao máximo, a ponto de após a conclusão arrancar palmas da plateia. Ela desejava ter tanto conhecimento quanto ele, desta forma jamais faltaria tempo, dinheiro e felicidade. Derramando-se pelos lábios de doutor Hélio, esses três elementos pareciam simples de serem alcançados.

* * *

O tempo passava depressa, e Sandra avançava com excelentes notas na faculdade, apesar de grande dificuldade em algumas matérias. Já havia avançado quatro semestres e ela continuava a trabalhar com doutor Hélio. Trabalhou por quase dois anos com ele, até que, em uma tarde, após uma palestra sobre *Como administrar melhor seu tempo*, eles voltaram ao escritório e perceberam que faltava energia. Na caixa de correio, uma carta da companhia de eletricidade acusava o corte por falta de pagamento:

— Doutor Hélio, o senhor não pagou a conta de luz?

— Puxa vida, me esqueci! Também, ando sem tempo para nada! Minhas contas estão atrasadas, minhas plantas morrendo por falta de água e meu cachorro já nem me reconhece mais. Imagine se fosse casado? Hoje em dia é impossível administrar o tempo neste inferno de cidade.

Sandra explodiu numa gargalhada, era uma situação contraditória em relação à palestra que ele acabara de dar.

Sandra achou que se tratava de um esquecimento, mas na outra semana, após ministrar uma palestra sobre *Como conquistar seu primeiro milhão*, ele desabafou:

— Sandra, minha querida, foram quase dois anos trabalhando juntos, mas infelizmente acabou! Vou precisar te demitir.

Ela achou que se tratava de mais uma das brincadeiras dele, mas sua expressão estava séria:

— Mas o que houve? É sério isso?

— Aqui está seu cheque com todos os seus direitos. Estou falido, Sandra. Não consegui administrar nem minha consultoria. Eu sou uma fraude. Acabei contraindo dividas altíssimas e vamos ser despejados deste conjunto. O pior é que vou precisar sumir no mundo. Já recebi muito dinheiro de algumas empresas e investi quase tudo, mas não tive o retorno esperado. Não posso nem cumprir com as palestras prometidas...

— Como assim, Dr. Hélio? Não há nada que possamos fazer? O senhor é tão inteligente, tem tantas estratégias, podemos tentar novas contratações e...

— Filha, eu sei um pouco da sua história de vida e sua luta. Engordei o que pude no valor que estou te pagando, mas aprenda uma coisa: desconfie de todos! Principalmente daqueles que têm estratégia pra tudo na vida. A verdade é que não existe receita de bolo para os negócios. Quanto tempo falta para concluir seus estudos?

— Dois anos, mais ou menos.

— Então, estude muito e corra atrás de seus objetivos, mas não perca tempo com bláblablá como o meu. E, se possível, retire meu nome de seu currículo, poderão te negar emprego se souberem que trabalhou para mim. Estou deixando muitas empresas na mão...

Sandra observava, boquiaberta, enquanto ele recolhia tudo da gavetas e dos armários. Parecia estar sendo perseguido, tinha pressa. Por mais de uma vez, foi até a janela e, pela persiana, observou a rua com olhar desconfiado. Ele passou por ela, deu um beijo estalado em seu rosto e saiu como se estivesse fugindo:

— Me desculpe, querida. Apague a luz quando sair e devolva a chave para o porteiro. Bye!

Quinze

DEPOIS DE QUASE DOIS anos trabalhando com doutor Hélio, Sandra sentiu-se deslocada quando se viu sem emprego. Em mais dois anos estaria formada, mas e até lá? Ela só poderia conseguir um estágio no ano seguinte. Com o dinheiro de seus direitos que conseguiu no cheque deixado pelo doutor Hélio, Sandra conseguiu viver alguns meses, mas trabalho que era bom, não conseguia.

* * *

Sandra continuava estudando, mas o dinheiro estava no fim. Precisava urgente de algum trabalho, do contrário seria obrigada até a deixar a pensão de dona Norma. Certa manhã ela observou uma pilha de livros antigos que a dona da pensão havia colocado na sala

— Para que são estes livros, dona Norma?

— Vou doar, minha filha. Estavam no sótão acumulando poeira. Foram a grande diversão do meu falecido marido, mas hoje, para mim, não têm utilidade nenhuma. Viraram o paraíso do ácaro. Deve ter até uma comunidade hippie de traças habitando esta pilha de livros velhos — dona Norma comentava com humor. — Durante algum tempo, foi meu elo de lembrança com o falecido, mas vou me desfazer. Estou esperando algum carroceiro passar, de repente algum deles se interessem e consiga vender por quilo para alguma fábrica de reciclagem.

Sandra estava maravilhada com os livros, estavam realmente velhos, mas havia raridades como a primeira edição de *O Retrato de Dorian Gray*, um volume encadernado em couro de *Dom Casmurro* e até um livro autografado por Marcos Rey. Dona Norma percebeu o interesse de Sandra pelos livros e ofereceu:

— Querida, como disse, para mim não tem mais utilidade, se quiser escolher alguns, pode ficar com eles. Pegue quantos quiser!

Sandra recolheu todos, limpou a poeira, restaurou a capa de alguns e depois estocou em seu quarto. Como era pequeno, e ela dividia com uma garota, precisou colocá-los embaixo da cama e outros em cima do guarda-roupas. Anelise, sua companheira de quarto, rabugenta, exclamou assim que a viu entrar no quarto com as primeiras pilhas:

— O que é isso agora? Qual é a sua? Virou a rainha da poeira?

— São bons livros! Vou guardar alguns, mas não ficarão por muito tempo aqui... Vou transferi-los para outro lugar.

— É bom mesmo. Tenho rinite, sinusite e mais uns três "ites", não quero esta pilha de livros velhos do meu lado.

Sandra não pretendia ficar com eles por muito tempo. Tinha uma ideia brilhante para conseguir dinheiro com os livros! A convivência com doutor Hélio serviu para alguma coisa.

No outro dia pela manhã, Sandra estava no orelhão com uma lista de sebos no centro da cidade. Discou para o primeiro:

— Sebo da Duda! Sou o Marcelo, em que posso ajudar?

— Olá, Marcelo, bom dia. Sou assistente da doutora Marley e procuro por um livro de Oscar Wilde.

— Temos vários dele. Qual o título específico?

— *O Retrato de Dorian Gray!*

— Sua patroa está com sorte, moça! Temos um exemplar aqui.

— Qual é a edição do livro?

— Edição? Deixe-me ver. — Após algum tempo, o atendente voltou: — É um exemplar deste ano, está quase novo...

— Não, então não interessa. Minha patroa é colecionadora de livros, tem todos de Oscar Wilde, mas ela só coleciona primeiras edições. O único que falta é este.

— Entendo. Uma colecionadora de primeiras edições! Estou há quase quarenta anos neste ramo, filha, e já te aviso que será muito difícil encontrar uma primeira edição de *O Retrato de Dorian Gray*, e mesmo que encontre, o valor será muito alto e...

— Senhor Marcelo, não se preocupe com o valor. Minha patroa está disposta a pagar um bom preço caso encontre este livro.

O vendedor de livros farejou um lucro altíssimo! Se conseguisse encontrar um exemplar destes iria faturar bastante.

— Bom, eu posso tentar com outros sebos. Como posso te localizar?

— Não somos de São Paulo. Doutora Marley está aqui a negócios e gostaria de aproveitar para completar sua coleção. Vamos embora em cinco dias, até lá vou tentando. Dou retorno para verificar se conseguiu. Estamos em um hotel e não tenho o número agora. Volto a ligar amanhã. Obrigada.

— Qual é o seu nome, moça?

— Eliza.

Sandra sabia que os donos de sebo formavam uma grande corrente, por isso fez questão de certificar-se de que nenhum deles tinha uma primeira edição do livro solicitado. Ligou para mais dois fazendo a mesma solicitação, e, a um deles, chegou a mencionar um valor astronômico que sua "patroa" estaria disposta a pagar.

Esperou mais dois dias e voltou a ligar para todos. Disse que em três dias deixariam a cidade e estavam dispostas a dobrar o valor da oferta. Usava uma voz empostada e, por vezes, disfarçava um sotaque espanhol.

No quarto dia, Sandra resolveu se apresentar no Sebo da Duda. Bem vestida, carregava uma pilha com quatro livros. Foi atendida pelo Marcelo.

— Estão comprando livros?

— Depende, o que tem aí?

Sandra olhou para o vendedor que a atendia com pouca vontade:

— Bom, meu tio-avô faleceu e imagine só, deixou junto com algumas tranqueiras estas velharias. Costumava dizer que valem muito, mas eu não vejo a menor graça! Tem aqui um *Dom Casmurro* em capa de couro, a autobiografia de Agatha Christie, *Ratos e Homens* e, deixe-me ver... Ah, sim, tem também um tal de Oscar "Vilde". — Sandra citou o nome do autor com a pronúncia incorreta de forma proposital. O vendedor quase deu um pulo, pegou o exemplar e conferiu a edição. Tentou disfarçar o nervosismo quando percebeu que se tratava de uma primeira edição. A vida lhe sorria! Sim! De tempos em tempos fazia bons negócios. E agora pagaria uma ninharia por aquele exemplar e venderia por quase cinquenta vezes mais.

— Compro o exemplar do Oscar Wilde.

— Quanto?

— Dez pratas — arriscou o vendedor de livros.

— Prefiro jogar no lixo! — reagiu Sandra.

— Vinte pratas e...

Sandra começou a juntar os livros e guardá-los.

— Escute aqui, eu posso até não entender muito de livros, mas meu tio-avó vivia dizendo que eles valiam muito. Prefiro usá-los como calço para a cama lá de casa do que vender por esta ninharia. Quero, pelo menos, duzentas pratas.

O vendedor pensou na proposta. O que Eliza, a moça com sotaque espanhol, ia pagar era quase o dobro do que a garota queria. Era melhor subir a oferta e garantir o negócio do que perdê-lo.

Neste momento, o telefone tocou e Marcelo atendeu. Do outro lado, uma mulher com sotaque francês se identificava como doutora Marley. Sandra ouviu quando ele disse: — Doutora Marley! Sou eu. O quê? A senhora dobra a oferta?! — Ele abaixou o tom de voz e lançou um olhar cauteloso em direção à Sandra. Depois de alguma conversa cochichada, ele disse: — Vinte minutos. Tudo bem, aguardo.

Desligou resoluto e disse:

— Para fechar negócio, te ofereço as duzentas pratas e não falamos mais nisto.

— Mas vai ter que comprar os outros quatro...

— Por este preço?

— Não, pague o que puder pelos outros.

* * *

Duas horas mais tarde, Sandra acertava a mensalidade atrasada com dona Norma. Quando entrou no quarto, jogou uma nota de dez pratas no colo de Anelise, que questionou:

— Que história foi aquela de livros? Por que eu tive que ligar com sotaque francês?

— Ora, porque você é a única pessoa que eu conheço que faz curso de francês. Era um trote para o pai de um amigo da faculdade. Hoje é aniversário dele e meu amigo quis pregar uma peça. História longa e chata, outra hora te conto. A uma hora destas, ele já deve saber que era brincadeira.

Diferente do doutor Hélio, Sandra logo percebeu que não tinha nascido para aplicar golpes. Após o episódio do sebo, passou a ter pesadelos, e neles sempre era presa pela polícia. Quando faltava um ano para se formar, conseguiu um estágio no jornal *Hora Zero*. O ordenado era uma piada, mas no primeiro pagamento retirou o valor pago pelos livros no Sebo da Duda, acrescentou uma boa quantia e enviou via correio ao dono, Marcelo. Na carta, desculpava-se e dizia que tinha sido quase um empréstimo, mas não se identificou, é claro. Ficou sem um centavo, mas teve a noite mais tranquila que podia se lembrar.

Dezesseis

Um ano depois, Sandra se formou com louvor e foi efetivada no jornal. Cerca de seis meses depois, o pequeno jornal foi comprado pela gigante TVG. Sandra era esforçada e, às vezes, trabalhava até treze horas por dia sem descanso; não importava se era sábado, domingo ou feriado, ela estava sempre disponível. Se, por um lado, isso era bom, por outro, a privava de uma vida mais social. Quase não tinha encontros, e não era por falta de candidatos. Engatou alguns romances passageiros, mas parecia que seus pretendentes eram pouco inteligentes e faltava-lhes a maturidade que ela buscava.

Pensava, às vezes, em retornar para Serra Negra e visitar o pequeno e único cemitério da cidade, no túmulo que provavelmente estava seu pai. Mas depois se arrependia da ideia e imaginava que alguém poderia reconhecê-la e acusá-la pela morte dele. Tudo parecia ter acontecido há tanto tempo e fazer parte de outra vida, pois ela mudara tanto nos últimos anos. Tornara-se uma mulher de beleza estonteante e procurava se vestir elegantemente, em nada lembrava a garota magricela e assustada, sempre vestida com roupas velhas e puídas que saíra de Serra Negra escondida. Será que alguém a reconheceria? Será que atribuíam a ela a culpa pela morte de seu pai? Talvez nunca soubesse.

* * *

Após dois anos trabalhando como repórter da mídia escrita, recebeu um convite para trabalhar como repórter no jornal do meio-dia na televisão. Foi um misto de alegria e susto! Trabalhar na televisão? Ser famosa? Sua imagem seria transmitida para todo o país! Era o momento de saber se alguém a reconheceria. Aceitou e, durante todo o primeiro mês, ficou esperando que alguém a procurasse, talvez policiais lhe batessem à porta com as algemas em punho: "Você está presa por fugir após provocar a morte de seu pai!" Ela sendo a notícia bombástica da vez! Mas até estes temores já não a assustavam tanto quanto antes. Sabia que fora um acidente, e isto é o que importava. Mas nem sempre era tão forte assim: em momentos de extrema alegria e celebração, a culpa lhe corroía a alma. Mas era uma guerreira, não desistiria tão fácil. Apesar da boa recepção na televisão, Sandra nunca se sentia satisfeita. Ela queria mais!

* * *

A empresa estava investindo na equipe jornalística e surgiu uma vaga para correspondente internacional. Isto significava aceitar ir para outro país, ficar isolada, inserida em uma cultura diferente e sem destino certo! A vaga era ideal para quem não tinha problemas em separar-se da família, esposa, filhos. Para Sandra, caiu como uma luva. Não tinha ninguém e nada que a segurasse no Brasil. *Eu topo*, foram as palavras que ela disse ao receber a proposta. Não imaginava que essas duas simples palavras mudariam tão radicalmente sua vida.

Conheceu e passou por situações que nenhum âncora jamais experimentaria em toda sua vida sentado atrás de uma bancada de jornal. Em poucos anos, ela se tornou a correspondente. Um dos rostos mais conhecidos e respeitados do jornalismo televisivo no Brasil e no mundo.

Dezessete

São Paulo, dias atuais.

— Sandra, sabe por que não arranco todos os meus fios de cabelo agora? — Ronil berrava, com sua voz de fumante.

— Porque não lhe sobrou quase nenhum?

— Não! Mas só agora é que você me conta sobre esta maldita abotoadura nazista? Sabe lá se esta coisa já não estava no chão quando o Evandro foi esfaqueado. Esquece este negócio de Nazismo, isto não tem fundamento algum. E você vem me pedir autorização para realizar uma série de investigações em cima destes skinheads? Autorização negada!

— Ronil, toda semana temos uma série de reportagens especiais, e eu só estou pedindo que o tema da semana que vem seja sobre esses grupos! Já parou para pensar na quantidade de casos só em São Paulo de ataques violentos, agressões e até homicídios que são atribuídos a eles? Seja por homofobia, preconceito de raça ou classe social, o fato é que acontece aos montes! Evandro era negro e tinha acabado de receber um troféu em virtude de uma campanha publicitária sobre o fim do preconceito! Em seguida foi assassinado com uma adaga no peito, seus pertences não são levados, e eu encontro um símbolo nazista no local do crime: quer mais evidências de que há uma possibilidade de um ataque deste grupo? Não estou dizendo que foi isto, apenas que há uma possibilidade.

Ronil olhou para Sandra, notando como era determinada! Uma bela mulher, tão teimosa quanto bela. Tentava encontrar vestígios da garota que entrara na empresa anos atrás. Enfrentar cenários de guerra em países distantes não tinha conseguido arrancar seu bom humor, mas com certeza a mudara:

— Tudo bem, Sandra, você tem a autorização! Não adiantaria nada dizer não! Você tem um interesse especial no assunto por conta de Evandro e acabaria investigando por conta própria. Mas não se esqueça de que já existem alguns temas preestabelecidos para as próximas séries.

— Obrigada, Ronil! — Sandra deu um salto na cadeira. — Já disse que você é o editor de telejornal mais competente do Brasil? Talvez até do mundo. — Sandra parecia uma adolescente que recebe autorização dos pais para viajar sozinha com as amigas.

— Tá bom, tá bom. Minha parte do puxa-saquismo pode ser paga em dinheiro. Ah, não se esqueça de que, em vinte dias, teremos a Semana Santa, e a alta direção já definiu que teremos que elaborar como tema crimes relatados na Bíblia!

— Farei a melhor série de reportagens sobre crimes bíblicos que você possa imaginar!

— Consegue dar conta dos dois temas?

— Deixe comigo. Estará em sua mesa em duas semanas.

Dezoito

Eva Mendes era uma jornalista bastante conhecida do público e comandava um programa de entrevistas na TVG há quase uma década. Jornalista por formação, tivera anos dourados de sucesso e, devido à grande popularidade da época, recebeu convite para deixar a bancada de jornalismo e partir para a área de entretenimento.

O programa *Eva e Você* foi um grande sucesso. Conhecida por não ter papas na língua, Eva alfinetava todos os setores: política, arte, cultura e até mesmo celebridades da TV. Não importava se o famoso em questão pertencesse à mesma emissora que ela, o que valia a pena era a polêmica, a guerra pela audiência! Por esse motivo, ela já fora advertida diversas vezes pela direção, mas ninguém ousava retirar seu programa da grade, já que a audiência e o faturamento do programa eram muito bons. Agora isso era passado. Há exatos nove meses, a audiência de seu programa estava em declínio, em verdadeira queda livre, e os anunciantes minguavam à medida que isso acontecia. Se Eva já tinha a língua solta nos tempos de boa audiência, agora ela apelava, tentando de todas as formas chamar a atenção do público. A expressão "tempestade em copo d'água" nunca fez tanto sentido! Ela tratava como fato qualquer boato, tudo misturado com muita polêmica. O mais crítico era que, com a perda de qualidade das notícias, estava cada vez mais raro encontrar entrevistados de prestígio para seu programa, que perdia gradativamente seus valores, quase se transformando em um programa de fofocas e entrevistas de sub celebridades. A crítica da mídia especializada questionava o que uma emissora do porte da TVG estava esperando para tirar o programa do ar; e um colunista escreveu que o tempo de Eva Mendes já havia passado. No começo, ela até lia estas críticas no ar e debochava com muito bom humor; em um programa ela citou o nome de um destes colunistas e disse: "Como este programa se tornou referência de fofocas e sub celebridades, hoje vou ler seu artigo no ar, já que é o programa certo para ler sua coluna." A verdade é que Eva detestava todos que criticavam seu programa. Com o tempo, o bom humor foi embora e ficou apenas a amargura. Não era segredo para mais ninguém que a direção estava extremamente descontente com a atração.

O fio de esperança que Eva tinha de reerguer sua audiência foi por água abaixo quando um boato começou a circular nos corredores da TVG: seu programa estava com os dias contados; em, no máximo, sessenta dias ele seria cancelado. Eva ficou uma fera. Gritou, xingou e atirou um copo em uma camareira. Quando o produtor a encontrou, ela estava com a maquiagem borrada de tanto chorar, vermelha e eufórica. O rímel havia descido pelo seu rosto junto com as lágrimas, desenhando um caminho negro, como uma máscara de terror. Apesar de o produtor garantir que tudo não passava de um boato, ela não se acalmou, não conseguiu gravar naquele dia e pediu três dias de licença.

No segundo dia de afastamento, Eva acordou mais animada e foi tomar seu café na varanda, com vista para a piscina. Ao abrir o jornal, quase caiu da cadeira. Um famoso crítico de TV que a odiava comentava que no dia seguinte seria a entrega do prêmio Comunicar, e que Sandra Garcia não só era a favorita a levar a estatueta, como a favorita e merecedora de ter um programa só seu, de preferência de entrevistas! Ele terminava a nota dizendo: "Agora que o fiasco do programa *Eva e Você* parece estar realmente com os dias contados, a TVG poderia aproveitar melhor esta jovem jornalista de tanto prestígio e de inteligência apurada para um talkshow só dela, que tal com o nome *Sandra e Você*? Pensando bem, esse nome já está ultrapassado, a talentosíssima Sandra Garcia merece coisa melhor".

Foi o que bastou para que Eva perdesse totalmente o apetite. Decidiu que iria ao Teatro Municipal para assistir a entrega do prêmio, já havia recebido o convite.

Ela não morria de amores por Sandra, pelo talento e fama repentina que ela tinha, mas ocupar o seu lugar? Jamais! Ela tomaria providências, não importavam quais, para que isto não acontecesse.

Dezenove

SANDRA RESOLVEU PASSAR PELO escritório de Simão para ver como ele estava.

— Olá, posso entrar ou incomodo?

Simão estava sentado na frente de um porta retrato que trazia uma foto dele abraçado com seu irmão Evandro. Sorriam em um lugar que parecia uma festa ao ar livre, numa tarde ensolarada.

— Sandra, que boa surpresa! Encontrou tempo para visitar um velho amigo?

— Eu sempre tenho tempo para os amigos.

— Deixa o Ronil ouvir isto e você não terá tempo nem para respirar. — Os dois deram risada, mas Sandra percebia que ele estava se esforçando para parecer normal, provavelmente ainda abalado pela morte do irmão.

— Não vou perguntar se você está bem, pois sei que o momento não é dos melhores.

— Sabe, San, eu imaginava que quando se perde alguém a tristeza te invade, mas — seus olhos marejaram — eu sinto um misto de tristeza e ódio. Como eu queria pegar a pessoa que fez isto e... Bom, deixa pra lá. Nem mesmo a polícia parece ter esperanças em conseguir prender este facínora.

Sandra se compadeceu de Simão que, apesar da idade, sempre fora um homem forte, valente. Andava empertigado, sempre em forma, mas agora parecia ter envelhecido, em três dias, pelo menos dez anos.

— Simão, eu sei que não é grande coisa, mas acabei de conseguir o aval da direção para me dedicar ao caso e eu quero que saiba que não é somente pelo furo jornalístico. O meu desejo é poder descobrir uma solução definitiva para o assassinato de Evandro. Também quero ver o responsável atrás das grades.

— Está falando sério que você vai investigar? Acredita ser possível descobrir algo diferente? — Simão parecia ter acendido a fraca chama de esperança que quase se apagara. — Eu realmente só tenho a agradecer e quero que conte comigo para o que precisar.

— Eu já tenho uma teoria, Simão. Ainda é muito embrionária, mas é uma hipótese.

— Pode dividir? — Mesmo antes que Sandra respondesse, Simão já sabia a resposta.

— Por enquanto, não! Mas se estiver livre na sexta à noite podemos jantar e trocar algumas informações. Até lá espero ter apurado alguns fatos.

— Então escolha o restaurante, madame, você acaba de ganhar um jantar!

Vinte

ERA QUINTA-FEIRA, E SANDRA resolveu tirar toda a tarde para se dedicar às investigações do caso de Evandro. Tinha uma lista de pessoas para entrevistar, mas a primeira pessoa era Elcy Fanny, a ex-namorada sessentona de Evandro, que estava agora na cobertura do edifício que ela acabara de entrar. No elevador foi imaginando como tratar o tema sem ser indelicada. Tinha conseguido a entrevista dizendo que era uma matéria sobre os veteranos da televisão. Chegou à cobertura do edifício que ficava localizado no bairro com o metro quadrado mais caro da cidade, tocou a campainha e foi atendida por uma empregada de avental impecavelmente engomado.

— Boa tarde, tenho hora marcada com Elcy Fanny. Sou Sandra Garcia.

A criada abriu um sorriso de quem pensa: "Eu sei quem é a senhora, te vejo todas as noites na TV", mas não disse nada, respondeu apenas:

— Boa tarde, queira me acompanhar, por favor. Ela vai te receber na sala de visitas.

O apartamento surpreendeu Sandra pela beleza e bom gosto. Era decorado com móveis pesados e escuros, mas mantinha um ar de modernidade através da decoração. Ela observou obras de pintores famosos no hall de entrada e arte em cerâmica, as quais deveriam valer mais do que o que muitos funcionários da área de jornalismo recebiam por um mês de trabalho. Elcy estava sentada numa poltrona confortável, sob um raio de sol que se infiltrava pelas cortinas pesadas do cômodo. Tinha nas mãos uma xícara de algo que fumegava, apesar do calor, e ao lado um carrinho antiquado de chá. Ao ver Sandra, levantou-se, com sua característica fisionomia cômica, e com os braços abertos para recebê-la.

— Bem-vinda, querida. *Mi casa es su casa!*

— Obrigada. Seu apartamento é simplesmente encantador!

— A gente faz o que pode. Houve uma época em que eu ficava mais tempo nos palcos, viagens e festas, que quase me esqueci o quanto é bom estar no aconchego do lar e aproveitar as mordomias que o dinheiro nos proporciona. Você aceita chá, é de hibisco, gosta? Se preferir, posso oferecer-lhe outra bebida.

— Chá de hibisco seria ótimo, obrigada.

Sandra odiava chá de hibisco, preferia tomar um suco, mas fazia parte do manual da boa visita gostar do que o anfitrião gostava. Observou enquanto a própria Elcy servia numa xícara de porcelana branca com bordas douradas o líquido fumegante. Era muita gentileza servir pessoalmente, havia dispensado a criada para ficarem mais à vontade. Característico dela. Sandra, por um momento, esquadrinhou a figura à sua frente. Apesar da idade, Elcy exibia pernas longas e bem torneadas, cruzadas num vestido que, com certeza, havia sido feito sob medida por algum estilista francês. Era loira, com um corte de cabelo na altura da orelha que conferia um visual moderno. A idade estava presente apenas nas mãos, desespero até das mais afortunadas, já que as rugas e manchas na pele contrastavam com o rosto liso e jovial e entregava a idade que muitas plásticas tentavam esconder.

— Você informou que se tratava de uma reportagem sobre minha carreira?

— Sim. Na verdade, sobre sua vida, sua trajetória até se tornar esta estrela que o mundo ama!

Elcy sorriu deliciada com o elogio. Seu ego era como um animal de estimação que precisava ser alimentado várias vezes ao longo do dia. Recostou-se na poltrona aveludada, as mãos segurando a xícara fumegante de porcelana.

— Então, vou começar pelo começo. — Elcy se pôs a narrar sua infância, segundo ela, sofrida. Seus altos e baixos, os concursos de miss em sua terra natal, tudo o que as pessoas já estavam cansadas de saber. Viera de uma pequena cidade distante, junto dos pais, que eram muito pobres. Sandra procurou aparentar interesse, intercalando com perguntas de vez em quando. Depois de quase trinta minutos de narração, ela achou que era o momento de atacar. Não queria ser apressada, estava na casa de Elcy e qualquer indelicadeza poderia fazer com que seu plano fosse por água abaixo.

— Elcy, não quero ser indiscreta, mas já aviso que serei. Este tipo de reportagem jamais seria completa se eu não fizesse algumas perguntas em relação à sua vida emocional. Como anda o coração em relação ao amor? Está apaixonada atualmente? — Se Elcy percebeu a armadilha, não deixou transparecer, cruzando elegantemente as pernas, atacou um bolinho da bandeja na mesa de centro e, enquanto sorria, lambuzou-o com geleia, usando uma espátula de prata.

— Eu sempre estou apaixonada. É o meu jeito, eu sou assim, apaixonada pela vida, pelo meu trabalho.

— Mas há alguém que tenha feito seu coração bater mais rápido?

— Apenas meu instrutor da academia, quando me faz pegar pesado na malhação — Elcy respondeu e disparou uma gargalhada.

Sandra percebeu que teria que ir direto ao ponto.

— É difícil imaginar uma mulher tão bonita e bem-sucedida sozinha...

— Sozinha a gente nunca fica, meu bem.

— Você amava Evandro Jordel? O que achou da morte dele? — A pergunta teve o efeito de um dedo na tomada. Elcy deixou de sorrir, mas em poucos segundos conseguiu se recompor. Já não parecia tão à vontade.

— Querida, você informou para minha agente que se tratava de uma entrevista sobre a minha carreira, não sei o que isto...

— Reportagem sobre a sua vida, Elcy! Afinal de contas, não é segredo para ninguém que a senhora foi namorada de Evandro por muitos anos no passado.

— No passado, isto significa que já havia terminado há muito tempo.

— Mas como você ainda não tem ninguém, e a morte dele é notícia, acredito que o público queira saber sua opinião a respeito.

— Então, acredito que seja mais adequado perguntar para a noiva dele, que ficou viúva antes da hora.

— Acredita que esse noivado tenha mexido com você? Ainda tinha esperança de voltarem?

— Pode desligar o gravador por um momento, por favor? — Elcy pediu de forma delicada, mas firme, e Sandra obedeceu.

— Escuta, garota, tenho muito respeito pela sua história, que ainda está apenas começando. Você não faz ideia do quanto a vida te torna sagaz depois de cinquenta anos de carreira como eu tenho. Não sei aonde você quer chegar, mas já vou adiantando que, por trabalharmos na mesma emissora, você não tem autorização para reproduzir nada do que está sendo dito após o desligamento deste gravador. — Sandra ia começar a falar, mas Elcy foi mais rápida. — Portanto, ouça: cuidado com as perguntas que faz por aí, não queira estragar sua reputação no começo da carreira. Respeito seu faro jornalístico, mas não vou cair nas suas armadilhas. Eu me recuso a falar publicamente sobre Evandro Jordel.

— Éramos amigos, Elcy. Apesar de tudo, sei que ele nutria muito carinho por você.

— Não fale do que você não sabe! — Sandra viu os olhos enviesados da entrevistada saltarem nas órbitas e, por um momento, ela pareceu perder a sanidade e a compostura. — Se ele tivesse o mínimo de consideração por mim... ele jamais... jamais. — Elcy começou a soluçar, os ombros descendo e subindo numa convulsão de lágrimas e palavras entrecortadas. Sandra chegou a sentir pena. — Você não sabe o que é se dedicar de corpo e alma a um homem, fazer planos para o futuro, se doar, com toda a imprensa especulando um casamento, e aí... e aí... o que ele faz? Viaja para um congresso em Miami e desaparece por duas semanas inteiras, sem ligações, sem recados. Nem um postal aquele filho da mãe escroto teve coragem de me mandar! E aí fico sabendo por uma foto na capa de uma revista que ele está noivo... N-O-I-V-O daquela vaca magricela. — Elcy levou as mãos ao rosto e chorou copiosamente.

— Tente ficar calma, eu entendo o quanto deve ter sido dific...

— Você entende o quê, garota? Você é pouco mais do que uma menina, é bonita, jovem... Mas eu, na minha idade. Ele foi minha última chance de me apaixonar... — Elcy puxou um guardanapo e delicadamente secou o canto dos olhos. Quando olhou para Sandra as lágrimas tinham desaparecido, e o que Sandra viu em seus olhos a deixou assustada, havia um brilho insano ali. Sorrindo, Elcy disse: — Eu quase fiquei em êxtase quando soube da morte dele. Ah, como eu queria aplaudir o bandido que enfiou aquela faca no coração daquele canalha. — Ela soltou uma gargalhada. — Eu imagino a surpresa daquele medíocre quando foi abordado. Morto por um ladrão. Você quer mesmo saber o que eu acho da morte dele? Achei ótima e só lamento por não ter tido a oportunidade de ver aquele desgraçado implorar por sua vida. Isto tem um nome: JUSTIÇA do destino.

Sandra percebeu que ela tremia muito.

— Se publicar qualquer coisa do que ouviu aqui, eu nego — e reduzindo o tom de voz, ela completou: — e juro que acabo com sua carreira. — Elcy se levantou, ajustou suas roupas. Por um momento parecia que ia voltar a chorar, mas quando voltou a falar tinha novamente um tom doce e descontraído na voz. — Se me dá licença, meu amor, eu preciso muito repousar, terminamos sua entrevista em outra ocasião. Por favor, me entenda, eu não quero ser indelicada com você, mas não tenho a menor capacidade de prosseguir hoje.

Sandra se levantou:

— Entendo, Elcy, eu realmente não tinha a intenção de...

— De quê, meu anjo? Não aconteceu nada — Elcy deu uma piscadela —, apenas uma crise de uma mulher de quase setenta anos que precisa repousar um pouco. Judite! — A criada se aproximou. — Por favor, sirva mais um chá para a moça e depois a acompanhe até o elevador. Preciso me deitar, minha enxaqueca está me matando.

Vinte e um

Estavam no Dom, restaurante badalado dos Jardins, com sua entrada imponente e cardápio famoso. Havia entrado recentemente na lista dos dez melhores restaurantes do planeta, ocupando com louvor a sétima posição. Sandra estava em dúvida sobre o que vestir para o jantar com Simão Jordel, já que não sabia qual restaurante iriam, e agradeceu silenciosamente por ter escolhido um vestido de pregas de seda com salto alto. Não se perdoaria por ter ido de tênis em um restaurante como aquele. Simão estava super à vontade e parecia um pouco mais disposto do que na última vez em que haviam conversado, apesar das olheiras entregarem as noites mal dormidas.

Conversavam amenidades, e Simão se mostrava, como sempre, uma pessoa bem-humorada. Conseguiu fazer graça com a quantidade de talheres dispostos sobre a mesa e o clima solene que o ambiente ostentava. Sandra se divertiu muito, enquanto ele contava um pouco da sua infância pobre na periferia da cidade, seu primeiro emprego aos dezesseis anos como entregador de jornais e fez ela dar risada quando comparou os cachorros-quentes que eles comiam por uma ninharia em frente à faculdade de Publicidade que cursava, com os componentes do cardápio à sua frente. Pela primeira vez, Sandra sentiu vontade de também contar sua infância e adolescência sofrida e desventuras. Mas por enquanto não contaria. Quem sabe um dia se abrisse com algum amigo! Simão exalava confiança e, com sua idade um pouco mais avançada, transmitia maturidade e experiência, a postura de um pai, ou um tio, figuras que ela não havia tido.

— Como foi sua conversa com minha ex-quase-cunhada?

— Sinceramente? Me assustou um pouco. Não conseguiu sustentar por muito tempo sua fachada de miss simpatia quando insisti no assunto Evandro Jordel. A morte do seu irmão foi um assunto que ela não esperava que entrasse na pauta.

— Ela chorou?

— Bastante, mas não por tristeza. Pasme! A quase-noiva de seu irmão ainda está bem magoada com o pé na bunda que recebeu.

— Ainda? Depois de todo este tempo.

— Acredite se quiser, meu caro: a rainha da TV descontrolou-se, chorou, fez beicinho e tudo! Acreditei até que fosse me bater. Não foi uma cena bonita de se ver.

— E o que ela disse sobre a morte dele?

— Só não soltou um rojão por não ter um ao alcance das mãos.

— Será que essa velha mandou matar meu irmão? Não consigo nem pensar nessa hipótese. Mas não podemos esquecer que ela estava na cena do crime.

— Se dependesse das coisas que falou, já poderia estar presa. Mas na real? Não acredito na culpa dela. Um assassino de verdade teria sido mais discreto na sua postura. Mas não posso garantir que não esteja envolvida, ainda não riscaria seu nome da lista.

— Pretende prensá-la novamente?

— Na casa dela? Nem pensar. Não sei por que, mas saí com a impressão de que não serei convidada para sua próxima festa de aniversário ou almoço de domingo. Por enquanto, vou seguir outras pistas e ver de que forma consigo abordar o mesmo assunto novamente sem que ela corte os pulsos ou se jogue da sacada.

— E agora, qual é o próximo passo? Voltamos à estaca zero?

— De forma alguma. Vou investigar Rogério, afinal ele discutiu com seu irmão momentos antes do assassinato. Também vou buscar informações sobre antigas amizades de seu irmão, alguém do passado dele.

— Boa sorte, Sherlock!

Vinte e dois

Sandra estava pronta para uma reportagem externa. Fariam algumas tomadas sobre a forma que as pessoas se preparam para a Semana Santa e filmariam diversas religiões no seu dia a dia. O padre em uma paróquia do centro da cidade, um pastor de uma comunidade evangélica e a comunidade judaica e sua interpretação para a ocasião. Ronil estava vibrante e com Fábio Guedes ao lado:

— Sandra, quero comunicar oficialmente que o Fábio Guedes é seu novo diretor de externas! Ele te acompanhará na reportagem sobre a Semana Santa que realizará hoje.

— Que ótimo, achei que tínhamos um pacto de que me acompanharia nas externas...

— Sandra, querida, sentirei falta de nossas aventuras tanto quanto você, mas o dever aqui dentro me chama. E, se quer saber, está um saco isto aqui, daria metade do meu salário para ir para rua ver um padre rezar. Vá lá e aproveite! O Fábio é ótimo e está super empolgado para trabalharem juntos.

— A propósito, estou realmente radiante de trabalhar com você — interrompeu Fábio —, quase tanto quanto você! Faz tempo que não tenho uma recepção assim, tão calorosa — complementou, sarcástico.

Sandra ruborizou, realmente estava sendo grosseira com o rapaz sem ao menos o conhecer direito.

— Me desculpe, eu realmente não quis transparecer falta de vontade. — Estendendo a mão, pegou na de Fábio com um aperto vigoroso. — Seja bem-vindo, tenho certeza de que formaremos uma boa dupla.

Fábio sorriu e segurou um pouco além do necessário a mão de Sandra.

* * *

Dentro da van da emissora, a caminho da primeira reportagem na Igreja de Santa Ifigênia, na rua de mesmo nome no centro da cidade, conhecida pelas suas lojas de eletrônicos, Sandra fazia algumas anotações, mas não conseguia se concentrar. Fábio dirigia calado e observava o semblante de preocupação estampado no rosto de Sandra:

— Ainda preocupada com o assassinato do publicitário?

Sandra sorriu falsamente e arqueou as sobrancelhas como uma criança que é pega em flagrante ao fazer algo indevido:

— Não me entra na cabeça alguém ser assassinado logo após receber um prêmio tão importante. Alguém brilhante que nem pôde usufruir do reconhecimento. E a polícia? Hum! A polícia... eu quase não acredito na atuação medíocre daquele delegado.

— Eu tenho certeza que ele foi assassinado!

Sandra virou a cabeça e olhou na direção de Fábio, ele dirigia com o sol refletindo em sua face e os cabelos se movimentando com o vento, já que a janela estava aberta e metade de seu braço pendia para fora.

— Resolveu mudar sua opinião? Não era isso que achava naquela reunião.

— As pessoas mudam de opinião. E depois de encontrarem a aliança, a carteira e o relógio dele, ficou claro que não se trata de latrocínio.

— Só a polícia que não percebe isto...

— É claro que eles já perceberam, você não acredita nesta baboseira toda do doutor Matarazzo, não é? Ele é mais esperto do que parece. Tenho amigos na polícia que já me garantiram que a suspeita é de assassinato. Eles não vão dizer isto para não atrapalhar nas investigações.

— Não sabia que tinha contatos na polícia! Não se preocupa em contar isto para uma jornalista? Eu não sei guardar segredos.

— Não me preocupo. Sei que você não atrapalharia esta investigação, não "esta" investigação. O crime mexeu com você, percebo isto. De qualquer forma, você já insinuou isto na sua cobertura.

— Sabe mais alguma coisa?

— Não, mais nada. Mas ainda acredito que estão perdendo tempo investigando as relações próximas da vítima!

— Ah, é? Por quê?

— Eu me concentraria em grupos de extermínio, isto me parece uma mensagem destas gangues nazistas que existem aos montes pela cidade.

Sandra sentiu seu sangue gelar! Fábio estava na mesma linha de raciocínio dela, e não havia trocado uma única palavra sobre a abotoadura que ela achou.

— Está falando sério? Quem te falou sobre isto?

— Ora, ninguém. Digamos que eu tenho uma imaginação fértil, não vale rir de mim! É apenas uma teoria de quem lê muitos romances de mistério!

— Não vou rir. Acredita que eu tenho a mesma desconfiança? Mas eu tenho um motivo para isto, e você?

— Não sei qual o seu motivo, mas pense comigo: Evandro é negro, é famoso e veio de uma classe muito desfavorecida. Criou uma empresa, fatura muito e recebe o maior prêmio de publicidade por uma campanha que detona o racismo e o preconceito.

— Além de namorar uma modelo linda, loira e de olhos azuis!

Fábio se engasgou nesta parte, mas prosseguiu:

— A propaganda dele mostra negros doando sangue para brancos, entre outras cenas, e você já assistiu ao vídeo que tem um minuto e meio em *slowmotion*?

— Não, por quê?

— Então assista. Em câmera lenta há uma mensagem subliminar lá. — Fábio desabou na risada. — Coisa de diretor de vídeo maluco. Só eu mesmo para assistir quinhentas vezes o vídeo e reparar em algo que me fez assistir em slow!

— Ok! Você conseguiu despertar minha curiosidade. — Sandra olhava para Fábio e mastigava a tampa de sua caneta. — Vamos! Me conte o que é, ou terei que comer esta caneta inteira de curiosidade?

Fábio freou com violência ao passar por trás de uma carreta e perceber que o sinal estava fechado.

— Desculpa, não vi o sinal fechado — disse, ajeitando o cinto de segurança que quase o enforcara com a brusca freada. Os objetos que Sandra segurava no colo, como bloco de anotações, bolsa e caneta rolaram pelo chão, mas ela nem se movimentou, estava paralisada esperando o desfecho do relato de Fábio. — No vídeo, aos três minutos e cinco segundos, aparecia um negro doando sangue para um homem loiro de olhos azuis, não dá para reparar na velocidade normal, pois a cena passa muito rápido, mas em câmera lenta se percebe que o jovem alemão possui uma tatuagem no braço que recebe o sangue.

Sandra nem precisava perguntar qual era a tatuagem para ter certeza do que viria, mas continuou olhando para Fábio com uma expressão questionadora.

— Em princípio não compreendi do que se tratava a tatuagem, parecia apenas um borrão. — Fábio deixou de sorrir por um minuto. — Mas então resolvi dar zoom na cena e a tatuagem... — ele sorriu de leve —, ah, Evandro era mesmo um gênio... a tatuagem, Sandra, era de uma cruz suástica! O alemão que recebia sangue do negro era um nazista!

Vinte e três

SANDRA AINDA ESTAVA COM a adrenalina a mil com a descoberta feita no vídeo que rendeu o prêmio para Evandro. Tudo fazia sentido! Se aquela afronta tivesse sido notada por algum grupo de neonazistas, a morte de Evandro poderia ser uma mensagem. Ainda que dentro de um enigma, poderia ser uma mensagem! Uma resposta ao vídeo premiado.

No calor da emoção, Sandra resolveu contar a Fábio toda sua desconfiança, a abotoadura e a entrevista feita com Elcy Fanny. Fábio recebeu a notícia da abotoadura e ficou elétrico! Parecia um detetive de romance policial à beira de desvendar um grande segredo:

— Sandra, você precisa mencionar o fato da abotoadura para o delegado! Pode ser que, com isto, eles mudem o rumo de suas investigações!

— E você deve mencionar este detalhe do vídeo também, temos duas pistas importantes nas mãos ou...

— Ou o quê?

— Podemos usar esta linha de raciocínio e aprofundarmos o tema antes de levar para a polícia! Não sei você, mas eu não estou com a mínima vontade de sofrer com a chacota do Matarazzo e perder uma super-matéria assim, de bandeja.

— Meu Deus! Não é possível que você queira se aprofundar nesta investigação! Está louca? O Ronil jamais permitiria. Isto pode ser muito perigoso, aliás, se nossa desconfiança for verdadeira, eles já mataram uma vez num evento cheio de seguranças, e não hesitariam em fazer novamente!

— Eu estou disposta a correr risco. — Sandra sabia que a história era muito boa e não se sentia atraída com a ideia de levar tudo para a polícia e ainda ser ridicularizada com a linha de raciocínio. — E já até sei por onde começar. E a autorização, o Ronil já me deu. — Sandra estava corada, parecia uma menina pulando ao receber um estojo de maquiagem.

— Então, boa sorte. — Fábio balançou a cabeça em sinal de preocupação, avistou a igreja Santa Ifigênia e deu seta para encostar ao meio fio. — Você vai precisar.

* * *

Estavam chegando à Praça da República, lugar em que entrevistariam um pastor evangélico que fazia um trabalho de evangelismo de rua. A entrevista com o Padre da Igreja Santa Ifigênia havia sido um sucesso; o padre, muito carismático, que já estava há anos na mesma paróquia os recebeu bem e ainda entregou um crucifixo dourado. Sandra avistou um aglomerado de pessoas em círculo na praça e havia uma caixa de som ligada a um microfone de lapela num senhor grisalho que segurava uma Bíblia grande na mão, provavelmente o pastor. Com muita eloquência, falava sobre o perdão e a graça divina! Era próximo das quatro da tarde e a praça estava bastante movimentada. Pessoas sentadas à distância observavam, enquanto outros, em pé, ladeavam o pregador. Havia alguns que aplaudiam; um grupo de jovens distribuía folhetos em outro canto da praça. Algumas mulheres de saia oravam por pedintes e mendigos da região enquanto distribuíam lanches. Fábio fez algumas tomadas junto ao cinegrafista. Sandra entrevistou o pastor, que falou sobre o que representava a Semana Santa para os evangélicos. Explicou que, diferente dos católicos, eles não guardavam a sexta-feira, nem faziam jejum de carne, respeitavam bastante os católicos e os que guardavam a data, mas acreditavam na santificação diária. Após a câmera ser desligada, Sandra ainda aproveitou para pedir dicas ao pastor, formado em teologia, sobre crimes relatados na Bíblia para a série especial que estavam preparando. O pastor, que se chamava Gideão, afastou-se e voltou com um punhado de folhetos nas mãos:

— Pronto. Separei alguns folhetos bastante interessantes sobre o tema que você precisa. — Entregou-os a Sandra, juntamente com uma pequena Bíblia de presente. — Aí tem muitos crimes motivados por inveja, calúnia, traição, cobiça. A Bíblia é um livro bastante interessante. Você sabia que Davi planejou uma trama num campo de guerra, ou seja, uma luta inteira em que o seu principal objetivo era a morte de um dos seus soldados? Aliás, um de seus melhores soldados. O motivo? Ele havia engravidado a mulher do soldado enquanto ele estava na guerra. Há, também, a ambição de Judas que entregou Jesus por trinta moedas de prata. Ele nem usufruiu do dinheiro, se suicidou enforcado em seguida. Há a história do primeiro assassinato do mundo, com a morte de Abel pelas mãos de Caim. Enfim, se precisar de detalhes, no verso há o carimbo com o endereço de nosso templo, terei o maior prazer em ajudar.

— Muito obrigada pela atenção e depoimento, Pastor Gideão.

Sandra ainda estava contemplando os folhetos entregues e organizava sua agenda, quando uma mulher que estava no grupo de oração se aproximou, usava saia vermelha e uma blusa creme de lã. Ela era muito idosa e tinha o rosto bastante anguloso, a pele de seu rosto era bastante vincada pelas rugas, ela gritou meia dúzia de palavras que Sandra não conseguiu compreender e nem assimilou como sendo algum idioma que conhecesse. Sandra observou um pouco assustada. Fábio se aproximou de ambas. A mulher olhou para Sandra, bem dentro de seus olhos, e disse:

— Filha, muito cuidado por onde você anda e por onde enveredarás teus pés! Há um perigo iminente em teu caminho! — Sandra sentiu seu coração acelerar e a pele se eriçar com um arrepio. — Vigie por onde vão teus passos, pois eu vejo o mal querendo tocar-te. O espírito da morte está rondando sua vida!

Sandra estava trêmula e o que a fez sair deste estado assustador foram as mãos de Fábio, que a envolveram e a direcionaram para a van.

— Vamos, Sandra, já terminamos por aqui. — Ele assumiu o volante, mas Sandra, sentada ao lado dele, continuava a tremer.

— O que foi? Você não levou a sério o que aquela velha maluca falou, não é?

— Ela falou com muita propriedade. — Sandra ainda tremia, enquanto a van se distanciava da praça. — Ela sabia exatamente o que estava falando... — Sandra torceu o pescoço e olhou pelo retrovisor para a praça que se distanciava. O aglomerado de pessoas ainda estava lá, de costas para a imagem refletida, porém a mulher de saia vermelha continuava parada em seu lugar, olhando para a van.

Vinte e quatro

Era noite e Sandra estava na academia da TVG, em sua aula de muay thai. Praticava duas vezes por semana após os telejornais. Exausta, o suor pingava como torneira aberta de sua testa. Ela praticava a luta tailandesa há pelo menos dois anos, desde que conhecera a arte em uma visita ao país de origem. Além do preparo físico, a disciplina era conhecida como a luta das oito armas e mesclava o uso de punhos, joelhos, cotovelos, canelas e pés. Sandra apreciava principalmente o poder de concentração que ela sentia após as lutas. Depois daquele dia pesado, decidiu que o melhor a fazer era treinar.

— Muito bem, guerreira. — Finalizou Aretusa, sua professora de muay thai. — Agora é ir para casa e descansar o cérebro. Percebi sua distração em alguns golpes. O que foi? Alguma notícia ruim no telejornal de hoje? O dólar subiu? O Eike Batista foi morar em uma comunidade carente ou o U2 se desfez? — Aretusa era uma eterna gozadora.

— Não, Aretusa, nada tão grave a ponto de impactar a vida da humanidade. Só um pouco de preocupação, mas coisa passageira.

— Hum... Será que minha aluna famosa está apaixonada? Não me diga que isto é preocupação com homem, menina! — Aretusa explodiu numa gargalhada e Sandra a acompanhou. Os problemas de Sandra nunca eram estes.

— Quem dera, Aretusa, quem dera!

— Saiba que pode, sim, ser isto, guerreira. Você precisa de alguém, não acha? Esta sua solidão crônica vai acabar te matando, sabia? Um jantar a dois, um beijinho... quem sabe até uma hidromassagem depois, não vão te matar, guerreira!

— Só você, Aretusa, sempre me arranjando um namorado, pena que eles não aparecem! — Sandra recolheu suas coisas e enxugou a testa com uma toalha.

— Ou é você que não os enxerga! — disse Aretusa, piscando e apontando para o vidro da sala de treino, de onde a silhueta de um homem a observava.

Sandra passou novamente a toalha para retirar o suor salgado que lhe queimava os olhos e avistou Fábio, que sorria para ela e segurava uma garrafa de água mineral gelada. Sandra se sentiu corar e caminhou até ele:

— Olá, incomodo?

— Claro que não, que surpresa!

— Ahn... Trouxe esta água para você!

— Nossa! Como adivinhou que era exatamente isso que eu precisava? Meu squeeze do treino sumiu, estava me sentindo no deserto do Saara.

Eu poderia ser seu oásis neste deserto, pensou Fábio, sorrindo.

— O que disse? — Fábio corou instantaneamente ao perceber que, mais do que pensar, havia falado em voz alta.

— Digo... fiquei preocupado, depois de hoje e queria saber como você estava.

— Ah, tá... E a parte do oásis entra onde nisso? — Sandra se divertiu à beça com a postura desconcertante de Fábio que, na maioria das vezes, tinha uma segurança acima da média.

— Enfim — Fábio retomou sua postura segura, enquanto Sandra bebia a garrafa de água de uma só vez —, eu gostaria de oferecer um jantar para espairecer e esquecer toda a preocupação e stress dos últimos dias. Topa?

— Ah, agora você falou a minha língua. Estou faminta, onde vamos?

— Nada de dieta, pensei numa cantina italiana sensacional que conheço no Bexiga. O que acha?

Sandra consultou o relógio.

— Vou tomar uma ducha, fazer uma ligação importante e passar no meu apartamento para trocar de roupa. Afinal de contas, não pega bem ir de uniforme de academia para uma cantina, não é?

— Ok. Que tal te pegar às dez?

— Puxa, o jantar inclui carona de ida e volta?

— É claro! Sou um *gentleman*... Te pego às dez.

Sandra passou o endereço de seu apartamento nas imediações da Paulista e se encaminhou para o vestiário da academia. Queria tomar um banho o quanto antes. Seu celular tocou, era Simão. Conversaram sobre amenidades. Sandra informou que estava na academia da emissora e o colocou a par das últimas novidades, inclusive a descoberta de Fábio sobre o vídeo de seu irmão.

— Ele realmente estava muito engajado nesta coisa de neonazistas — informou Simão. — Acredito que pela repulsa que ele sentia.

— Simão, preciso de um grande favor seu! Preciso acessar o notebook de seu irmão e saber se ele mantinha contato com alguma comunidade que afrontava skinheads, neonazistas de forma pública. Não sei, de repente nas redes sociais, ou se tem alguma anotação que nos dê uma pista. É apenas uma desconfiança, mas acredito que possamos ter sucesso nisso. Se importa?

— Por mim, não há problema algum, o que eu puder ajudar! Nos encontramos amanhã na hora do almoço na praça de alimentação da TVG, ou se tiver um tempinho pela manhã vá até minha sala, no complexo publicitário. Todas as coisas de meu irmão estão lá, não mexi em nada ainda.

Sandra desligou aliviada. Começava a formar parte do quebra-cabeça em sua mente. Seria uma morte ocasionada por grupos neonazistas? Isto parecia loucura, uma teoria da conspiração. Mas agora, mais do que nunca, começava a aparecer os primeiros sinais de que esta linha de raciocínio estava correta! E quanto a Elcy Fanny? E Rogério Freitas? Ele havia discutido com Evandro na noite de sua morte. Sandra ainda não sabia. Enquanto a água quente escorria por seu corpo, deixou a mente vagar pelos labirintos deste caso intrigante. Não poderia parar.

A resposta para o mistério da morte de Evandro estava mais próxima do que nunca. Ela sentia!

* * *

Sandra saiu revigorada do banho. A TVG ficava à beira de uma grande rodovia e seu enorme terreno tinha dois complexos com cidades cenográficas, onde eram filmadas as novelas e seriados da emissora, e mais duas torres: a torre A, onde ficam os estúdios em que se gravam os programas de auditório e toda a parte de entretenimento, e os estúdios dos telejornais; e a torre B, onde Sandra estava agora, que comportava a praça de alimentação no térreo e nos outros dezoito andares todos os escritórios administrativos, como a própria sala de Sandra que ficava no décimo quinto andar, o andar das equipes de telejornal. A academia ficava no décimo oitavo. Já passava das nove da noite e poucos funcionário circulavam pelo prédio naquela hora. Os que ainda trabalhavam estavam na outra torre cuidando da programação transmitida. Sandra acionou o elevador e aguardava, quando se lembrou que a sala de Simão e Evandro ficava um andar abaixo. Resolveu descer de escadas e passar por lá. Já na porta constatou que ela estava trancada. Pelo vidro da divisória, viu o computador de Evandro na mesa dele. Gostaria de aproveitar para levá-lo ainda hoje, não esperaria pelo outro dia. Simão já havia concordado, não se importaria, era o mais interessado. Acionou através do ramal um bombeiro que prontamente subiu com um molho de chaves extras e efetuou a abertura da porta. Sandra agradeceu e informou que estava autorizada a entrar na sala.

Assim que o bombeiro se retirou, Sandra adentrou a sala de Evandro, observou algumas anotações na mesa, números de telefone e programações futuras. Um aperto enorme tomou conta dela. Evandro tinha programação até o final do ano, segundo um calendário em papelão rabiscado sobre a mesa. Sentiu uma tristeza profunda e uma enorme vontade de chorar, mas não resolveria! Ela abriu a bolsa, fechou o notebook de Evandro e recolheu o carregador. Estava quase saindo quando ouviu um barulho lá fora. Pensou que era o bombeiro que havia voltado, mas o andar novamente ficou em silêncio. Abriu algumas gavetas da cômoda ao lado da mesa. Não sabia direito o que estava procurando, abriu algumas pastas, havia recibos de cartão de crédito e nada mais. Na gaveta do meio, além de muitas folhas e layouts de campanhas publicitárias encontrou uma agenda de capa verde. Resolveu levá-la também!

Ao sair, Sandra travou a porta pelo lado de dentro e, no corredor, cruzou com Rogério. Sentiu o sangue gelar e achou muito estranho ele estar no andar de publicidade da emissora, do qual não fazia parte, e ainda mais numa hora em que já não deveria estar lá.

—Trabalhando ainda, Rogério?

Ele pareceu pouco à vontade ao avistá-la:

— Pois é, fechamento do mês. Vim ver se encontro alguém da publicidade para cobrar a entrega de uma nova campanha que estamos aguardando.

— Neste horário não tem mais ninguém aqui! — Sandra percebeu que seu tom foi um pouco mais brusco do que pretendia!

— Sim, mas tem você! Passeando a esta hora?

— Vim buscar algo de que precisava, já estou de saída.

Rogério olhou para o volume da bolsa de Sandra e para a agenda verde que ela segurava.

— Ok, então boa noite e bom descanso! Vou ver se a Inês, analista de publicidade, ainda está aí. Ela costuma ficar até mais tarde.

Rogério fez menção de continuar sua caminhada no andar. Sandra acionou o elevador e fez um último comentário.

— Rogério, a Inês está de férias! Já tem pelo menos dez dias.

Ele parou a contragosto, toda a simpatia havia sumido, e voltou para junto da Sandra.

— Então, vou aproveitar e descer com você. Havia me esquecido.

O elevador parou e Sandra entrou, acompanhada de Rogério. Não havia mais ninguém lá. Sandra não soube explicar o motivo, mas ela sentiu uma inquietação na viagem de elevador do décimo oitavo até o estacionamento, no subsolo do edifício. O silêncio que se fez entre ela e Rogério era constrangedor, e, por incrível que pareça, os poucos segundos pareceram uma eternidade.

Rogério desceu no térreo, um andar antes de Sandra, e com um aceno de cabeça se despediu. Quando a porta voltou a fechar, Sandra estava aliviada e preocupada em perceber que sentiu medo de Rogério.

Vinte e cinco

SANDRA ENCOSTOU O CARRO no estacionamento de seu prédio. Morava no décimo andar. Estava atrasada para o encontro com Fábio e faltavam apenas vinte minutos para trocar de roupa. Não que isso fosse um problema, ela era rápida e básica quando queria. Cumprimentou o porteiro novato, percebeu um olhar constrangido vindo dele, que mencionou:

— Boa noite, dona Sandra! Chegou uma encomenda para a senhora. Deixei no aparador de entrada de seu apartamento, conforme fui instruído pelo porteiro do turno anterior.

— Ah, sim! Muito obrigada. — Sandra tinha um combinado com os porteiros mais antigos: como ficava muito tempo fora e o hall de seu elevador era privativo, pediu que deixassem entregas e cartas que viessem pelo correio no aparador de cobre que ela tinha ao lado da porta de entrada de seu apartamento. O mesmo servia para entrega de pizzas e comidas em geral. Ao final do mês, ela os recompensava com uma gorjeta generosa. — Trata-se de um embrulho ou carta?

— Na realidade, nenhum dos dois, dona.

— Sandra, pode me chamar apenas de Sandra.

— Ah, sim. Sabe como é, sou novo. — Ele sorriu. — A entrega, na verdade, veio de uma floricultura! São flores.

Sandra sorriu e encaminhou-se para o elevador! Flores! Era inegável que algo bom estava acontecendo entre ela e Fábio. Depois de todos aqueles anos, será que ela se envolveria novamente? Se permitiria se apaixonar para valer? Paixão! *Meu Deus*, pensou Sandra, *recebo flores e já penso em paixão*. Aretusa é que estava certa, isto deve ser carência. Só podiam ser de Fábio, realmente ele era um gentleman: a convidava para jantar, fazia questão de ir buscá-la em casa e ainda enviava flores antes do encontro! Sandra devia admitir que ele era bastante romântico e não podia negar que estava sentindo algo muito bom!

O elevador apitou, avisando que Sandra chegara ao seu andar, despertando-a de seus sonhos. *Que flores seriam?* Já fizera uma reportagem sobre o significado das flores! Cada cor e espécie tinham um significado. Mas será que ainda se usava aquilo? Rosas vermelhas seriam sinal de paixão! Muito forte para um primeiro encontro? *Sandra, vamos com calma*, pensou!

As portas se abriram e ela saltou do elevador sorrindo. Parou em frente ao aparador e seu sorriso desapareceu. Sobre o aparador estava uma enorme coroa de cravos brancos, com uma faixa que dizia: "Descanse em Paz, eternas saudades!"

Sandra começou a tremer.

Vinte e seis

FÁBIO ESTAVA NO APARTAMENTO de Sandra, tentando convencê-la a procurar a polícia. Ela estava trêmula e elétrica ao mesmo tempo.

— Sandra, se acredita realmente que isto é uma ameaça formal, procure a polícia!

— Ah, sim! Pois bem, devo procurar a polícia e abrir um boletim de ocorrência contra quem? — Sandra já havia chorado nos primeiros minutos devido ao nervosismo, mas se recuperara rapidamente. — Direi o quê? Recebi uma coroa de flores, destas que enviamos nos velórios, e que dizia "Descanse em Paz" sem um cartão assinado. Agora, acredito que isto seja uma ameaça contra minha vida, favor prender todos os donos de floricultura da região!

— Tente se acalmar. Sei que é difícil, mas estresse não vai ajudar muito neste momento. E, no fundo, você tem razão: receber uma coroa de flores, não quer dizer muita coisa. Poderia até ser um engano, mas conversei com seu porteiro, e ele disse que confirmou seu nome no recibo e o número do apartamento. Pena que não tenha ficado com uma via. Ele deveria ter recusado a entrega.

— Não, Fábio, o porteiro é o menos culpado nisto tudo. Ele não tem permissão para recusar uma entrega, eu poderia estar de saída para algum velório... Sei lá o que ele imaginou! E, ainda por cima, ele está aprendendo, é novato. Percebi um olhar constrangido dele quando cheguei, mas imaginei que fosse por ser nosso primeiro contato.

— De qualquer forma, ele não memorizou o nome da empresa de entrega. Podemos fazer uma busca nas principais floriculturas da região. O que acha? Tentar identificar quem fez o pedido e se pagou com cheque, cartão, enfim, eles devem ter algum registro da pessoa!

— Impossível! Fiz uma busca na Internet pelo guia de assinantes, a quantidade de floriculturas é imensa, perderíamos muito tempo indo de loja em loja, tentando convencer os donos a lembrarem de quem fez o pedido e ainda contar com a sorte da pessoa ter feito o pagamento com cheque ou cartão. Imagine se, depois de todo este trabalho, o responsável por isto tenha feito o pedido pelo telefone ou Internet e o pagamento em dinheiro? Seria uma busca sem fim.

— E agora, o que pensa em fazer?

— O contrário do que a pessoa que me enviou esta coroa deseja! De duas, uma: ou ela quer me intimidar para que eu pare as investigações que comecei, ou quer que eu perca tempo tentando identificar algum rastro nas floriculturas, o que, com certeza, se for o objetivo, ele fez questão de apagar.

— E então?

— E então que eu vou me acalmar — Sandra olhou para a coroa de flores sobre a mesa —, esperar este pressentimento funesto passar e voltar à minha investigação! Já que comecei a mexer no vespeiro, agora não dá mais para parar! Já encurralei a Elcy Fanny em sua casa, e esbarrei no Rogério hoje rondando o andar em que fica a sala de Evandro e Simão. Ele não gostou nada de me ver na sala. Tive um sentimento muito ruim, e parece que ele suspeita que eu esteja investigando alguma coisa.

— Você esteve na sala dele? E aí, conseguiu descobrir alguma coisa?

— Não, mas peguei isto. — Sandra retirou da bolsa o notebook e a agenda de capa verde que pegou da sala de Evandro.

— Bom, pelo jeito nosso jantar vai ficar para uma próxima oportunidade, não é?

— Me desculpe, eu realmente não tenho a menor condição de sair e... — Ela olhou para a coroa de flores e estremeceu novamente.

Apesar da coragem demonstrada, Sandra não era de ferro. Era uma mulher, valente, mas de carne e osso e que agora compreendia aquela cena como uma ameaça à sua vida. Fábio interfonou ao porteiro, que veio retirar a coroa a seu pedido.

— Pode jogar na lixeira, por favor, e se outra encomenda chegar, só aceite com a devida identificação do remetente e empresa que está fazendo a entrega. De preferência, com uma cópia do recibo. — Fábio orientou no hall do elevador o porteiro que, bem pouco à vontade, se retirou com a coroa de flores e desculpou-se mais uma vez.

— Ele levou? — questionou Sandra.

— Sim, pedi para que jogasse fora!

— Desculpa minha irritação. — Sandra levantou os olhos para Fábio. — Você tem sido um excelente companheiro.

Fábio se aproximou e, de forma natural, a envolveu num abraço apertado. Ela aceitou o apoio e recostou a cabeça em seu ombro.

— Está tudo bem. — Fábio sentiu o perfume de seus cabelos. — Eu estarei aqui para o que precisar!

Sandra se afastou, um pouco sem graça após o abraço, e disse:

— Bom, nosso jantar não está de todo perdido! Iríamos comer massa numa cantina, e não posso simplesmente deixá-lo ir embora sem jantar. — Ela foi até a geladeira, abriu o freezer e retirou uma embalagem quadrada. — Tchanam! Lasanha congelada! — Sandra sorriu para afastar o clima pesado que o ocorrido havia causado. — Não é igual à cantina, mas serve para forrar o estômago. Topa?

Fabio morreu de rir:

— Topo!

Sandra afastou as cortinas e abriu a embalagem, colocando o conteúdo que estava numa travessa de plástico no forno elétrico.

Do outro lado da rua em que ficava o edifício de Sandra, um sedã preto de vidros com película estava estacionado. Da janela de Sandra, mal era possível avistá-lo devido à escuridão da noite e pelos vidros escurecidos. O ocupante era careca, tinha uma suástica tatuada no antebraço e um tique nervoso em um dos olhos, que o fazia piscar sem parar. Notou quando a janela do apartamento de Sandra iluminou-se com a abertura da cortina. Paciente, ele passou a mão pela pistola semiautomática encaixada em sua cintura, apanhou um cigarro – o sexto da última meia hora — acendeu e ficou observando.

Vinte e sete

APÓS A REFEIÇÃO, SANDRA ligou o notebook de Evandro e sentou-se no sofá, clicando em diversas pastas e arquivos. Fábio não deixou de reparar o quanto ela era sexy, mesmo usando uma camisa enorme e já bastante surrada com uma calça de moletom. *Ela seria linda mesmo usando a fantasia do Ursinho Pooh*, pensou Fábio:

— Alguma novidade nos arquivos? — ele questionou.

— É como procurar uma agulha no palheiro. Muito layout, muitas peças publicitárias inacabadas. Eu já imaginava que não seria fácil. — Ela abriu a agenda de capa verde. — Há algumas anotações de lápis aqui. Cifras, me parece uma soma em dinheiro. Será que ele estava devendo para alguém?

— Está perdendo o foco outra vez.

— Como assim?

— Você estava super-animada com a pista dos skinheads. Desistiu de verificar isto?

— Não! Pelo contrário, estou animada com esta possibilidade! Quer saber meu próximo passo?

— Tenho até medo de perguntar.

— Vou me infiltrar em uma reunião de skinheadss. Quero saber se, de fato, eles estão envolvidos com a morte de Evandro.

— Ah, tá! E pensa em fazer isso como? Chegar lá e dizer: "Olá, galerinha do mal! Como vocês podem perceber, sou Sandra Garcia, jornalista do jornal da noite. E aí, que tal me contarem sobre estes 'assassinatozinhos' que vocês andam cometendo por aí, hein?

— Nossa, muito engraçado! Estou tendo espasmos de tanto rir, me avise na próxima para eu me preparar e não deslocar o maxilar na hora da gargalhada. — Sandra o fuzilou com o olhar, mas tinha que admitir que Fábio estava se revelando uma ótima companhia: divertido e espirituoso. — Agora, falando sério, é lógico que não pretendo ir de cara limpa. Está na hora de você saber o significado da palavra "infiltrar".

— E como vai saber quando e onde rolam estes encontros? Não deve ser algo que eles anunciam na primeira página do jornal.

— Claro que não! Por isso a resposta para este problema é Deep Web!

— Deep Web? — Fábio não fazia a menor ideia do que se tratava.

— Sim, a web proibida.

— Pode explicar em português agora?

Sandra deu risada com gosto:

— Andei realizando algumas pesquisas e cheguei à conclusão que, se quero avançar na investigação, vou ter que fazer contato com os suspeitos. Pesquisar pelo Google não vai nos revelar a identidade do assassino. Pensando nisto, pesquisei mais a fundo o termo Deep Web. Ela é uma Internet oculta.

Fábio ouvia agora com maior atenção.

— Imagine a Internet como um iceberg. O conteúdo que acessamos é apenas a parte superficial da rede. Redes sociais, sites de conteúdos diversos e até de pornografia legalizada são apenas a parte visível. A ponta do todo. Escondida nas profundezas da Internet há uma zona perigosíssima, que só é possível acessar com equipamento configurado e senhas de acesso. Trata-se de uma web usada por muitos hackers para invadir perfis de pessoas, e também por toda a corja de criminosos que você possa imaginar: pedófilos, traficantes, assassinos e, por que não, neonazistas.

Fábio estava fascinado. Sandra clicou no Google e abriu uma descrição técnica do que seria a Deep Web. Só de digitar o nome no campo de busca, o navegador retornou imagens que quase fez a lasanha que haviam comido vir à tona

— Sandra, isto não é perigoso? Não é contra a lei?

— Não há lei que proíba você de navegar nesta zona da web. O Brasil ainda é muito embrionário em relação às leis de Internet. E tem mais, não usaremos para fins criminosos, mas sim com o propósito de comunicar-nos com estes grupos e enturmar-nos para melhor investigar.

— Você tem a programação necessária para mergulhar nesta camada da web?

— Sim e não!

— Como assim?

— Por que acha que estou dividindo isto com você? Sei de um diretor de externas que tem uma vasta equipe de T.I. abaixo de sua hierarquia, incluindo o melhor hacker que já conheci na vida.

— HD Darth Verde?

— Ele mesmo! — Sandra se referia a um integrante da equipe de Fábio, fera em programação, nerd até os fios de cabelo. Henrique Diolli, ou HD Darth Verde para os funcionários da TVG, era o típico nerd da empresa. Usava óculos fundo de garrafa e sempre, absolutamente sempre, usava uma velha camisa verde, muito surrada, que quando nova já teria sido um verde musgo, agora era um verde-exército-esbranquiçado--me-troca-pelo-amor-de-Deus. Além, é claro, de ser fã de *Star Wars*, o que lhe conferiu o apelido de HD Darth Verde. — Se tem alguém que pode me conectar a esta parte da web é o HD. Preciso de sua ajuda para liberá-lo amanhã bem cedo para me ajudar a ter este acesso.

— Sandra, estou começando a me preocupar. Isto pode ser perigoso para você. Após saber o local de encontro destes malucos, o que pretende? Ir até lá sozinha?

— Depende! Estou aceitando companhia. Vem comigo?

Fábio se preocupou, mas estava gostando dos encontros com Sandra e não se perdoaria se algo lhe acontecesse e ele não estivesse por perto. Pela primeira vez, percebeu que estava envolvido nisto até o pescoço.

— Uma coisa de cada vez! Vou verificar se o HD pode te ajudar. Depois, pensamos no que fazer.

— Jura? Você vai me ajudar? — Sandra vibrou de alegria.

Fábio se levantou e se despediu. O dia seguinte seria cheio. Na saída, ele recomendou que ela trancasse bem a porta, e Sandra lhe agradeceu sinceramente a companhia e preocupação. Na despedida, Sandra lhe deu um abraço apertado. Ele aspirou o perfume gostoso que emanava de seus cabelos e ela apoiou a cabeça em seus ombros por um momento. Na hora do beijo no rosto, nenhum dos dois saberia explicar se por confusão ou movimento desajeitado, os lábios se tocaram por um momento. Sandra, um pouco desajeitada, sorriu e olhou para baixo, afastando-se delicadamente. Fábio ficou fitando-a ternamente e depois, com um aceno, foi para o elevador.

* * *

Passava de uma e meia da manhã quando o carro esportivo prata de Fábio atravessou os portões do edifício em que Sandra morava. O sedã preto, estacionado do outro lado da rua, ligou seu motor sem ruído e deslizou com os faróis apagados seguindo Fábio. O careca da suástica era quem estava na direção.

Vinte e oito

O CAMARIM DE SANDRA NÃO tinha nada de especial. Era médio, e, além de espelho e cadeira de cabeleireiro com produtos para a pele e cabelos, tinha secador e aparatos de maquiagem, havia um sofá-cama, um pequeno banheiro com chuveiro e uma pequena mesa com computador e alguns livros.

Sandra se preparava para uma gravação externa sobre a semana de moda em São Paulo, conhecida como São Paulo Fashion Week. Estava sendo preparada para ser maquiada por Haroldo, um dos mais antigos maquiadores da TVG. Muito conhecido e o preferido das celebridades, sabia tudo sobre os bastidores da TV.

Haroldo tinha quase tudo para impor respeito num octógono: alto, mais de 1,80 m e forte, – mas não era um lutador; era maquiador e, apesar de se vestir com roupas masculinas, tinha as sobrancelhas e unhas impecavelmente feitas. As unhas compridas e caprichadas sempre estavam pintadas em cores fortes. Qualquer um estranhava, à primeira vista. Um homem alto e forte com uma faixa levemente cinza no rosto, denunciando uma barba cerrada feita à gilete, sobrancelhas feitas e unhas manicuradas de dar inveja à Naomi Campbell. Mas fato era que, após conhecer de fato Haroldo, ninguém estranhava mais sua aparência, que se mostrava apenas a casca de uma pessoa alegre, expansiva e muito perfeccionista no que fazia. Não era à toa que ele era requisitado aos finais de semana para preparar a maquiagem de noivas famosas e celebridades.

Sandra lia uma revista enquanto ele trabalhava em seu rosto, quando teve um estalo:

— Haroldo, vou fazer um trabalho investigativo. É algo muito, mas muito sigiloso mesmo, e estou precisando de alguém com sua habilidade para me deixar irreconhecível. Você acha que é possível?

— Ai, poderosa, está falando sério, sua louca? — A primeira troca de palavras com Haroldo também podia ser surpreendente. Ele tinha um jeito todo peculiar de falar. Além de afetadíssimo, ele era tão discreto quanto uma mulher de biquíni na fila de um banco. Sandra já havia se acostumado, mas havia celebridades que, antes de ele se tornar conhecido pela sua arte em maquiar, o dispensaram por não entender seu jeito. — É, tipo assim, uma missão ultrassecreta, secretíssima?

— Quase isso, Haroldo. Mas também bastante perigosa, se eu for reconhecida.

— Então é um disfarce completo, hein? Cabelo, tom de pele... — Haroldo se afastou e avaliou o rosto de Sandra como se o olhasse pela primeira vez. — Eu também colocaria lentes de contato. Seu rosto é muito conhecido. Mas... com o Haroldo trabalhando, garanto que nem sua mãe a reconheceria.

— É lógico que isso é um extra. Então, se topar, vai receber uma boa gratificação pelo seu trabalho.

— Ai, estrela incandescente do meu céu! Eu faria até de graça para você, miga! Olha como eu estou arrepiado! — Ele fez questão de mostrar os antebraços cabeludos que, pelo menos a olho nu, não mostravam nenhum arrepio.

Duas batidas na porta anunciaram a chegada de alguém. A porta se abriu após Haroldo berrar um "Entraaa", e Fábio esticou a cabeça para dentro do camarim.

— Uau, que linda você está! — Sandra ruborizou de imediato.

— Obrigada! É obra do Haroldo! Estou quase pronta para irmos. Me dê mais cinco minutos.

— Não é sobre a matéria de hoje. Eu queria que você me acompanhasse até a área de T.I., antes de irmos. É sobre o pedido de ontem. Consegui um horário com o HD — Fábio falou e piscou. — Eu te espero aqui fora.

* * *

Sandra acompanhou Fábio até o final do corredor do subsolo do edifício. O andar comportava toda a área de T.I. do prédio, e era um labirinto de corredores brancos e brilhosos com diversas portas por todos os lados.

— Faz parte dos pré-requisitos para trabalhar na área conseguir sair vivo deste labirinto?

— Você se acostuma. — Fábio sorriu, e, de repente, abaixando o tom de voz, falou: — Preste atenção, o HD é um cara muito bacana. Chame-o de "HD" ou de "Darth Verde", se quiser. Mas nunca, nunca mencione sua dificuldade para andar! — E cochichou: — Trauma de infância. Sofreu bullying na escola.

Ela sentiu vontade de perguntar do que se tratava, mas os dois viraram num corredor largo e, no final, entraram numa sala escura com diversos monitores ligados e equipamentos com centenas de pontos verdes, vermelhos e laranjas piscando.

— Grande HD! — Fábio fez as apresentações. — Sandra, este é o HD, o analista de T.I. mais experiente que temos! É um verdadeiro hacker! E isso é um elogio, neste meio — completou Fábio, fingindo cochichar no ouvido dela.

— Sandra Garcia! Sou um grande admirador seu. — HD estendeu a mão com um sorriso sincero nos lábios e uma timidez do tamanho de um urso estampada nos olhos, por trás dos óculos com lentes fundo de garrafa.

Ele era magro e sardento, com uma montanha de cabelos louros revoltos na cabeça e não aparentando ter mais do que vinte anos de idade. Apesar de trabalhar numa grande emissora, era totalmente desprovido de vaidade. Usava uma blusa de moletom com um tecido que poderia ter saído de um cobertor velho, e com a gola sempre verde da camisa que era sua segunda pele aparecendo. Apesar de lá fora fazer o maior calor, usava um jeans que tinha pelo menos três números acima do seu e tênis All Star desbotado, de um tom que já tinha sido preto.

Ele se empertigou, mas logo desviou o olhar, tímido, e se encurvou para a tela do computador à sua frente. Sandra foi direto ao ponto:

— HD, estou trabalhando numa investigação bastante sigilosa, e preciso realizar algumas pesquisas na rede. Mas, para isso, preciso de alguém que entenda bastante de Internet e configuração de computadores. Sei que você é o melhor no que faz.

O jovem olhava fixamente para a tela. Sandra percebeu que era a forma que ele encontrara para conversar, já que aparentava sofrer de uma timidez absurda.

— Suponho que esse tipo de pesquisa não seja das que se faz pelo Google, correto?

— Eu já adiantei o assunto por cima, Sandra — esclareceu Fábio.

Sandra fez que sim com a cabeça. HD se levantou e foi mancando até o fundo da sala. Sandra observou que ele parecia ter uma dificuldade em uma das pernas, talvez resultado de uma poliomielite ou alguma outra doença da infância. Lembrou-se da recomendação de Fábio em ser discreta quanto ao seu problema. Ele mexeu numa mochila preta e voltou com um ultrabook nas mãos.

— Este é um equipamento próprio para o tipo de pesquisa que deseja fazer. Ele está configurado para acessar a Deep Web. Mas garanto isso pode ser bastante desastroso.

— Acredita que seja perigoso?

HD a olhou, aterrorizado:

— Depende do interesse com que vai fuçar na rede. No caso de neonazistas, sim. Eu acho um assunto... — Ele escolheu as palavras. — Bastante desconfortável.

"Desconfortável". Uau.

Sandra se sentou junto dele e, durante quase trinta minutos, resumiu de forma muito transparente todas as suas desconfianças e certezas sobre a morte de Evandro.

— Eu ainda não sei qual seria o motivo. Mas preciso muito que você me ajude a monitorar esses grupos. Eles devem ter uma ligação pela rede.

Precisamos encontrar o covil, saber seus próximos passos. Deve haver dezenas de comunidades desses malucos. Preciso que você me ajude a monitorar algum grupo que possa ter algo a ver com a morte de Evandro.

— Quando o Fábio me falou do que se tratava e mencionou muito por cima a palavra neonazistas, me chamou bastante a atenção. Dei uma fuçada durante a madrugada e, sim, encontrei algumas movimentações muito discretas desses grupos. Algo sobre um terceiro Reich, uma reforma que limparia a humanidade e todas as imbecilidades que eles sempre pregam. Mas, por enquanto, nada relacionado ao assassinato do publicitário.

Sandra sorriu e agradeceu a HD. O garoto era realmente bom. Já estava vasculhando a rede à procura de informações.

— HD, vou precisar muito da sua ajuda para integrar nossa equipe de investigação. — Ele pareceu se iluminar com as palavras, e surgiu um brilho eufórico em seu olhar. — Apesar de ter a máquina configurada, eu não conseguiria navegar da forma correta ou fazer as pesquisas necessárias. Posso contar com sua ajuda?

— Gostaríamos muito de contar com o seu apoio — emendou Fábio. — Mas isso não pode atrapalhar suas atribuições aqui. Talvez isso lhe tome um tempo além do seu trabalho habitual.

— Será uma honra enorme ajudar. Contem comigo. — E, com sinceridade, completou: — Minhas noites estão livres, sem nenhum compromisso, ultimamente.

Sandra colocou sua mão sobre a dele e instantaneamente sentiu compaixão por aquele rapaz. Rabiscou seu número de celular particular em um pedaço de papel e completou:

— Me ligue assim que tiver qualquer novidade. Independentemente da hora.

O telefone de Sandra tocou. Era, Simão, esbaforido.

— Sandra, aconteceu algo terrível! — Sandra sentiu o coração gelar.

Vinte e nove

Era tarde e as nuvens escuras no céu de São Paulo anunciavam que uma imensa tempestade iria cair, trazendo um pouco de frio para a sensação de calor que açoitara a todos durante o dia. Elcy Fanny tinha acabado de gravar um quadro para seu programa e, como sempre fazia às quartas-feiras, dispensara seu motorista, pois iria direto para o SPA de uma amiga na serra da Cantareira. Sempre ia para lá nas quartas e ficava até sexta pela manhã.

Afastou-se pelas ruas que ladeavam a emissora e entrou numa rodovia. O céu estava lindo de um lado, com um tom laranja-avermelhado, típico do crepúsculo dos dias quentes de verão, e quase como se cortado pela autoestrada, do outro lado o firmamento estava tomado por um paredão de nuvens negras riscadas por raios que anunciavam o inevitável temporal.

Ela tentou prestar atenção para não perder a saída que precisava tomar. Avistou a placa com o quilômetro da rodovia e fez a curva à direita. Algumas gotas de chuvas grossas começaram a bater contra o para-brisa. Seu carro era blindado, mas ela odiava dirigir com chuva. A blindagem não lhe dava nenhuma segurança contra aquilo.

Notou um sedã preto que já estava a acompanhando há algum tempo. A chuva engrossou, e ela começou a ficar preocupada. Haviam sido anos de aula com psicólogos e instrutores para perder o medo de dirigir.

A tempestade torrencial veio de repente após o estrondo de um trovão, que pareceu fazer a pista tremer. Ela reduziu a velocidade. O sedã preto emparelhou com o carro dela mesmo em meio à abundante tormenta. O vidro do carro ao lado foi baixado, e um careca coberto de tatuagens e olhar animal a fitou. Ele tinha um tique em um dos olhos.

Elcy se assustou. Sentiu o coração dando pulos no peito. A chuva era terrível, e ela não conseguia enxergar quase nada à sua frente. Derrapou, quando percebeu, já quase na ribanceira, que havia uma curva à frente. Já tinha entrado no trecho de curvas sinuosas da serra. Conseguiu retomar a direção com dificuldade. O carro deslizava na estrada. Deu espaço para o sedã preto a ultrapassar, mas ele reduziu a velocidade e continuou emparelhado com ela.

Ele era louco?

Eles morreriam se algum veículo viesse no sentido contrário! Uma placa em meio à tempestade e quase totalmente caída dizia "Trecho com curvas altamente perigosas — velocidade máxima 30 km/h". Elcy olhou para o painel: o velocímetro marcava 60 km/h. Desceu um pouco o vidro e berrou com o motorista ao lado:

— Você é maluco? Nós vamos morrer!

Ele apontou o indicador para o próprio peito e depois fez sinal de "não" usando o mesmo dedo. Depois, com o dedo, fez um risco na altura do pescoço e apontou para Elcy!

Ela entendeu o recado: eles não morreriam. *Ela morreria!*

Foi quando ela viu a pistola automática brilhar na mão do motorista. E gritou.

Trinta

— Simão, o que houve?

— Uma ameaça, Sandra. Alguém está me ameaçando de morte!

— Como assim, o que aconteceu? Onde você está?

— Em casa. Um de meus empregados foi tirar o carro da garagem...

Sandra percebeu que ele estava esbaforido. Havia vozes ao fundo, incluindo a de uma mulher que pedia para que ele se acalmasse. Provavelmente era sua copeira.

— Tente se concentrar. O que houve? — disse Sandra.

— Quando ele abriu o portão da garagem para tirar o carro, viu um volume enorme que impedia a saída...

— Sim, e aí?

— Havia, em frente à minha residência, uma coroa de flores! Das usadas em velórios! E meia dúzia de velas acesas. Dizia "Descanse em paz, Simão". Algo horrível e de péssimo gosto!

— Me aguarde aí. Estou indo para a sua casa!

A jornalista explicou o ocorrido a Fábio, que protestou contra a ida dela para a casa de Simão, já que estavam em cima da hora para gravarem a abertura do evento de moda.

— Já escalei uma repórter. A Vânia vai no meu lugar!

— Sandra, ela não está pronta.

— Está sim. Ela vai do jeito que está!

— Você não acha que está exagerando? Isso está passando dos limites.

— Fábio, você não percebe? A mesma pessoa que me ameaçou ontem também fez isto com Simão! Eu preciso descobrir o que está acontecendo! Alguém está querendo nos assustar!

— Está bem, Sandra. Vai lá e boa sorte. Qualquer novidade, me avise. Ah, eu acho que o Ronil não vai gostar nada dessa tua mudança na cobertura sem o aval dele.

— Depois que eu explicar, ele vai entender!

Trinta e um

ELCY SE DESESPEROU AO avistar a arma, e por pouco não perdeu a direção do veículo. O que estava acontecendo? Assalto? Sequestro? Percebeu que o elemento do carro ao lado estava sozinho.

Ela não se entregaria assim. Com dois toques no volante, o sistema de viva-voz foi acionado, e uma discagem rápida foi iniciada.

Precisava avisar alguém a respeito de seu infortúnio. Alguém que avisasse a polícia.

Houve movimentação no carro ao lado, e Elcy percebeu quando um braço foi colocado para fora, cheio de tatuagens. Uma delas era uma suástica.

A mão com a pistola puxou o gatilho dando um tiro para o alto.

Elcy se assustou e pisou forte no acelerador. No viva-voz, o som da chamada tinha início. Ela torcia para que Judite atendesse logo.

O carro preto se posicionou atrás do carro de Elcy. A pequena estrada sinuosa estava deserta naquele começo de noite. Ele acendeu os faróis altos, que cegaram momentaneamente a mulher. Ela olhou para o velocímetro, que marcava 85 km/h numa pista que demandava apenas 30 em condições favoráveis. E a velocidade continuava aumentando.

Num lampejo de consciência, ela percebeu o que ele queria. A suástica. A ameaça. A propaganda de Evandro antes da morte. Não, não era roubo. Não era sequestro. Elcy desligou a chamada em andamento.

Lágrimas de pavor desciam descontroladamente pelo seu rosto. Como não havia pensado nisso antes? Estava cega pelo ciúme. Tudo fazia sentido, ela sabia! Precisava avisar alguém.

Lembrou-se da jornalista que a visitara. Devia ligar para ela e contar o que descobrira! Enquanto tateava a bolsa, na tentativa de achar seu celular, teve início uma descida – o trecho mais íngreme da pequena estrada. Ela segurava o volante com uma única mão. Conseguiu desbloquear o celular e, pressionando a tecla S, o número de Sandra Garcia apareceu. Era um aparelho corporativo, e o número dos principais contratados da casa estavam lá. Num descuido, o celular deslizou de sua mão antes que acionasse a tecla de discagem. E foi tão rápido quanto o raio que riscou o céu naquele momento.

Havia uma curva muito fechada, e Elcy continuava em alta velocidade. Colocou a segunda mão no volante, mesmo sabendo que era tarde demais. Pisou no freio com força, mas isso não causou nenhum efeito no veículo. As rodas já não estavam mais no asfalto molhado e escorregadio. Ela mergulhava numa velocidade vertiginosa e mortal no abismo à sua frente! O carro capotou uma, duas, três vezes num estrondo atordoante.

Depois, em meio às árvores, prevaleceu apenas o barulho da chuva e o silêncio mortal da eternidade.

Trinta e dois

SANDRA ESTAVA COM SIMÃO num café no centro da cidade. Tinham saído há pouco da residência dele, numa região nobre da cidade. Ela ainda olhava para as fotos da coroa de flores, que registrara com a câmera de seu celular. Haviam optado por guardar a coroa enquanto decidiam o que fariam. Acionar a polícia era uma das hipóteses.

— Acha realmente que corro perigo? — questionou Simão. Embora tentasse amenizar, sua mão trêmula, manuseando a xícara de café, denunciava o estado de nervos em que a situação o deixara.

— Não sei. — Pela primeira vez, Sandra pareceu não estar tão certa sobre o rumo dos acontecimentos. — Se a sua vida está correndo perigo, a minha também está. Mas tem uma coisa que eu não entendo!

— Só uma? Eu não estou entendo mais nada.

— Se é para atentar contra nossas vidas... por que ameaçar?

— Não sei. Talvez faça parte do joguinho dele, ou deles. Nem sei o que pensar.

— Por um momento eu tive certeza de que Elcy Fanny estava envolvida no crime! A frieza, a forma como se colocou diante da situação. Estaria ela tentando nos intimidar? Mandando ameaças para reforçar um ataque neonazista?

— Não consigo imaginar Elcy, a Rainha dos Talking Shows, como uma assassina. E o plano de enviar coroas de flores com nossos nomes...

é simplesmente macabro! A não ser que a velha tenha realmente pirado na batatinha...

Um trovão estrondou lá fora, após a rua se iluminar com um raio. Eram apenas cinco e meia da tarde, mas a cidade estava escura como se já fosse noite cerrada. O trânsito no centro de São Paulo estava parado, com centenas de carros e seus passageiros aflitos para chegar em algum lugar em meio à grossa chuva que descia sem parar entre os altos prédios.

— Se ela pirou, então realmente enterrou uma adaga no peito de Evandro e está nos ameaçando. Mas ainda não me convenci de que não tenha algum envolvimento com neonazistas. Aquela abotoadura e a morte de seu irmão na noite em que era consagrado por ridicularizar o preconceito ainda me chamam a atenção. Seria apenas coincidência?

— E se tudo isso não for uma forma de desviar nossa atenção do desejo de vingança de Elcy? O ciúme dela é implacável. A forma como ela se portou com você... e depois você é ameaçada.

— Nesse caso, há um furo! Por que ameaçar você? Terei que apertá-la novamente...

— Como? Acha que ela ainda vai querer te ver? Nem que você esteja pintada de ouro. — Comentou Simão.

— Em relação a isso aqui, o que pretende fazer? — perguntou Sandra, mostrando a tela do celular e a foto da coroa de flores.

— Vou acionar o doutor Matarazzo — decidiu Simão. - Devo levar a coroa para ele na delegacia? Só não sei como farei com essa chuva e o trânsito parado.

— Em que século você vive? — provocou Sandra. — Olha só esse smartphone de última geração na sua mão! Mande as fotos que tirei para ele, e ele manda uma equipe em sua casa mais tarde se achar que deve retirar a coroa, o que acho difícil. Vou te passar as fotos. Seu bluetooth está ativado?

— "Blue" o quê? — Simão fez cara de espanto. Mas, na sequência, se entregou. — "Simao58" é o meu bluetooth. Sou velho, mas antenado com as novidades. Coisa de publicitário — desdenhou Simão. — Só um minuto que vou ativar. Deixar sempre ligado consome muita bateria.

— Uau, por essa eu não esperava! Simão *high-tech*... Bem, o meu é "SGARCIA", e só ando com ele ativado, assim vou recebendo informações por onde passo e haja sistema Bluetooth. No shopping recebo toda a programação de cinema, novidades do metrô e tudo o mais. Coisa de jornalista!

Os dois riram.

— Tudo isso na memória do celular? Ainda não entendi se isso é bom ou ruim — gracejou Simão.

— O ruim é que, às vezes, no metrô ou no trânsito você recebe material pornográfico ou alguma cantada de algum engraçadinho que nem sabe quem você é... Imagina quem tem tempo de emparelhar com seu aparelho sem saber ao menos sua idade, se é homem ou mulher! Isso é nojento. — Sandra ergueu o celular. — Mas, pelas informações, vale a pena.

Foi o tempo de levantar o celular e ele começou a tocar. Sandra atendeu, e Simão viu ela ficar pálida.

— Está tudo bem? — perguntou, assim que ela desligou. Parecia em choque.

— Preciso ir para a redação agora. — Ela levantou e recolheu sua bolsa. — Não vamos mais "apertar" a Elcy Fanny!

— O que houve? Ela confessou? Se entregou?

— Não. Alguém a apertou antes. Ela está morta. Despencou de um desfiladeiro numa estrada na serra.

Trinta e três

HAVIA UM PEQUENO ALVOROÇO fora do normal na redação da TVG. Fora da sala do Ronil, ninguém sabia ao certo como acontecera a morte de Elcy. Sandra se encaminhou para a sala dele, mas foi impedida de entrar por Jandira.

— Sandra, me desculpe, mas você pode aguardar um pouco? Ele pediu para não ser incomodado por ninguém.

Sandra observou pelas venezianas da sala de Ronil. Havia outros dois âncoras do jornal do meio-dia na sala, além de Eva Mendes. Ela cruzou os braços impacientemente, e ficou plantada em frente ao vidro que separava a redação da pequena saleta do diretor. Ronil a olhou, mas com uma cara de que Sandra não gostou. Ele desviou o olhar e continuou discursando para os dois âncoras, que anotavam e gesticulavam algo que Sandra não conseguia compreender.

Depois de quinze minutos, que para Sandra pareceram uma eternidade, ela viu Eva sair radiante. Nem parecia estar de luto por uma amiga de emissora que acabava de morrer.

— Vamos correr! Tenho uma cobertura sensacional sobre a trajetória de Elcy para meu programa de hoje à noite!

Sandra procurou para quem ela estava se direcionando, mas não viu ninguém da equipe de Eva no corredor.

Ronil veio ao seu encontro:

— Entre, Sandra. Precisamos conversar! Para onde foi a Eva?

Sandra abanou as mãos.

— E só seguir o rastro de penas que ela deixou. — Ronil a olhou estupefato. — Penas de pavão, digo, "pavoa". Ela está toda orgulhosa da cobertura que ficou a cargo dela. — Sandra entrou e se sentou. — Aliás, o feminino de "pavão" é "pavoa", ou "pavão fêmea"? Sempre tive essa dúvida. Ah, já sei! É "Eva Mendes"! — Sandra tentou abafar o incômodo que sentia. — Posso saber por que fui impedida de participar dessa reunião? Elcy Fanny está morta, e imagino que eu deveria dar um destaque para isto na edição de hoje à noite!

— Você não fará a edição de hoje à noite.

— O quê? — Sandra mal podia acreditar no que ouvira. — Essa mulher entrou aqui pra te envenenar? Porque, olha, não é novidade para ninguém que ela não me suporta. Não me diga que ela vai apresentar o meu jornal, na minha bancada.

— Não. O tema é crítico, e chamei os dois âncoras do jornal do meio-dia para apresentar a edição de hoje à noite. A Eva apresentou uma ideia inédita, e nós adoramos: vamos intercalar o programa dela de hoje à noite, que é ao vivo, com o jornal da noite. O programa dela mudou toda a pauta de última hora, e irá relembrar a trajetória de Elcy, já a parte jornalística irá apresentar novidades do acidente que a vitimou.

Sandra sentia o rosto queimando. Mas, apesar da liberdade que tinha com Ronil, queria manter a compostura.

— Primeiro vamos ao que realmente interessa. O que houve? Não estou sabendo de muita coisa. Não acredito que ela morreu e estamos discutindo como será a apresentação oficial da emissora, com a recordação de sua trajetória e tudo o mais...

— Até que se concluam as investigações, ela sofreu um acidente indo para um SPA.

— Acidente?

— Sim. Ela estava numa estrada com curvas perigosas, numa chuva torrencial, sinalizada para manter 30 km/h em situações normais, e ao que tudo indica estava a quase 100 km/h.

— Quem era o motorista?

— Ela estava sozinha.

— Mais alguma coisa bizarra? Ao que me parece, ela era extremamente prudente ao volante.

— Sim. Nem um ponto na carteira sequer. E já dirigia há quase quarenta anos!

— Não acha estranho ela estar nessa velocidade em meio à chuva?

— Nesse momento, tem uma porção de coisas estranhas envolvidas...

— Alguma batida? Algo que possa indicar alguém forçando ela a correr, a tirá-la da estrada ou algo assim?

— Você não conhece essa estrada, não é? Ela voou. Não há um amassado no carro dela, o carro dela ficou amassado por inteiro. Não sobrou muita coisa.

Sandra sentiu o estômago revirar.

— Agora posso saber o que está rolando, para que eu fique fora da edição de hoje?

— Sandra, por que não foi cobrir o evento de moda, que deveria ser noticiado hoje?

— Pode me responder por que estou fora?

— Sandra, por favor, responda à minha questão! Eu sou o editor-chefe desse jornal, e não quero parecer pedante, mas gostaria que as minhas decisões editoriais fossem seguidas! A alta direção da casa estava lá, e informei que você estaria presente, filmando externas. Eles estão cotando um reality de moda. Essa cobertura era importante financeiramente para a casa. Eles ficaram muito decepcionados quando você não apareceu.

— Ronil, eu te conheço. Tudo bem, eu pisei na bola e não te comuniquei de uma troca. Mas pode me dizer por que não posso apresentar a edição de hoje do meu jornal e cobrir o acontecido com a Elcy Fanny?

Pela veneziana, Sandra viu a entrada de dois policiais, além do doutor Matarazzo.

— Sandra, escute: isso tudo é para preservar você.

— Me preservar?

— Eu espero realmente que você não esteja numa grande encrenca. Mas você nunca foi próxima da Elcy.

— É verdade. O que isso tem a ver com toda essa situação?

— A governanta disse que você esteve no apartamento dela há alguns dias, fazendo uma matéria sobre a carreira dela. Isso não estava em pauta alguma! Você inventou a entrevista?

— Você sabia que eu estava investigando a morte de Evandro! Não tenho mais liberdade para apurar informações?

— O doutor Matarazzo está aí, e quer falar com você. A governanta de Elcy o informou de sua visita, e disse ter ouvido choro e alteração de voz de Elcy com a sua presença, que dispensou você mais cedo do que o previsto...

— Sim, e qual a ligação desse fato com a morte dela?

— Elcy, assim como você, tem um celular corporativo. Mas, pelo histórico, nunca fez uma única ligação para você. — Sandra continuou esperando. — Até hoje! Encontraram o celular dela, e no horário do acidente, há uma chamada não completada do aparelho dela para o seu!

Trinta e quatro

Sandra estava exausta, e podia sentir a cabeça latejando nas têmporas. A conversa com doutor Matarazzo fora bastante previsível.

— Qual é seu súbito interesse em Elcy Fanny? Você estave presente na morte do ex-noivo dela, depois tentou pressioná-la, e agora ela está morta e o seu número de telefone aparece na tela rachada do celular dela no cenário da catástrofe!

— Doutor Matarazzo, sou uma jornalista com foco investigativo. Sim, acho que há alguma ligação entre a morte de Evandro e a de Elcy... Algo que ainda não sei exatamente o que é.

— A única coisa que sei é que onde tem acontecido encrenca, o seu nome está envolvido. Vou lhe dizer uma coisa: isso não é um romance policial, ou um filme de detetives. Então, o que quer que esteja acontecendo, quero que você seja transparente e me conte de uma vez por todas. Não sou o policial burro que não pode saber da verdade com o perigo de não acreditar nas suas teorias malucas! Posso não acreditar, mas, nesse momento, considerarei tudo. Me fale toda a verdade!

Sandra suspirou e passou a mão pelos cabelos. Aquele era um momento importante. É claro que ela pretendia continuar investigando por conta própria, mas não poderia ficar calada e deixar uma sombra pairando sobre seu nome. Num rompante de ansiedade, contou ao doutor Matarazzo toda a sua preocupação com o grupo de skinheads e sua suspeita de crime por racismo. Falou sobre a abotoadura, mas omitiu sua pesquisa na Deep Web e seu plano de fazer contato com os principais grupos de neonazistas da cidade.

— Mas que droga é essa? Você por acaso viu uma lona enquanto esteve em minha delegacia?

— Lona? Não, é claro que não...

— Então por que acha que aquilo é um circo? — O delegado falava com tanta aspereza que partículas de saliva saltavam de sua boca junto com as palavras. — Você alterou a cena do crime? Apanhou uma abotoadura e não me falou nada? Ligou os pontos sobre o maldito prêmio que o assassinado ganhou de uma campanha contra o racismo e não me falou nada!

Sandra temeu que ele fosse ter um colapso nervoso ou, num ataque brutal, a atacasse. Continuaram a discutir sobre o caso até que, num momento mais calmo e de bastante lucidez, argumentou:

— Respeito sua linha de raciocínio, mas sua teoria não é sólida! Elcy Fanny está morta e não era negra. Como ela se encaixaria na série de assassinatos? — Corrigindo a tempo, ele completou: — Se é que houve uma série de assassinatos. Por enquanto, há a morte não esclarecida de Evandro Jordel. Já que os pertences roubados foram descartados, e, mesmo assim, há a possibilidade de o ladrão ter se desfeito por medo, após o roubo, ao perceber que seria pego com tantos seguranças circulando. Mas Elcy? Desculpe, jornalista, mas ela não era negra!

— E o faxineiro que achou os pertences? Não acha estranho ele ter morrido logo após o ocorrido, horas antes de depor na sua delegacia?

— Acho, e sabe qual minha teoria? Ele pode ter matado o Evandro. Se aproveitou de um bêbado com uma carteira recheada, uma grossa aliança no dedo, desmaiado de tanto beber num canto escuro. Ele esfaqueia, rouba e depois, por desespero, percebe que seria revistado assim que acharam o corpo. Esconde tudo e no outro dia resolve dizer que encontrou os objetos.

— Ele estava na festa?

— Sim, ele estava, Sandra! E mais: ele tinha acesso através da porta de serviço que dá direto para a rua!

Ela não saberia explicar se a maior surpresa era pela revelação das informações que desconhecia ou pelo fato de o delegado ter chamado-a pelo nome.

— De fato eu não sabia disso.

— Há muita coisa que você não sabe. Não somos uma polícia burra que dorme no ponto. Sabemos muito mais do que você imagina. Não estamos parados.

— Mas você acredita mesmo que o faxineiro possa ter sido o assassino de Evandro? Não se esqueça de que ele morreu após achar os pertences...

— Culpa! Remorso e medo de ser preso! Descobrimos que ele já havia sido preso em sua cidade natal há quase quinze anos por pequenos furtos! Achou que seria preso e pode ter se suicidado.

Sandra estava pasma. Realmente as coisas faziam mais sentido assim. Mas, então, por que ele não havia fechado o caso com essa definição, ou pelo menos apresentado essa versão para Simão, o familiar mais próximo da vítima? A resposta estava no olhar do delegado. Essa era a versão que ele apresentava, em que tudo se encaixava. A versão simplificada. Mas ela percebeu, no olhar dele, que nem mesmo ele acreditava nessa versão da história.

— Então por que não fecha o caso?

— Volto a dizer: porque isso não é um romance policial! Não basta imaginar o que melhor encaixa. É preciso escavar as mentiras até desenterrar as verdades.

Com essas palavras enigmáticas, Matarazzo se levantou, vestiu seu paletó e se virou para sair.

— Se estiver metida em mais alguma encrenca — ele ameaçou, sem se despedir ou se virar —, eu juro que acabo com você!

Trinta e cinco

SANDRA SAIU DA TVG sem rumo. Não sabia ao certo se ia para casa ou para qualquer outro lugar. Pegou um táxi a esmo e desceu no centro de São Paulo.

Estava em frente ao Shopping Light. Resolveu caminhar pelas alamedas do Vale do Anhangabaú. Estava sem nenhuma maquiagem, cabelos presos num rabo de cavalo e usava jeans, tênis, um boné enfiado até a testa e enormes óculos escuros. Tudo muito diferente do terninho que usava durante a apresentação do telejornal. Costumava brincar que aquele era seu disfarce quando não queria ser reconhecida em vias públicas. Quem não convivia com ela e apenas a via durante o jornal dificilmente imaginaria se tratar de Sandra Garcia caminhando livremente por São Paulo.

Já passava das 18h e o sol, como que por desobediência, resolvera aparecer após a tempestade, com seus raios cortando algumas nuvens. Sentou em um dos bancos do Vale do Anhangabaú e ficou por um momento observando as pessoas que passavam — a maioria, apressada. Alguns poucos jovens faziam acrobacias com seus skates; havia um casal de namorados sentados na grama. Algumas folhas de árvores pelo chão eram levadas pelo vento. Tratava-se de uma calmaria que não se encaixava em seu mundo. E como estava seu mundo? De pernas para o ar! A lembrança de seu pai, da morte de Evandro e, agora, a de Elcy!

Também refletiu sobre seu afastamento da edição daquele dia do jornal da meia-noite. Se deu conta, de repente, de que estava muito próxima do Teatro Municipal. Olhou para ele, imponente à distância, tão austero! Sem o glamour da fatídica noite, preservava à luz do sol uma aura de mistério. Sentiu o celular vibrar, era uma mensagem de Ronil:

> "Tente ficar fria, são apenas uma ou duas noites. Mas não fique parada. Espero até amanhã a entrega dos seus textos da reportagem de crimes bíblicos. Você está atrasada! Aguardo pelo menos dois textos amanhã! Boa tarde."

Ronil! No mínimo estava com remorso! E, para ajudar, qual era a tática dele? Cobrá-la por mais trabalho! Uma técnica engraçada que ele sabia que funcionaria com ela.

Abriu sua bolsa para apanhar os panfletos doados pelo pastor. Começaria pelos crimes de Davi, com sua luxúria, e de Caim, motivado pela inveja. Ao remexer em seus pertences, deparou-se com a agenda de capa verde de Evandro. Abriu-a e novamente começou a olhar para algumas anotações. Foi quando reparou num cartão pequeno, escondido entre as folhas. O título dizia: "Lar do Refúgio", e havia um número de telefone. No verso, de forma bem discreta, o cartão dizia se tratar de uma clínica de reabilitação para dependentes químicos! Por que Evandro tinha um cartão de lá? Alguém próximo estaria internado? Algum amigo com problemas de vícios? Bebidas, entorpecentes? Sandra discou o número.

— Lar do Refúgio, Ângela, boa tarde.

Sandra se apresentou e disse ser uma amiga da família, e gostaria de saber se ele ia com frequência até lá.

— Sei que havia um conhecido dele internado aí, e ele ia com frequência visitá-lo. — Sandra resolveu arriscar para arrancar alguma informação. — Gostaria do nome para poder continuar a fornecer assistência a essa pessoa. Poderia por favor me informar o nome?

— Amigo do Evandro, senhora? Internado aqui?

— Sim, me refiro a Evandro Jordel. Ele era publicitário e...

— Eu sei de quem se trata, senhora. Todos o conhecemos, aqui. — A atendente parecia calcular com precisão as palavras, e dava a impressão de estar se comunicando com gestos com mais alguém do outro lado da linha. — Sabemos também que ele faleceu. Sentimos muito. Era alguém muito gentil...

— Sim. Por isso gostaria do nome da pessoa que ele visitava. Em nome da família, gostaríamos de poder continuar a assistir esse amigo. — Sandra se calou. Não parecia convincente nem a si mesma!

— Senhora, não sei se o Evandro fez amizades na época em que ficou internado aqui, mas ultimamente só voltava quando tinha recaídas e era atendido pela doutora Eleanor, a psiquiatra responsável pelo nosso centro de reabilitação. — E, com ares de quem já havia falado demais, finalizou: — Acho melhor você procurar por ela.

Sandra estava atônita. Desligou o celular sem nem mesmo se despedir. Evandro Jordel era dependente químico, e já havia estado internado no Lar do Refúgio! Quais outros segredos da vida de Evandro estavam escondidos? Quais outros esqueletos ela encontraria dentro do armário? Furiosa, discou o número de Simão Jordel.

Trinta e seis

HD ESTAVA EXCITADÍSSIMO À espera de Fábio na pequena saleta do andar de TI. No colo, tinha um notebook.

— Fábio, você não vai acreditar! Encontrei o covil dos lobos — anunciou, num tom enigmático.

— Isso quer dizer que você encontrou algo fabuloso ou que está assistindo muito ao Discovery Channel?

— Bela piada. Agora, falando sério, é impressionante o que descobri nos últimos dias através da Deep Web. O nazismo nunca morreu. Os caras estão mais atuantes do que nunca. E, se tratando da Deep Web, um ambiente fechado para leigos, eles se sentem muito mais à vontade para interagir.

— E o que de mais interessante você descobriu?

— Primeiro que não se trata de um único grupo. Os malucos se unificam em células. Todos têm um mesmo objetivo: implantar o terceiro Reich! Eles querem implementar uma cultura única, que chamam de ariana. Um novo estado, um novo governo e toda sorte de bobagens que você pode imaginar de uma sociedade pura, sem mescla de raças, e lá vai uma porrada de coisas que é de fazer o estômago de qualquer pessoa sã revirar!

— Mas HD, você acha que eles podem estar por trás do assassinato de Evandro Jordel?

— Ainda é muito cedo para afirmar... mas, sim. Eles têm interesse nesse tipo de eliminação. A propaganda veiculada em rede nacional, composta pela excelente trilha sonora e mensagem transmitida, a unificação dos seres humanos, a eliminação do racismo e da xenofobia macularam, para eles, todo o resultado de "anos de trabalho". E Evandro ganhou um importante prêmio pela propaganda.

— Então eles mencionam o Evandro nesses fóruns? E a necessidade de matá-lo?

— A coisa é toda muito organizada. Para eles, esse ideal é algo forte e supremo. Tudo é muito camuflado; tive de fazer inúmeras pesquisas. Encontrei chats, fóruns, salas de bate-papo camufladas onde esses grupos interagem entre si. Eles mencionam em diversos fóruns o comercial, e declaram não só que seu criador deveria ser morto, mas lançam o desafio de abalar a estrutura das organizações por trás deste trabalho, e aí se enquadra a TVG! Esses grupos duelam entre si. — HD abriu o notebook e Fábio se acomodou ao seu lado, no pequeno assento disponível do sofá. — Eles se gabam do espancamento e por vezes morte de nordestinos, negros, homossexuais e todas as minorias possíveis que se possa imaginar. Entre esses grupos há chefes destas gangues. Um deles é alguém identificado apenas por "MotoSierra". Este grupo em especifico se encontra num bar no alto da lapa, camuflado como um ponto de encontro de motoqueiros. Lógico que não são todos que frequentam o lugar que são skinheads e é exatamente isso que dá a eles a garantia de estarem bem escondidos. O dono do pub, se é que posso chamar assim o tal de "MotoSierra", é um espanhol metido a alemão que mora há muitos anos no Brasil. Ele lançou o desafio de ganharem mídia com ataques a famosos que se enquadrem no perfil de pessoas que eles repudiam. Acredita nisto?

— Nojentos. Como alguns seres humanos podem ser assim tão desprezíveis? Mas me diga, HD, eles em algum momento assumem o assassinato de Evandro?

— Não, é claro que não. Eles não são idiotas. Houve uma comemoração, sim, mas eles não assumiram o ataque. Eles sabem que assim como eu tive acesso a essas informações, a polícia, se tiver interesse, também pode ter. E aí, interceptá-los não seria difícil.

— E como podemos encontrá-los?

— Não é fácil. Porém, para um expert, também não é impossível — disse HD, gabando-se. Ele levantou a puída camiseta verde e, ajeitando os óculos, retirou um pedaço de papel do bolso do jeans surrado. — Aqui está o endereço do covil.

— Ótimo. Mas acho isso muito perigoso.

— E é. Mas só assim será possível ver como é por dentro, e lembre-se de que aquilo é um bar para motoqueiros! Qualquer um pode chegar, e com um papo com um e com outro, muita coisa pode ser descoberta.

Fábio pegou o pedaço de papel e leu o endereço.

— Sei exatamente onde fica. Porém — ele suspirou. —, tenho até medo de passar essa informação para Sandra! Conhecendo ela, sei que vai querer ir até lá.

— De qualquer forma, uma hora ela vai descobrir. Mandei mensagem para o celular dela com o resumo dessas informações.

Fábio se levantou ao mesmo tempo em que agradecia.

— Bom trabalho por enquanto, HD! Continue pesquisando para ver o que mais consegue descobrir!

— O que vai fazer, chefe?

— Eu? Correr para encontrar Sandra antes que a maluca resolva ir até lá sozinha.

— Sei. Está preocupado com a funcionária da TVG ou com a Sandra Garcia? — HD perguntou, notando o olhar de Fábio.

Fábio se constrangeu, mas, arrumando a camisa, foi em direção à saída.

— As duas coisas, HD. As duas...

Trinta e sete

Sandra estava sentada em uma mesa do café Girondino. À sua frente, Simão Jordel acabava de relatar toda uma parte desconhecida da vida do irmão: o começo difícil dos dois e o envolvimento de Evandro com o mundo das drogas, a decadência e inclusive o período em que ele chegou a ficar nas ruas. Ele lutou como ninguém para tirar o irmão daquela vida, mas não era fácil. Abafou e escondeu de quem pôde a situação do irmão e, sem medir esforços, gastou uma boa quantia com internações e tratamentos para curá-lo.

— Fiz de tudo, Sandra... de tudo! — Grossas lágrimas corriam dos olhos de Simão. — Eu me envergonhava de vê-lo ali, mas me envergonhava ainda mais de saber que alguém tão brilhante estava se entregando à degradação. Eu não podia ver meu irmão ali, se matando! Foi quando o internei pela primeira vez no Lar do Refúgio! Foram três internações, até que na última ele saiu de lá fortalecido, cheio de ideias. E o resultado você sabe bem qual foi. Voltou a todo vapor, fez campanhas maravilhosas e foi premiado com essa última peça pelo fim do preconceito! Ah, como era gostoso ter meu parceiro de volta. Mas acontece que pouco tempo antes da premiação percebi que ele estava estranho de novo. Desconfio inclusive que alguém da própria TVG estivesse fornecendo drogas a ele...

— E por que não me contou, Simão? Você sabe o quanto estou me dedicando a descobrir a verdade por trás da morte de seu irmão!

— Me perdoe, Sandra. — Com voz baixa e cansada, Simão confessou. — Me envergonhei desse episódio da vida dele. E achei irrelevante, já que ele estava morto. — Sandra percebeu que Simão parecia ter envelhecido vinte anos. Aquela parte da história o exauria completamente. Sandra trocou aos poucos a raiva pela pena.

— Eu entendo, Simão. Sei bem como é o vício. Já convivi com ele de perto. — Ela se lembrou das vezes em que escondeu de todos o vício de seu pai e o quanto aquilo a envergonhava, mesmo não tendo nenhuma culpa. Era um câncer que corroía todos à volta do viciado, e não só a ele. A família e os mais próximos também estavam de certa forma sentenciados.

Ela cobriu a mão de Simão com a dela, e um profundo pesar a tomou. Simão não poupara esforços para salvar seu irmão do vício para que ele não morresse nas drogas, e alguém dera cabo de sua vida, anulando de certa forma toda a vitória conquistada com sua melhora.

— Nós achamos que podemos proteger alguém — comentou Simão, enquanto timidamente passava um lenço pelo rosto, parecendo adivinhar os pensamentos de Sandra. — E alguém vem e simplesmente mata essa pessoa.

Sandra sentiu o celular vibrar. Parou para ler a mensagem e colocou Simão a par das descobertas de HD.

— Há um indício muito forte do envolvimento dos neonazistas!

— Então o assassino, ou assassinos, de meu irmão podem estar nesse pub?

— Sim. Precisamos investigar.

— Desgraçados! — Simão fechou os punhos. — Você não pensa em ir lá sozinha, não é?

— Sozinha, não. Mas pretendo ir!

A vontade genuína de Sandra em cooperar com a prisão do assassino do irmão emocionava Simão.

Sandra se levantou e pegou sua bolsa.

— Agora preciso ir. Quero falar melhor com você depois sobre essa fase dolorida de seu irmão. Sei que é difícil, mas podemos ter alguma resposta aí.

— Aonde você vai? — Simão não esperou a resposta. — Você vai se infiltrar lá, não vai? No covil dos skinheads?

Sandra o olhou bem nos olhos.

— Sim, eu vou.

— Não vá sozinha — alertou Simão. — Pode ser perigoso!

— Pretendo levar Fábio comigo. Se ele topar, é claro.

— Bem, eu me prontificaria a ir, mas daria muito na cara um negro num pub de skinheads —disse Simão, sorrindo. — Se bem que eu gostaria muito de ver a cara desses babacas com o negão aqui entrando lá e pedindo um chopp.

Sandra riu. Despediu-se dele com um beijo. Saiu pela rua que entardecia, ia em direção ao metrô. Não havia nenhum táxi ali naquele horário. O telefone dela tocou. Era Fábio.

— Nem pense em ir sozinha naquele pub, mocinha!

— Preciso de companhia! O que me diz?

— Te encontro na sua casa às oito.

Sandra desligou e sorriu. Fábio era mesmo um grande parceiro!

* * *

Estava caminhando pela rua em direção à estação de metrô quando um grande carro branco parou, derrapando ao seu lado! Sandra olhou, assustada.

— Estive pensando que mesmo que eu não consiga entrar — disse Simão, lá de dentro. — Você e o Fábio vão precisar de um bom motorista a postos nas imediações, caso precisem sair daquela pocilga rápido. — Ele destrancou a porta e a convidou para entrar. — Vamos, eu te levo até sua casa.

— Obrigada, parceiro!

* * *

Sandra estava no carro ao lado de Simão, com Haroldo ao celular. Desligou e disse:

— Simão, mudança de planos. Me leve até a casa de Haroldo. Ele já saiu da TVG, mas vou precisar dos talentos dele para essa noite. Ele me deixará irreconhecível. Não é longe daqui — disse Sandra, digitando no GPS do celular o endereço obtido.

— É pra já, madame! — disse Simão, fazendo um retorno adiante. — Hora de perseguir os vilões. Chega de ser saco de pancada, vamos acabar com estes nazistas.

Logo atrás deles, um veículo preto de vidros escurecidos os seguia a uma distância segura. Ao volante, um careca com uma suástica tatuada no braço e um tique que fazia seu olho esquerdo piscar sem parar.

Trinta e oito

HAROLDO ESTAVA HÁ MAIS de uma hora trabalhando no rosto de Sandra Garcia. A ideia era deixá-la irreconhecível, mas de uma forma que não despertasse tanto a curiosidade alheia e não parecesse artificial. Ao final de uma hora e meia, ele disse:

— Pronto. Nem você se reconhecerá ao se olhar no espelho. Continua diva, linda!

Haroldo virou Sandra na cadeira giratória e de fato ela precisou de mais de uma olhada fixa no longo espelho para perceber que era seu próprio reflexo! A massa de cabelos escuros e brilhantes dera lugar a uma cabeleira loura com reflexos de nuances ruivas e cachos esvoaçantes. Seu nariz foi afilado com maquiagem, e o queixo e as maçãs do rosto estavam mais evidentes. Havia também uma pinta acima do lábio.

— Haroldo, ficou perfeito!

— O Haroldo aqui não é qualquer um, minha diva. Minhas mãos valem ouro! E não é à toa!

Sandra agradeceu e complementou:

— Sei que suas perucas são de cabelos naturais e significam muito para você. Amanhã mesmo passo por aqui para te devolver. Ah, e não vou esquecer de trazer o valor que combinamos. Você merece cada centavo!

— Não tenha pressa gata, você tem crédito na casa! Só vou precisar da peruca por conta do desfile que tenho amanhã à tarde. Uma das modelos usará exatamente esta peruca.

Sandra desceu as escadas do pequeno sobrado na região da Augusta e se deparou com Simão e Fábio na sala de estar de Haroldo. Os dois piscaram, aturdidos demais com o novo visual dela. Os terninhos comportados haviam cedido lugar a uma calça de couro preta justíssima, que fez os dois assobiarem; a camisa branca deixava os ombros de fora.

— Oh, céus! Que louraça, hein, Fábio — brincou Simão. — Ah, se eu fosse vinte anos mais jovem...

Fábio corou.

— De fato você está muito linda, Sandra. Se era um disfarce para não chamar a atenção, não sei se deu certo.

— É claro que deu, bonitão! — disse Haroldo. — Esse é o estilo das mulheres que frequentam aquele pub! Agora olhe pra mim, poderosa. Falta ainda um último detalhe. — Ele sacou uma caixinha que continha lente de contato, que transformaram os olhos de Sandra em azuis faiscantes.

Simão olhou para seu relógio:

— Vamos. O negócio agora ficou sério!

Entraram no carro e o clima de descontração foi substituído por uma apreensão quase palpável:

— Bom o plano é o seguinte — disse Fábio, que também usava uma jaqueta de couro com o nome de um grupo de motociclistas. — A Sandra e eu entraremos separados por alguns minutos. A ideia é pedirmos um drink, e sondar o espaço e bater papo até conseguir arrancar de alguém mais alegrinho alguma informação dos skinheads que se reúnem lá.

— Sim, nada que chame atenção e que nos denuncie. Ainda não sabemos se estamos lidando apenas com babacas preconceituosos ou com babacas preconceituosos assassinos! — completou Sandra.

— Pelo que pesquisamos, há duas saídas de lá: uma é a entrada dos clientes pela porta da frente; a outra, uma pequena porta de saída pela rua paralela, atrás do pub — disse Simão. — O HD não soube dizer se a porta dos fundos é liberada para circulação de clientes, mas é provável que seja uma entrada de serviço, restrita aos funcionários.

— Vamos com cautela, mas precisamos aproveitar ao máximo essa oportunidade. Pode ser que não tenhamos outra! — disse Fábio.

— De qualquer forma, estarei com o carro em prontidão na viela ao lado do pub. Se tiverem qualquer problema, saiam separados e entrem no carro que dou a partida de imediato! O velhaco aqui ainda é um bom motorista — gargalhou Simão.

— Ainda estou muito desconfortável por estar longe da minha bancada esta noite! E o programa de Eve terá destaque fazendo conexão com meu jornal... Vocês precisavam ver com que satisfação ela me olhou! Gostaria muito de ver como vai ser essa cobertura da retrospectiva da vida de Elcy!

— Não seja por isso. — Simão deu dois cliques no aparelho multimídia do carro e sintonizou na TVG. O programa de Eve já estava no ar. Atrás dela, no telão que complementava o cenário, uma foto em preto e branco de Elcy com sua data de nascimento e morte. — Ainda temos vinte minutos até o pub. Você pode ir acompanhando.

Sandra assistia ao programa de Eve e remoía a morte de Elcy. Se fosse de fato um assassinato era por queima de arquivo, e teria conexão com a morte de Evandro. Mas que conexão? Isso não era coerente com a própria linha de investigação que ela defendia: a execução por neonazistas! Elcy não era negra, nem homossexual, e até onde ela sabia, não se encaixava no perfil de alvos dos skinheads. Morara no Rio durante toda sua vida, até decidir apresentar seu programa de São Paulo, cerca de cinco anos antes, para ficar mais próxima de Evandro, diziam alguns.

— Eu realmente não entendo a morte de Elcy e onde ela se encaixa em tudo isso.

— Sandra, não se esqueça de que estamos investigando a morte de Evandro, naquele pub, não da Elcy — lembrou Fábio. — Lembre-se de que até onde sabemos, ela sofreu um acidente fatal na estrada, e não há qualquer indício de se tratar de um homicídio.

Na tela era reprisada uma das entrevistas engraçadas que Elcy fizera como uma famosa atriz de Hollywood. A plateia ria alto.

— Mas há uma conexão. Ainda não me convenci de que a morte dela tenha sido um acidente.

— Talvez o Fábio tenha razão, Sandra, e isso não passe de uma coincidência — emendou Simão. Na tela, Eve anunciava uma retrospectiva da vida de Elcy, desde sua infância. — E outra: qual seria a conexão? Por que neonazistas a matariam?

Todos ficaram mudos quando apareceu a imagem do sertão e um pequeno casebre, que atualmente se encontrava em péssimas condições. O locutor dizia:

— Vinda do agreste sertanejo aos quatro anos de idade, a pequena Elenice Macedo, que mais tarde seria conhecida como a engraçadíssima Elcy Fanny, pertencia a uma família muito pobre que veio tentar a sorte no Rio de Janeiro. — A imagem cortou para uma praia carioca, e todos no carro se surpreenderam.

— A Elcy Fanny cresceu no Rio, mas era nordestina!

— Sim. Se faltava um motivo para a morte dela ter ocorrido pelas mãos de loucos nazistas — arrematou Sandra —, agora não falta mais!

Trinta e nove

SANDRA ENTROU NO PUB, que trazia, esculpido em madeira e com lâmpadas coloridas, o nome "Motocas Beer" acima da porta de entrada.

O interior era amplo, com uma luz tímida que garantia ao lugar uma penumbra conveniente para um barzinho. Havia mesas espalhadas pelo ambiente principal, uma pequena pista de dança com luzes coloridas que rodopiavam, e bancos altos ao longo do balcão, onde um garçom desinteressado atendia alguns clientes. O interior não era diferente de inúmeros outros pequenos bares da região; o que destoava era a quantidade de bandeirolas com nomes de grupos de motociclistas, fotos e miniaturas de motos que faziam a decoração do lugar.

A noite estava quente e agradável em São Paulo, e, para um dia da semana, até que havia uma quantidade considerável de mesas ocupadas. Logo na calçada, uma dúzia de motocicletas de todos os tamanhos e formatos estavam estacionadas. O público era composto, no geral, por homens, mas também havia algumas poucas mulheres. A maioria eram barbudos tatuados, alguns já passando da meia idade há muito tempo. Sandra foi ao balcão e se sentou com desinteresse. Percebeu, minutos depois, quando Fábio entrou e se sentou numa mesa no fundo.

— O que vai beber? — indagou o garçom, com cara de poucos amigos. Nada como "um drink, senhorita?", ou um "o que deseja tomar?". A pergunta, apesar de não ter sido em tom mal-educado, era ríspida e seca.

— Uma tônica.

O garçom foi buscar a bebida, observando-a de soslaio.

— Acho que errou de bar, moça. O Blueberry Pink é aí na esquina — disse ele, servindo a bebida.

Ela se sentiu mal, mas respirou fundo e não se deixou vacilar:

— "Qualé", meu irmão, tenho cara de estar perdida, aqui? Estou esperando minha galera da Motocross Dead! — Sandra pesquisara o nome de um grupo de motoqueiros que não dava as caras por lá.

— Ah, sim... É que muita gente erra o endereço. Fique "relax" e aprecie a "night"!

— Já estou à vontade, cara! — Ela dispensou o copo que ele colocou, e bebeu pelo gargalo.

Sandra não deixou de reparar em um grupo de quatro homens que bebiam chopp e grudaram os olhos nela. Eram todos carecas, e traziam diversos anéis pontiagudos e tatuagens estampadas, inclusive em parte dos rostos. Eles, sim, destoavam dos demais frequentadores que, apesar das roupas e tatuagens com caveiras espetadas, traziam no rosto uma simpatia aparente e despreocupada.

O grupo parecia desconfiado, olhando para todos os lados ao mesmo tempo em que cochichavam e estouravam repentinamente em gargalhadas estrondosas.

Sandra continuou bebendo sua tônica e, de relance, viu quando Fábio engatou uma conversa com dois roqueiros que bebiam.

O som era um pouco alto demais, mas não chegava a incomodar quem queria conversar. Sandra dançava despreocupadamente da cintura para cima, ao som da música. Viu quando dois dos carecas se levantaram e atravessaram uma pequena porta de vaivém, que levava, provavelmente, para outros cômodos no fundo do bar. Percebeu que havia plaquetas indicando os banheiros na porta. Seria, além dos banheiros, algum tipo de escritório, ou administração do local?

Seu celular vibrou. Era uma mensagem de HD: "Hoje terá uma reunião dos aprendizes de Hitler por aí, pelo que estou apurando no fórum deles."

Sandra aproveitou para enviar uma mensagem para Fábio: "E aí, alguma novidade?" Guardou o celular e decidiu circular. Precisava fazer amizades de boteco, conversar e ouvir. Talvez precisasse voltar outro dia. Antes de chegar, tivera a impressão de que seria tão mais fácil. Agora, não sabia ao certo aonde aquilo ia dar. Onde estaria MotoSierra, o proprietário e chefe da gangue? Viria naquela noite? Ou estaria no cômodo dos fundos?

Passando pelo salão viu quando um dos carecas, já visivelmente embriagado, levantou-se e tirou a jaqueta de couro. Estava com uma camiseta regata por baixo, que deixava seus braços à mostra. Quando reparou em uma das tatuagens dele, Sandra sentiu seu sangue gelar. Atrás do ombro, nas costas, havia uma suástica negra, parte à mostra e outra coberta pela camisa.

Procurou ficar calma, mas de repente sentiu muito frio, e seu queixo ameaçou bater. Até então, tudo parecera um pouco fantasioso, mais uma de suas matérias. Agora, porém, ela estava ali, frente a frente com homens que idolatravam Hitler e compactuavam com toda a monstruosidade da Segunda Guerra Mundial. Pessoas que espancavam outros seres humanos e talvez até tivessem matado alguns apenas por não aceitarem diferenças. E não havia como saber que outras justificativas absurdas suas mentes doentias encontravam para oprimir pessoas. Sandra sentiu asco e muita vontade de vomitar, ao mesmo tempo em que sentia vontade de gritar e denunciá-los.

Precisava manter o sangue frio. Foi até a porta de vaivém e passou por ela, procurando pelos banheiros. Ao transpô-la, viu as portas do banheiro masculino e feminino. Além delas, havia outras três: duas ao longo de um corredor comprido e outra no final, que dava para a rua dos fundos. Provavelmente era a da saída de serviço.

Sandra entrou e saiu rapidamente do banheiro. Demorou-se no lavabo, que era comum para ambos os sexos, enquanto lavava suas mãos. A última porta se abriu, e por ela entrou um dos carecas, soltando fumaça pela boca. Pela porta aberta ela confirmou que se tratava da que levava à rua dos fundos. Ele apenas encostou a porta, e passou por uma das outras portas do corredor. Sandra voltou para o salão, e pegou seu celular para conferir se havia alguma mensagem. Tinha uma, de Fábio: "Conversando amenidades... Um dos caras aqui sabe que pintam uns skinheads por essas bandas, mas não estão envolvidos com nada. Dizem que aqui ninguém mexe com ninguém".

Ela voltou para o balcão e se sentou no banco alto. Alguns minutos depois chegaram mais uns cinco carecas da rua, fazendo grande algazarra. Eles se reuniram na mesa com os demais. Sandra estava dispersa, perscrutando o salão, quando percebeu alguém se sentar ao seu lado. Era o careca da suástica tatuada.

— Olá, cabulosa! Está sozinha, aqui?

— "Cabulosa"? Hum, que original — respondeu Sandra, desinteressada.

— Você é um espetáculo, sabia?

— Sabia. Mas não sou chegada a muito público. Sou um espetáculo de uma pessoa só — disse ela, sorrindo maliciosamente.

— Eu sou o Naldão. Qual é seu nome?

— Selena. Prazer.

Ela sorriu:

— Gostei das tatuagens.

— Fazem parte do meu charme.

— Adorei principalmente a suástica, Naldão. É bem interessante. — Ele sorriu, e não pareceu se importar.

— Faz parte da minha identificação — disse ele, bebericando sua bebida.

— Interesse histórico? Ou se identifica com a causa?

— As duas coisas. Algum problema com isso? — questionou Careca/Naldão, subitamente desconfiado.

— Nenhum. Eu admiro! — Sandra resolveu ousar. Precisava partir para o ataque. Não via nenhuma vantagem em prosseguir com aquele papo mole. Aquilo não ia dar em nada. Passaria o sinal e sairia dali se pressentisse algo errado. — Inclusive vim aqui para ver se dava sorte e encontrava o proprietário, o MotoSierra. Temos interesses em comum. — O nome surtiu no corpo do careca da suástica o efeito de uma corrente de 220 volts.

— Você conhece ele? — perguntou, e depois, como se tivesse dito alguma bobagem, emendou: — Esse bar é de dois sócios, inclusive uma mulher. Acho que te deram a informação errada quanto ao proprietário.

— Qual é, Naldão? Acha que eu sou idiota? Conheço o MotoSierra. Talvez ele não me conheça pessoalmente, mas, como eu já disse, nós temos assuntos em comum.

Naldão ficou bebericando sua bebida, desconfiado, e então disse:

— Não deveria chamá-lo assim na frente de qualquer um. Esse é um codinome que ele só usa por lá...

— No fórum? Ele também me conhece de lá. Pessoalmente, não. Mas de lá sim. Vim para falar com ele sobre aquela peça publicitária babaca feita contra... hã... nós. — Até para ela soou um pouco jocoso demais. Mas não sabia ao certo que tom usar. Estava pisando em ovos.

— Se refere àquele macaco que levou um prêmio por aquela imbecilidade?

Sandra sentiu ódio e vontade de protestar com a ofensa gratuita, mas entrou na onda:

— Sim. Eles estão fazendo muito barulho! Sabe que aquele é só o começo, certo? Em breve teremos um presidente cearense e negro.

Ele bateu com o copo de chopp no balcão.

— Não fale merda! Isso nunca vai acontecer! Aquele babaca só fez uma peça premiada, mas agora está comendo grama pela raiz... Isso não é ótimo?

Sandra mais uma vez sentiu seu corpo se retesar. Naldão viu que a bebida dela tinha acabado, e fez um sinal para que o garçom a servisse novamente. Ele trouxe outra tônica, e despejou metade no copo antes que ela bebesse no gargalo.

Sandra sorveu a bebida e sentiu de imediato seu esôfago queimar:

— Mas o que... — Ela sentiu uma náusea súbita.

— Não vai vomitar aqui, não é, mina? — Ele ria, debochado. — O banheiro é logo ali.

Ela se levantou e se dirigiu depressa até o banheiro. Fábio percebeu quando Sandra foi até lá, mas, de onde estava, não reparou em nada de anormal.

Sandra sentiu sua cabeça rodar. Inicialmente achou que houvesse alguma bebida forte misturada na tônica, mas, quando precisou se apoiar na pia para não cair e fazer força para tentar vomitar o pouco que já tinha ingerido, percebeu que havia algo a mais no copo. Alguém colocara alguma droga em sua bebida!

Sentiu novamente a cabeça girar, e então colocou a mão no bolso para pegar o celular e chamar ajuda. Sentia que ia desmaiar. Era hora de ir embora! Sairia e pediria ajuda a Fábio. Se haviam drogado sua tônica é porque desconfiavam de algo. Tentou se levantar, mas sentiu os joelhos dobrarem e involuntariamente foi ao chão. Quase bateu a cabeça nos ladrilhos sujos e frios do banheiro. Tentou se levantar, em vão. Ainda estava apoiada sobre os braços quando a porta se abriu e um gigante desconhecido, com cabeça raspada, rosto vermelho e uma tatuagem de serpente que ia dos braços até a nuca, passando pelo pescoço, adentrou o banheiro.

— Acho que exagerou na bebida, moça! Nunca vi ninguém se embriagar com uma tônica. Me disseram que você estava à minha procura — ele anunciou, com um sorriso maléfico, e esticou o braço. Sandra chegou a estender uma das mãos, achando que ele a ajudaria a se levantar, mas, antes que percebesse, numa velocidade incrível, ele agarrou a peruca loura que ela usava e a arrancou. — Sou MotoSierra!

Pensou em gritar, mas apenas conseguiu emitir um grunhido inaudível. E então, sem nenhum aviso –, e sem que pudesse fazer algo para impedir, sua visão escureceu e seus olhos se fecharam.

Quarenta

HD ESTAVA MONITORANDO UMA série de outras informações relacionadas ao MotoSierra. Ele não tinha esse apelido por acaso. Ficara preso por quinze anos por assassinato, pois matara três homens, prováveis comparsas que bobearam –, possíveis traidores. MotoSierra liquidara-os com uma motosserra. Segundo a imprensa da época, uma cena nada bonita de se ver. Tivera também passagens por tráfico de drogas, e agora só usava essa alcunha secretamente na Internet. HD ficou preocupado, e se apressou em mandar uma mensagem para Sandra:

> "Ele está envolvido também com tráfico de entorpecentes. Não aborde ou procure por MotoSierra. Este é apenas um codinome que ele usa na Internet. O cara é bem perigoso!"

Ele enviou e viu quando o sinal de confirmação apareceu na mensagem digitada, o que significava que a mensagem saíra de seu aparelho. Quase simultaneamente um segundo sinal apareceu, mostrando que chegara ao celular de Sandra. Ele ficou impaciente, esperando as duas marcações ficarem azuis, mostrando que ela lera a mensagem.

Vai, Sandra! Leia logo! Mas o sinal continuou verde. O combinado não era esse. Ela leria as mensagens assim que chegassem a ela. HD se desesperou. Vinte minutos depois, a mensagem continuava não lida.

Quarenta e um

— As coisas estão ficando bastante complexas — bradou o doutor Matarazzo, após desligar a televisão. Ele estava acompanhado da detetive Rose Malone, uma das melhores daquele distrito.

— Você acha que a teoria de Sandra Garcia tem fundamento, Matarazzo? — questionou ela. — Ela era uma das poucas que não o chamava de "delegado", nem de "doutor". Conheciam-se há tempo demais; desde a época em que haviam sido parceiros nas ruas. A intimidade já não a obrigava a tratá-lo com formalidades.

— Que existem doentes mentais, lunáticos, neonazistas e mais uma dúzia de nomes que poderíamos citar para esses preconceituosos soltos por aí? Sim, existem. Aos montes... Mas a teoria de que agora eles resolveram fazer vítimas fatais, e famosos, ainda por cima, me parece uma ideia absurda!

— Se me desculpa a sinceridade, Matarazzo, ideias absurdas me parecem ser a especialidade dessa corja, então eu não duvidaria nem um pouco dessa teoria.

Matarazzo estava sentado em sua sala, numa mesa abarrotada de papéis, documentos e metade de um lanche frio de pernil. Já era tarde da noite, mas ele ainda não tinha hora para ir embora. E se ele resolvia ficar até mais tarde por conta de uma investigação, sua equipe já se preparava para o pior: também seriam "intimados" a ficar.

— Fato é que quando me deparei com o assassinato do Evandro, no Teatro Municipal, tudo apontava para latrocínio. Lógico que você sabe melhor do que ninguém que, quando há um crime, sempre abrimos um grande leque de possibilidades. Mas aí veio a morte do faxineiro que achou os pertences que justificavam um latrocínio...

— Aparentemente um acidente, não é? — interveio Rose, que prosseguiu na dedução. — Um velho bêbado e solitário, num prédio sem porteiro, resolve fazer a única coisa que seu apartamento alugado e caindo aos pedaços lhe oferece: tomar um banho na banheira. Se é que podemos chamar aquela velharia cerâmica toda manchada de "banheira"! Tudo lá era precário. O velho relaxa, provavelmente ouvindo pelo rádio o jogo do time do coração.

— E um acidente terrível! O homem conhecido pelo apelido de Juca Pinguinha, pois já tinha sido socorrido mais de uma vez à beira do coma alcoólico, parece ter bebido demais e se afogado na própria banheira — concluiu Matarazzo.

— Um acidente horrível. E bem-vindo, já que, na sequência, ele iria depor aqui!

— E é ai que as coisas pioram! — Matarazzo deu uma bela mordida no lanche sobre sua mesa, e com guardanapo limpou os lábios sujos de maionese, enquanto se levantava e começava a andar. — Aparece uma abotoadura e uma suspeita de crime com cunho nazista!

— E por que você não acredita nessa teoria? — questionou Rose. — A jornalista foi bastante esperta. Ela desconfiou de que o crime na verdade era passional, já que a vítima deu um pé na bunda da velha Elcy para se tornar noivo de uma Miss, e ela foi pressioná-la. Mas a velha surtou e praticamente a expulsou. E agora ela também está morta.

— Aí é que está — Matarazzo disse, com os olhos vidrados. — Aparentemente alguém queria despistar com essa história de nazismo para desviar o foco da investigação do real motivo. Mas, quando me agarro a essa possibilidade, fazendo da Elcy, ainda que tardiamente, minha suspeita, ela morre! E o pior: viu o último relatório da perícia?

— Não. O que houve?

— O carro todo ficou amassado, mas na parte traseira, um dos poucos lugares em que o estrago não foi tão grande, há uma sequência de pequenos amassados, conhecidos popularmente por "totó".

— Acredita que alguém possa ter empurrado Elcy para o desfiladeiro?

— É uma hipótese. Ela era uma excelente motorista, e nunca ultrapassava o limite de velocidade. Mas despencou de uma altura considerável.

— Mais uma morte com rótulo de "acidente". — Rose parecia vislumbrar o caminho pelo qual Matarazzo enveredara. — Mas qual seria o motivo desta morte?

— Foi a primeira coisa que me perguntei! Se alguém estava usando a equação dos nazistas contra a minoria para as mortes, o padrão seria quebrado com Elcy: branca, rica, heterossexual...

— Mas o padrão permanece quando descobrimos que ela era uma retirante do Nordeste!

— Pois é. Eles tinham um motivo para fazer isto, segundo seus princípios. Ainda assim me soa forçado, e restam duas possibilidades. Crime passional ou o motivo responsável por mais mortes na história da humanidade: dinheiro.

— E esse último motivo?

— Por enquanto, mais um banho de água fria. O Evandro não tinha herdeiros diretos, a não ser o irmão, Simão. E, analisando as contas bancárias dele, ele está muito melhor de grana do que seu irmão morto, que andou envolvido com entorpecentes há alguns anos atrás. Ou seja, não haveriam motivos financeiros, e a Elcy não possui herdeiros vivos, nem diretos nem indiretos, o que mata totalmente essa possibilidade!

— Sem contar o faxineiro, que agora começo a imaginar ter sido assassinado. Qual seria o interesse em matá-lo? — Rose não conseguia ver uma solução razoável para aquele quebra-cabeças.

— E o pior: a jornalista e Simão Jordel também receberam ameaças explícitas contra suas vidas. Coroas de flores foram enviadas para suas residências.

— A jornalista que você diz é Sandra Garcia?

— Quem mais? A tal enxerida...

— Ela é a única que não se encaixa no perfil que os neonazistas procurariam para eliminar, certo? — Rose começava a desvelar uma teoria nada favorável para Sandra.

— Sim, e ela está sendo ameaçada. Porém, não se encaixa no padrão de vítimas. Simão Jordel sim: ele é negro e irmão da primeira vítima. Como esse caso parece estar formando ainda mais ramificações, me preocupo mais com a segurança de Simão.

— Acredita no envolvimento da jornalista nas mortes? — perguntou a outra, incrédula. Ela sabia que, até que se provasse o contrário, ninguém era inocente, mas era uma admiradora de Sandra desde a época em que ela era uma correspondente internacional. Sequer cogitava a possibilidade de ela estar envolvida nos crimes.

— Não posso descartar nada, por enquanto. Mas ela ainda não é uma suspeita. Acredito que as ameaças em relação à sua vida estão mais ligadas à sua intromissão no caso. Ela está metendo as mãos no vespeiro, e, se de fato houver um grupo nazista por trás disso, eles não se intimidarão em matar alguém que está do lado das minorias que perseguem. Eu espero realmente que Sandra deixe esse caso conosco e pare de vasculhar por conta própria.

— Esses grupos costumam ser sanguinários e muito perigosos — comentou Rose. — Se estiverem por trás desses ataques, não pouparão a vida de ninguém. Sandra deve se lembrar de que eles podem já ter eliminado pelo menos três pessoas até agora. Se eu fosse ela, pulava fora enquanto é tempo. Não gostaria de mais um cadáver na conta!

— Eu já tratei disso — tranquilizou-a Matarazzo. — Forcei a barra na emissora que ela trabalha, ameacei divulgar para as demais a discussão dela com Elcy na sua visita ao apartamento, e a presença de seu número no celular da falecida.

— Isso explica o afastamento na edição de hoje?

Matarazzo sorriu e abriu os braços.

— Foi para o bem dela.

— Como você é mau!

— Tudo isso é muito sério, Rose! Espero que ela fique quieta. Há anos não vejo uma investigação tão intrincada. As coisas estão realmente ficando mais e mais perigosas. Ela ainda me agradecerá por estar de molho, em sua residência!

Quarenta e dois

A PRIMEIRA SENSAÇÃO QUE SANDRA teve ao despertar foi de ter batido a cabeça violentamente. Ela latejava, e sua visão a princípio estava desfocada. Sentia também uma enorme azia e um gosto ruim tomando sua boca. Estava sentada no chão frio de uma sala pequena, com as mãos presas às costas por uma corda ou tecido. A sala tinha diversas caixas de papelão espalhadas. Havia uma cadeira e uma pequena mesa.

Ela não saberia precisar por quanto tempo estivera apagada. Não devia fazer muito tempo; do contrário, Fábio já teria estranhado e ido atrás dela. Ouvia conversas na sala ao lado, pois uma das paredes era vazada perto do teto, tornando possível ouvir um grupo de pessoas conversando. Tentou, em vão, se mexer. O nó estava muito apertado.

Quanto tempo levaria para Fábio procurar por ela?

Apesar das mãos atadas, não estava amordaçada, e seus pés também estavam soltos. Tentou se levantar, mas, com as mãos presas e o efeito da droga, cambaleou e caiu, esbarrando em uma das caixas. Isso provocou um pequeno ruído, que serviu para deixá-la apreensiva. Tentou aguçar a audição: eles continuavam conversando na sala ao lado. O tom de voz era de discussão. A voz que se sobressaía era a que ela imaginava ser de MotoSierra bradando ordens. Temeu não só pela sua vida, mas pela de Fábio e Simão. Pareceu ter ouvido a palavra "eliminá-la", e sentiu seu corpo estremecer. Precisava manter a calma e o sangue frio. Desesperar--se só a prejudicaria.

Com dificuldade, tateou o bolso de trás da calça, em busca do celular, apenas para constatar o que já imaginava: não estava mais com ela.

Seria seguro gritar? Com a música alta e a distância de onde estava com o salão e a porta fechada, provavelmente não seria ouvida, e atrairia primeiramente a atenção dos capangas tatuados, o que não era a sua intenção.

A porta se abriu abruptamente, e um dos carecas que havia conversado com ela no salão entrou, com uma carranca mais feia do que o normal. Ele segurava o celular dela.

— Comece a falar! — falou, irritado. — O que quer aqui?

— Precisa de tanta explicação assim para vir apenas tomar um drink nessa espelunca? — zombou Sandra, aparentando tranquilidade.

— "Apenas tomar um drink"? Disfarçada? — Ele fez cara de desdém. — Acha que eu sou idiota?

— Pois não é aqui que rola a tal festa estranha com gente esquisita? Eu vim a caráter. — Sandra continuou falando como se fosse uma falastrona qualquer. Já saberiam quem ela era?

O primeiro careca se aproximou bem perto, quase colando seu rosto no dela, e grunhiu:

— Você está ferrada! Acha que ainda está em condições de fazer piada? — E, sem dizer mais nada, com um único tranco a virou bruscamente, pegou sua mão direita e passou seu dedo indicador no botão do celular para desbloqueá-lo!

Ele praticamente a jogou de volta e saiu batendo a porta. A conversa na sala ao lado recomeçou.

Se eles não sabiam que ela era jornalista, agora saberiam. Deveria haver dúzias de mensagens de HD e Fábio. Agora ele também corria o risco de ser apanhado! Sua esperança era Simão! Assim que Fábio notasse sua ausência, deixaria de enviar o código que haviam combinado a Simão — uma mensagem a cada vinte minutos —, e então chamaria a polícia.

Quarenta e três

FÁBIO ESTAVA INQUIETO, HÁ pelo menos dez minutos não prestava atenção no que os outros componentes de sua mesa falavam. Em sua maioria, eles já estavam um tanto quanto inertes pelo efeito do álcool.

Sandra havia se encaminhado para o banheiro, mas ele não estranhara. Era a segunda vez naquela noite que ela ia para lá. Mas, da primeira vez ela tinha demorado menos tempo para voltar.

Levantou-se, angustiado, e foi em direção aos banheiros. Entrou e viu o corredor com as duas portas, mais as entradas dos banheiros masculino e feminino. Entrou no seu e não avistou ninguém. Saiu para o lavatório conjugado e fingiu lavar as mãos para ganhar tempo. Ouviu uma porta bater violentamente, e viu o careca gigante que abordara sua parceira passar para a sala ao lado. Alguma coisa estava acontecendo! Pressentindo o pior, Fábio abriu a porta do banheiro feminino e entrou. Se Sandra não estivesse lá, tomaria uma atitude.

O banheiro estava vazio. Imediatamente levou a mão à parte de trás do cós da calça, conferindo o revólver que trouxera escondido.

* * *

Dentro da sala administrativa do bar estavam os capangas 1 e 2, além de MotoSierra. Este último estava uma pilha de nervos.

— Essa xereta é uma jornalista, vocês sabiam? E não se trata de qualquer jornalista, e sim de Sandra Garcia! Essa desgraçada quer nos ferrar! — rosnou ele.

O capanga 2, o mais violento, logo se prontificou:

— Chefe, fique tranquilo. Vamos resolver isso agora mesmo! — disse, retirando um punhal afiado da cintura.

— Ainda não. Precisamos saber se ela está sozinha e por que está aqui, antes de tomar uma decisão que nos comprometa!

Quarenta e quatro

Simão estava estacionado no beco atrás do bar, perto da porta de saída dos fundos. Combinara de ficar lá para não chamar atenção. Desligara os faróis e o rádio para não haver nenhuma luminosidade que o denunciasse dentro do veículo.

Ele começava a estranhar a ausência de novas informações. Tinham combinado que Fábio ou Sandra enviariam uma mensagem a cada vinte minutos com pelo menos uma palavra — um ponto que fosse —, para avisarem que tudo estava sob controle lá dentro. Recebera a primeira, mas já havia três minutos de atraso desde o momento em que deveriam ter mandado a segunda. Simão tamborilava com as mãos no volante quando uma mensagem de Sandra chegou:

"Onde você está?"

Digitou:

"Estacionado no beco à espera de vocês. Tudo bem por aí? Eu já estava preocupado."

Aguardou, mas não veio nenhuma outra resposta. Será que estavam impossibilitados de trocar mensagens livremente?

Inquieto, mandou mais uma:

“Algum sinal dos babacas nazistas? A pista era quente?”

Ficou aguardando, mas não veio nenhuma resposta.

Os três olhavam vidrados para a tela do celular de Sandra na mão de MotoSierra.

— A vagabunda está acompanhada! — Deslizando o dedo sobre a mensagem, ele abriu a foto salva de Simão nos contatos da jornalista. — E veja a foto do preto desgraçado que está lá fora! — O homem cuspia gotas de saliva ao falar. — Eu não sei que merda está acontecendo, mas não estou gostando nada disso! Vá lá no beco agora, Naldão! E traga aquele crioulo vivo ou morto — ordenou ao capanga. E, depois de uma pausa, continuou: — De preferência, morto.

Naldão pegou uma pistola automática em uma das gavetas e saiu, feliz em saber que tinha a incumbência de matar alguém. Para ele, isso era um imenso prazer.

Andou pelo corredor em direção ao salão do bar que dava para a rua. Não sairia pela porta dos fundos, que dava diretamente no beco, pois chamaria a atenção de quem estivesse no carro. Daria a volta e o surpreenderia por trás.

Foi quando viu a porta do banheiro feminino se abrir e, para seu espanto, um homem sair de lá. Um alarme soou em sua mente — mesmo que devagar —, e ele não precisou de mais do que a expressão flagrante estampada no rosto do desconhecido para perceber que era alguém à procura da mulher. Sacou a pistola e a colou entre os olhos do desconhecido.

— Costuma sempre usar o banheiro feminino, frangote? — Empurrando a cabeça de Fábio com a pistola, ele o obrigou a voltar para dentro do banheiro. — Mãos para trás, vacilão!

* * *

Sandra percebeu que, com o puxão de Naldão em suas mãos para usar sua digital e acessar seu celular, o nó do tecido usado para atá-la estava frouxo. Começou então uma pequena luta para livrar pelo menos uma de suas mãos. A técnica consistia em estrangular um pulso para fornecer mais espaço ao outro, e assim conseguir passar uma das mãos pelo laço.

Ela mordia levemente o lábio inferior, tentando suportar a dor lancinante que se espalhava pelo seu pulso esquerdo. Ela o sentia formigar, e sua mão latejava. Conseguiu libertar uma das mãos no exato momento em que a porta se abriu abruptamente e entrou o capanga 2, que tinha seu celular em uma das mãos e uma adaga afiadíssima na outra. E atrás, uma surpresa nada agradável: MotoSierra!

* * *

Fábio deu dois passos para trás e adentrou o banheiro feminino. Estava mais do que claro que Sandra e ele estavam encrencados. O careca musculoso que o empurrava para dentro do banheiro com uma pistola automática podia estar certo: ele aparentemente era um frangote, perto da montanha de músculos de seu inimigo. Mas se enganava quem pensasse que Fábio era incapaz de se virar em uma luta. Ele tinha mais de uma década de treinamento em krav maga, técnica de luta de defesa pessoal originada no exército israelense.

Avaliou suas possibilidades: poderia ver onde aquilo ia terminar — o que não considerou uma boa opção, já que o olhar de seu opressor deixava claro que estava muito disposto a puxar o gatilho e não parecia ser a primeira vez que mataria alguém; ou poderia lutar. Seu oponente estava armado, mas ele também estava. Conseguiria derrubar aquela montanha de músculos? Não havia muito tempo para ponderar, e a segunda opção pelo menos era uma tentativa de sair dali e resgatar Sandra!

— Mãos para trás, idiota! — Naldão falou, e deu uma coronhada na testa de Fábio. Um filete de sangue correu por sua pele. Fábio deu um tranco para trás, como que indefeso, para se proteger. Então, como um raio que cortasse o ambiente, sua perna subiu e o pé foi certeiro entre a glote e o maxilar de Naldão.

O golpe foi tão forte que a arcada dos dentes de baixo bateu na de cima, esmagando involuntariamente parte da língua do capanga, que soltou um urro de dor e cuspiu sangue. A pistola caiu de sua mão, e Fábio aproveitou para chutá-la para dentro de uma das cabines. O reflexo do oponente também não era ruim, e ele desferiu um soco na parte de cima da cabeça de Fábio, que conseguiu levantar um dos braços para amortecer o golpe violento. Mesmo assim, cambaleou para trás.

Naldão também estava surpreso com a capacidade de resposta de seu oponente. Foi apenas um momento de hesitação, e no instante seguinte, os dois estavam engalfinhados, lutando pelo chão do banheiro.

* * *

Sandra manteve as mãos atrás de seu corpo, como se ainda estivessem atadas.

— O que sabe sobre mim, e o que quer aqui? — começou MotoSierra.

Sandra decidiu enfrentá-lo. Fazer-se de desentendida e desprotegida só aceleraria a vontade que eles tinham de liquidá-la.

— Sei que vocês são um bando de covardes, que machuca pessoas inocentes apenas por terem cor de pele, etnia, origem, religião ou sexualidade diferentes das de vocês!

— E você é a defensora dessas pessoas, imagino. — MotoSierra sorriu, o que não melhorou em nada sua fisionomia, pelo contrário. — Não quero conversa mole, doçura. O que eu quero são informações. O que você está fazendo aqui? Hein? Qual sua intenção, e o que aquele verme estacionado no carro lá fora pretende?

Sandra gelou e tentou não deixar transparecer o pavor que sentiu. Eles haviam descoberto Simão! Fábio também fora apanhado? Pela primeira vez sentiu sua segurança desmoronar. Talvez não tivesse sido uma boa ideia fazer aquela incursão sem avisar a polícia.

— Sou uma jornalista, como você sabe, e estou aqui em busca de uma boa reportagem. E, pelo visto, achei! A polícia está comigo! — Ela resolveu blefar. — Agora você escolhe se quer ser preso por suspeita de neonazismo e cárcere privado, porque é isso que estão fazendo comigo, ou se quer passar uma temporada na prisão por assassinato!

O blefe parecia ter surtido efeito. A informação de que estavam em dezenas de pessoas e com a polícia envolvida, somada ao medo de voltar para a cadeia, onde ele estivera por quinze anos, pareceu ter desestabilizado MotoSierra. Mas não o capanga 2. Este, ao ouvir as palavras dela, ameaçou dar-lhe um tapa violento, que só não se concretizou por intervenção de seu chefe.

— Sua insolente retardada — proferiu.

— Acalme-se, Rick! Preciso pensar, antes de darmos mais algum passo! Se é verdade o que ela disse, temos de avisar o Naldão para não matar o cara lá de fora. Assassinato já é uma coisa a se pensar... Não vamos querer ser pegos em flagrante.

— Você acredita nessa vadia, chefe?

— Não sei. Ela pode estar mentindo, mas também pode ser verdade...

— Não poderemos soltá-la! Ela avisaria a polícia de qualquer jeito!

— Tem razão Rick. Mas, antes, precisamos conferir se há mais alguém além dos dois, e impedir que o Naldão faça qualquer coisa antes disso. Fique de olho nela. Vou até o escritório para ligar para ele e alertá-lo de que pode ter polícia na jogada. Também vou pedir reforços da irmandade, para nos livrarmos deles. Não posso deixar rastros aqui. Seria muito arriscado.

MotoSierra saiu da sala, deixando o pavoroso Rick e sua lâmina afiada na vigia de Sandra.

Quarenta e cinco

FÁBIO ESTAVA CANSADO, MAS seu opositor também respirava com dificuldade. Após uma chave de braço malsucedida que Naldão tentara aplicar em Fábio, ele conseguiu se desvencilhar e ficar em pé.

Naldão mais que depressa também se levantou como uma muralha entre Fábio e a porta de saída. Uma única piscada, um único segundo seria vantagem suficiente para o outro dominá-lo. Fábio sentia o peso do revólver, que escorregara para dentro de sua calça. Seria uma vantagem se a alcançasse, mas não via possibilidade de a resgatar do jeans, destravá-la, engatilhar e atirar.

O capanga olhou em direção à cabine em que estava sua própria arma, e pensava provavelmente no mesmo que o outro. Um dos dois cederia. Eles não resistiriam por muito tempo! A camisa de Fábio estava suja de sangue de sua testa, e Naldão tinha dificuldade para respirar, já que o sangue de sua língua não parara de jorrar.

Fábio arriscou uma última cartada: num movimento brusco, como se fosse correr até a cabine para apanhar a pistola, jogou-se sobre Naldão e aplicou um golpe certeiro em sua glote, esmagando sua traqueia. O homem, que já tinha dificuldade em respirar, dobrou os joelhos e caiu como o gigante Golias à sua frente.

Alguns objetos haviam caído do bolso do gigante durante a luta. Entre eles estava um molho de chaves. Ele o recolheu e, dando mais um chute no abdômen do homem, saiu em disparada pela porta do banheiro.

* * *

Sandra observava o maluco à sua frente com o punhal afiado. Tinha a vantagem de ele não saber que ela tinha as mãos livres. Observou quando descuidadamente Rick colocou a faca sobre a mesa e se virou para contorná-la e se sentar na cadeira. Foi o tempo que Sandra teve para se colocar em pé e pegar a faca.

O capanga se virou bruscamente e, ao vê-la livre e de pé, pareceu não entender o que acontecia. Mesmo antes de tomar consciência do que se passava, gritou por MotoSierra e se lançou sobre a jornalista. Ela conseguiu passar a lâmina pelo braço musculoso que a oprimia. Rick urrou e desferiu um tapa certeiro no rosto dela, fazendo Sandra ser lançada ao chão.

* * *

Fábio, já no corredor, observou pela fresta da primeira porta o famigerado MotoSierra de costas, com um aparelho celular na orelha.

No molho havia três chaves. Fábio não tinha ideia de que portas abririam, mas, observando a marca da chave, comparou-a com a da fechadura da sala dele, e por sorte as três chaves eram de marcas diferentes. Selecionou a da mesma marca da fechadura e encostou cuidadosamente a porta, girando a chave.

Bingo! Era a chave da porta! Deu duas voltas na tranca, prendendo o chefe da quadrilha. Foi quando ouviu um baque vindo da outra sala, e um berro masculino chamando por MotoSierra. Provavelmente era onde Sandra estava.

* * *

Pelo seu preparo e treinamento em Muay Thai, Sandra sabia a melhor forma de cair e se preparar para o que viria na sequência. O tapa desferido por Rick a acertara em cheio e a desarmara da adaga. Ela caiu desprotegida, enquanto o agressor, com olhos enviesados, feito um animal louco, lançava-se sobre ela. Ele comprimiu as duas mãos ao redor do pescoço de Sandra e fechou como um punho de ferro.

Ela sentiu-se sufocar. Ele a estava estrangulando. Ela começou a se debater, na tentativa de se desvencilhar, arranhando os braços do homem com as unhas.

— Você vai se arrepender do que fez, ordinária. Vou te matar agora! — berrou Rick.

Ele estava alucinado, apertando seu pescoço. Ela sentiu a sala girar e sua visão ficar turva. Acreditava que realmente não havia mais o que pudesse fazer...

Foi quando ouviu um baque seco e as mãos afrouxarem em seu pescoço. E o corpo de Rick desabou ao seu lado.

* * *

Simão estava agoniado! Resolveu sair do carro, mesmo que essa não fosse a decisão mais prudente a se tomar. Tinha mais de dezoito minutos de atraso desde a última mensagem. Isso significava que há 38 minutos não tinha notícias de Fábio ou Sandra.

O que poderia estar acontecendo lá dentro? Seria melhor ligar para a polícia? Estava com celular na mão, pronto para ligar. Não podia de forma alguma entrar naquele lugar, e não tinha certeza de se deveria chamar os policiais. Foi quando começou a achar estranha a pergunta que Sandra lhe mandara na última mensagem: "Onde você está?". Por que ela perguntaria isso, se eles já haviam combinado o ponto de encontro?

* * *

Sandra viu Fábio ensanguentado e suado desferir uma coronhada na cabeça de Rick, que desabou, desacordado.

— Você está bem? — Ele a ajudou a se levantar. Sandra tentou falar, mas preferiu balançar a cabeça positivamente, enquanto tentava recuperar o fôlego. Na sala ao lado, um barulho de porta sendo chutada ecoou, seguido de uma sequência de palavrões. Era MotoSierra, que se descobria trancado.

— Vamos, Sandra. Temos de dar o fora daqui! — Fábio a puxou pela mão, mas ela voltou e começou a apalpar os bolsos do grandalhão caído.

— Meu celular!

— Está louca? Precisamos ir agora! O nosso amigo vai derrubar essa porta em dois minutos, e deixei um cara desacordado no banheiro, mas ele não vai demorar a se recompor. E esse aqui também não deve dormir muito.

Sandra encontrou seu telefone, e junto de Fábio saiu em disparada para o corredor. Seu parceiro iria voltar em direção ao bar, já empunhando seu revólver, mas Sandra apontou para a porta dos fundos.

— Por aqui, Fábio! A porta só está encostada!

Saíram para a rua no exato momento em que a porta que Fábio trancara cedeu e MotoSierra surgiu no corredor com um revólver na mão, disparando duas vezes em direção a eles. Os tiros passaram raspando.

Já de longe avistaram Simão em pé, ao lado do carro.

— Simão! Dê a partida agora! — gritou Sandra, enquanto Fábio, mancando ao seu lado, esforçava-se para acelerar o passo. A noite estava escura, e já passava da meia-noite. O beco estava deserto.

Simão abriu a porta do carro quando mais dois disparos romperam com o silêncio do beco. Simão se dobrou para a frente, segurando o braço esquerdo. Ele fora atingido! Fábio mirou e efetuou dois disparos em direção ao chefe da gangue, que se refugiou atrás da porta de aço, fazendo-a de escudo.

Sandra pegou as chaves do carro e assumiu a direção do veículo. Fábio tratou de ajudar Simão a entrar no carro, e, devido a mais tiros serem disparados, embarcou ao lado dele no banco de trás.

— O miserável me acertou — resfolegou Simão.

— Como está seu braço? — perguntou Fábio, vendo que havia muito sangue.

— Acertou em cheio — disse Simão, fazendo uma careta de dor.

— Sandra, dê ré, e cuidado com os tiros!

Ela saiu em alta velocidade de ré, e mais disparos foram efetuados pelo bandido. O para-brisa se estilhaçou por inteiro conforme ela se abaixava para não ser atingida.

Ao chegarem ao fim do beco, mais uma surpresa desagradável: Rick e o garçom mal-encarado montavam em duas motocicletas estacionadas em frente ao pub. Sandra fez o contorno depressa, e pisou fundo no acelerador.

— Eles estão vindo atrás de nós! — ela berrou, desesperada.

— Vou tentar atrasá-los — avisou Fábio. — Eles não conseguirão atirar enquanto estiverem pilotando. — Ele abriu o vidro do seu lado e fez mais dois disparos, porém, na velocidade e distância que estavam, nenhum deles acertou o alvo.

— Fábio, que loucura! Eu nem sabia que você tinha porte de arma!

— Nem eu! — gritou ele. — Mas, depois de anos frequentando o clube de tiro, a gente aprende.

— Eles não podem nos ultrapassar — comentou Simão, fraco, caído no banco. — Se isso acontecer, seremos alvos fáceis.

Sandra acelerou e fez uma conversão proibida. Entrou numa via expressa escura que passava por baixo de vários viadutos. Sandra viu o ponteiro chegar aos 120 km/h.

— As motos deles são potentes. Eles estão se aproximando! — berrou Fábio, colocando o braço para fora e puxando de novo o gatilho, mas nada aconteceu. — Droga! Acabou minha munição!

As motos vinham quase grudando no carro, ladeando o veículo guiado por Sandra.

— Tive uma ideia — disse ela. — Simão e Fábio, segurem na tranca das portas de trás! Agora!

— O que pensa em fazer?

— Coloquem o cinto — ela gritou. — Quando eu falar "já", vocês vão abrir as duas portas o mais rápido que puderem.

Ela pisou fundo no acelerador e viu o marcador chegar a 140 km/h. Os dois motoqueiros aceleraram para não ficarem para trás, e, quando encostaram, dividiram-se novamente um para cada lado. Eles já iam fazer a ultrapassagem quando Sandra gritou:

— Já!

Ela tirou o pé do acelerador e pisou fundo no freio. As duas portas foram abertas e o carro parou, cantando pneus. As motos se chocaram violentamente contra as portas. Um dos motoqueiros voou pelo céu antes de cair desacordado no asfalto. O outro chegou a arrancar uma das portas, tamanha foi a violência do impacto.

A jornalista não se demorou. Acelerou e saiu em disparada pela avenida rumo ao hospital mais próximo.

Quarenta e seis

— Você ultrapassou todos os limites da razão! — Ronil esbravejou mesmo que sua feição demonstrasse mais preocupação do que irritabilidade. — A uma hora dessas vocês três poderiam estar mortos!

— Pois é... a boa notícia é que não estamos, chefe! — Os três estavam em uma enfermaria. Fábio estava com dois pontos no supercílio e o caso mais grave era de Simão, que tivera de passar às pressas por uma microcirurgia por conta da bala, que atingira seu ombro.

— A polícia precisa invadir aquele local. Esses caras são da pesada! — exclamou Fábio. — Malditos nazistas!

— O doutor Matarazzo já mandou duas equipes para fazer uma batida no local — informou Ronil. — Mas é claro que é possível que não encontrem nada que os incrimine, e agora os envolvidos já devem estar longe.

Sandra tentou se levantar da maca em que estava recostada em travesseiros, mas pareceu por um momento que cada osso do seu corpo fora quebrado.

— Tenho um diretor costurado, um publicitário passando por uma cirurgia porque tomou um tiro e uma âncora que mesmo que eu mande a equipe de maquiagem passar argamassa na cara não vai disfarçar essa mancha vermelha de quem foi agredida. Sandra, a sua situação só piora.

Espero que reconsidere meu pedido e pare com essa loucura. — Ronil apanhou seu casaco e se levantou.

— Como está o Simão? A cirurgia vai resolver? — perguntou Sandra, preocupada, tentando captar alguma informação nova.

— Por um milagre, Sandra, é uma microcirurgia. A bala entrou bem superficialmente — respondeu Ronil, virando-se e a encarando. — Mas ele já é um senhor, e vou te dizer uma coisa: ele poderia ter morrido. Mais um pouco e ele ia fazer uma visita adiantada ao irmão!

Dito isso ele saiu, deixando Sandra e Fábio apenas com o tiquetaque do relógio de parede, que marcava três da manhã e parecia andar lentamente.

Ela sentiu o celular vibrar. Era uma mensagem de HD Darth Verde:

"Descobri uma clínica de reabilitação onde Evandro esteve internado, e consegui decifrar aquela planilha de contas que ele tinha: provavelmente ele ainda estava no vício e devia para o tráfico! Ligue-me quando puder falar! Deu tudo certo por aí?"

Sandra ficou empolgada. Estaria Evandro devendo ao tráfico e morto por esse motivo? Sua cabeça latejava. Já não sabia distinguir o que era uma linha de investigação da realidade. Por qual caminho deveria seguir? Quem ou o quê estava por trás de tudo aquilo? Seria um crime passional, neonazismo, dívida com o tráfico de drogas?

Sandra recostou-se no travesseiro da maca e tentou desanuviar a cabeça por um momento.

Quarenta e sete

JÁ ESTAVAM HÁ ALGUMAS horas sentados ali. Receberam a notícia de que Simão estava bem e não corria riscos. Sandra estava pensando na mensagem de HD.

Evandro devia para o tráfico? Isso significava que tinha sido executado, então? Onde se encaixavam os neonazistas. Neonazistas com traficantes de entorpecentes? Simão sabia que seu irmão tivera uma recaída? Eram muitas perguntas a responder. Faria uma visita à clínica em que ele ficara internado.

Olhou para a peruca desalinhada e se lembrou de Haroldo. Aquela peruca era de cabelos naturais e valia uma fortuna, ele inclusive a usaria num evento ainda naquele sábado! Ela ficara de devolvê-la pela manhã em sua casa. Ele fora tão bacana que ela não podia deixá-lo na mão.

— Preciso devolver essa cabeleira para o Haroldo. Se importa se eu me ausentar um pouco?

— Você está bem, Sandra?

— Estou... Quer dizer, acho que todos os três saímos com marcas, mas estamos vivos. — Ela repousou sua mão na de Fábio. — Eu não tenho como te agradecer o suficiente pelo que fez por mim. Eu estaria morta, se você não tivesse invadido aquela sala.

Eram cinco e pouco da manhã, e a janela do hospital mostrava uma claridade que despontava timidamente lá fora, anunciando que iria amanhecer em breve. Ela pode sentir os dedos quentes de Fábio entrelaçarem-se com os seus, e ele sussurrou:

— Eu também estaria morto agora, sem você. — Delicadamente ele a puxou e os dois se uniram num beijo longo. Sandra foi pega de surpresa, mas se entregou num beijo quente, repleto de adrenalina e amor. Há anos ela não sentia nada igual.

— Obrigada mesmo! — Ela passou a mão pelo rosto dele com cuidado, por conta dos hematomas e pontos, e saiu, deixando-o com um sorriso nos lábios e no olhar.

Às vezes os olhos também sorriem.

* * *

Sandra estava a pé. O carro de Simão não tinha a menor condição de ser usado, sem uma das portas. Pegou um táxi em frente ao hospital, e deu o endereço de Haroldo.

Passava um pouco das seis da manhã quando o táxi parou em frente ao endereço. Sandra pagou e desceu. Era uma manhã de sábado tranquila; o sol já se firmava com as primeiras luzes da manhã. Não havia ainda muito movimento na rua. Havia apenas pássaros, alguns cães de rua e um idoso que voltava da padaria com um saco de pães nas mãos. Por um momento, aquele cenário de paz e tranquilidade renovou as forças de Sandra, ao mesmo tempo em que lhe causava estranheza pelo contraste com a noite que havia tido.

Tocou a campainha, e Haroldo saiu com um robe de seda. Tinha cara de quem acabara de acordar, mas seu humor estava desperto:

— Isto são horas, criatura, de me despertar do meu sono de beleza? — Sandra já ia se desculpar, quando ele continuou: — Brincadeira, meu bem. Eu acordo com as galinhas, principalmente em dia de evento como hoje. Dormir é desperdiçar vida. — Ele parou de sorrir quando destrancou o portão e viu o estado da mulher. — Querida do céu, o que houve com você? Foi atropelada por um caminhão?

Sandra sorriu e ele a abraçou forte. Ela ia começar a falar, mas ele disse:

— Nem mais uma palavra! Entre e sente-se. Você vai tomar um café bem forte com uma fatia de bolo de fubá, e aí sim vai me contar tudinho.

* * *

Sandra ficou pouco mais de meia hora na casa de Haroldo. Quando enfim saiu, sentia-se renovada! Era impossível não se sentir melhor com o bom-humor de Haroldo. Além do mais, ele era um ótimo ouvinte.

Ela foi até a esquina para pegar um táxi. Apressada, nem reparou numa moto parada atrás de uma árvore, com um homem tatuado e careca de capacete que a observava. Um de seus olhos tinha um tique nervoso. Assim que ela encostou o portão de Haroldo e se afastou, o homem desceu da moto e se encaminhou para a casa. Ele carregava uma bolsa de lona no mesmo braço onde havia a tatuagem de uma suástica.

De forma rápida ele abriu o portão e entrou.

Quarenta e oito

A PRÓXIMA PARADA DE SANDRA foi a clínica de recuperação cujo nome HD lhe passara via mensagem. Estava louca para descansar, muito sonolenta, mas precisava investigar tudo a fundo.

A jornalista desceu do táxi num bairro bastante afastado do centro. A viagem fora demorada, e ela viu os grandes prédios darem lugar a casas, depois casas de periferia, até que o táxi entrou num bairro quase rural numa das divisas da capital com o interior.

A primeira coisa que ela notou na clínica foram os altos muros de pedra pintados de cor creme, algo que talvez já tivesse sido branco em outros tempos. Era a construção mais significativa da rua, já que os vizinhos eram basicamente cercas e muito mato. Ela avistou uma placa de madeira que trazia, talhado à mão, a inscrição "Lar do Refúgio". O sol estava alto, e já passava das oito e meia da manhã. Ela suava com o calor que castigava o dia. A rua era poeirenta, e o silêncio do local era perturbador. Era possível ouvir ao longe apenas a revoada de pássaros e o latido de algum cão animado.

Sandra tocou a campainha ao lado da porta e percebeu uma câmera velha que estava mirada para ela. Ninguém atendeu. Insistiu duas vezes até que uma voz metálica respondeu através do interfone.

— O que deseja?

— Olá. Eu estou aqui por conta de um dos pacientes.

— Ainda não é hora da visita. A senhora vai precisar retornar mais tarde.

— Na verdade, quero falar sobre um ex-paciente. Gostaria de conversar com a doutora Norma Thompson, a diretora da clínica.

— A senhora tem hora marcada?

— Não. Mas é muito rápido, e muito importante. Eu sou repórter da TVG. — Era óbvio que seu interlocutor não a havia reconhecido pela voz de um interfone, mas a informação de que era uma jornalista da TVG surtiu o efeito esperado. Ele pareceu consultar uma segunda pessoa. Sandra resolveu acrescentar: — Pode, por favor, anunciar que é Sandra Garcia?

Depois de alguns minutos esperando, o portão se abriu e um homem, talvez o mesmo da voz metálica, trajando calças jeans e uma camisa branca que trazia discretamente sobre o peito o nome do lugar, a conduziu para dentro da clínica.

Sandra não sabia ao certo o que esperar. Já fora a algumas clínicas por conta de uma ou outra matéria durante sua vida, mas sempre encontrava algo diferente. Por dentro dos altos muros havia um vasto terreno com grama e árvores altas espalhadas por ele. Alguns troncos cortados faziam as vezes de mesas e bancos para alguns pacientes que pareciam jogar damas. Ela viu muitos homens. Alguns conversavam, mas a maioria parecia apenas olhar para o nada, com olhos vidrados. Um ou outro a observou com curiosidade. Alguns aparentavam estar muito bem, porém Sandra avistou alguns que arrastavam os pés ao andar, e outros com olhar alucinado, que pareciam sofrer de alguma perseguição psicológica interna. Se a reconheceram, não demostraram.

Chegaram numa ala com uma construção grande de cômodos espaçosos. Sandra foi acomodada numa antessala com algumas poltronas e uma planta no canto. Havia uma porta com uma placa que informava se tratar da diretoria.

A espera demorou mais do que Sandra imaginava. Ela estava olhando por uma das janelas para as pessoas no pátio quando a porta se abriu e uma mulher magra e baixa apareceu.

— Boa tarde — disse ela, estendendo a mão e apertando energicamente. — Sou Norma Thompson. Entre, por favor.

Sandra se apresentou e entrou numa sala grande com uma mesa de madeira e cadeiras dos dois lados. A mesa estava bagunçada por muitos papéis, e o ambiente tinha cheiro de produto de limpeza de hospital.

— Em que posso ajudá-la, Sandra?

— Primeiro, obrigada por me receber sem hora marcada. Serei bastante breve.

— Você tem sorte de eu ser uma telespectadora de seu jornal da noite. Normalmente não recebo ninguém que não tenha horário marcado. Por falar nisso, você está com um aspecto terrível! Não me diga que aquela beleza toda do vídeo é pura maquiagem?

— Eu diria que uns setenta por cento é sim. Os maquiadores fazem milagres! — Sandra riu, modesta, para quebrar o gelo. — Mas a minha noite também não foi das melhores.

— Você parece ter sido atropelada!

— Foi quase isto que ocorreu... Mas não foi nada de mais. Na verdade, estou aqui para saber um pouco mais a respeito do período em que Evandro ficou internado para reabilitação.

— Eu podia ter apostado a vida de minha filha pelo motivo da sua vinda e teria ganhado. Depois da morte dele, me perguntei se alguém iria querer se aprofundar em seu passado. Mas esperava a polícia, não uma jornalista! Você sabe que qualquer informação sobre qualquer de nossos pacientes obviamente é sigilosa.

— Doutora Norma, eu entendo o motivo do sigilo, mas não estou aqui como uma jornalista que deseja cobrir uma matéria. Ontem sofri uma tentativa de assassinato. Como sabe, Evandro foi morto, e o irmão dele, Simão, foi baleado e está na UTI de um hospital. Temos motivos para cogitar que tudo esteja interligado, e uma das linhas de investigação é que isso poderia ser uma cobrança de dívidas de drogas.

— Meu Deus... Simão também foi ferido? — A doutora Norma elevou as mãos e cobriu sua boca. Pareceu avaliar a situação, e então, de forma firme, prosseguiu: — Eu não entendo como isso pode estar relacionado. Evandro estava tão bem! Parecia estar liberto de vez dessas malditas drogas. Bom, podemos bater um papo, mas saiba que essa conversa não é oficial, certo? Para todos os efeitos, ela nunca existiu, e se publicar qualquer coisa que seja ou mencionar meu nome na TV, direi veementemente que é mentira. Não posso colocar em risco a reputação da minha clínica.

— É claro, doutora. Nem seu nome, nem sua clínica serão mencionados. Eu só gostaria de saber quanto tempo ele ficou aqui, se alguém era muito amigo dele na época de internação... É natural, quando se fica muito tempo internado, que haja uma aproximação entre o paciente e algum funcionário ou outro paciente em recuperação. Preciso de alguma pista... Algo que possa dar clareza a essa morte tão violenta e as perseguições.

Norma desabou em sua cadeira, como se o mundo lhe pesasse nos ombros. Tinha olhos cansados por trás de seu pincenê, que tentavam, em vão, camuflar olheiras de quem já vira de tudo um pouco. Olhos que dificilmente veriam algo que fosse novidade.

— É importante dizer que Evandro teve uma postura exemplar enquanto esteve conosco. Foram duas internações. Uma com pouco mais de três meses, e não preciso nem dizer que ao sair antes do tempo estipulado para estar "limpo" ele voltou a usar entorpecentes; e a segunda por pouco mais de seis meses.

— Ele usou drogas por muitos anos?

— Eu achei que as questões fossem se resumir ao tempo em que ele esteve conosco na clínica, senhora Garcia. — Ela usava apenas o sobrenome de Sandra, o que lhe conferia um ar ainda mais pomposo e distante. — Me desculpe, mas, se quer saber sobre a vida pessoal de Evandro, por que não questiona ao seu irmão, já que disse ser amiga dele?

— Tudo bem, já entendi! Vamos nos ater a perguntas sobre o tempo que ele passou aqui.

— De qualquer forma — prosseguiu Norma, como se não tivesse ouvido o que Sandra dissera. — É de conhecimento público que os irmãos Jordel vieram da periferia, e, pelo que me parece, o histórico de envolvimento de Evandro com o crime começou ali. Mas ele logo enriqueceu, e não se engane: parte da elite dessa cidade é que sustenta o tráfico. Ele se enturmou com as pessoas erradas e voltou a usar drogas. Ele tinha um uso moderado, se é que isso existe, e obviamente o fazia escondido de sua família. Não se sentia viciado, um dependente químico! Sabe a velha história de "eu paro quando quiser"? Isto acontece com quase todos os viciados. Independentemente disso, era nítido o talento do rapaz. Ele era ótimo nos negócios, sua sociedade com Simão, que também era muito empreendedor, deslanchou, e eles cresceram muito rápido. É óbvio que, depois do êxito, e com muito dinheiro, o uso de drogas ficou desenfreado, e o irmão descobriu. Foi um inferno para o Simão! Ele é o irmão mais velho, e os dois foram abandonados pelo pai ainda muito jovens. Então Simão meio que assumiu a figura paterna. Foi ele quem convenceu Evandro a se internar aqui conosco, nas duas vezes. E ele não economizou! Pagou de psicólogos a psiquiatras, terapias ocupacionais e tudo o mais que você possa imaginar. Quando saiu daqui a última vez, Evandro estava limpo, e assim permaneceu por um bom tempo.

— Ele tinha algum amigo próximo aqui?

— Eu sei bem a imagem que as pessoas fazem dos dependentes químicos. Na maioria das vezes, já os excluímos e os culpamos. Mas esse inferno não é tão simples assim! Existem gatilhos que acionam o vício. Independentemente do que já tenha pesquisado, Sandra — ela a havia chamado pelo primeiro nome, isso era um bom sinal? —, e por mais difícil que seja o preconceito que cerca alguém que nunca teve contato com um ente próximo encoleirado pelo vício, tratam-se de pessoas como quaisquer outras.

Sandra lembrou-se instantaneamente de seu pai

— Evandro era um grande homem, muito criativo e talentoso. Durante o tempo em que esteve com a gente, com exceção das duas primeiras semanas, quando são naturais estados de quase depressão e ataques de abstinência, ele parecia mais com algum funcionário. Ajudava a todos, tocava violão! Acredita que ele começou a oferecer cursos de escrita e aulas de música para outros pacientes? De graça, é claro...

Norma Thompson falava, mas a cabeça de Sandra viajava pelo tempo.

Seu pai. Teria sido ele uma vítima do vício? O álcool despertava o pior que havia nele? Se ele tivesse condições psicológicas e Sandra e sua mãe tivessem informações suficientes e o levado a um tratamento, teria dado certo? Ele poderia ter se libertado? Poderia estar vivo? Sua mãe estaria viva? Sem beber, ele era outra pessoa. A culpa era dele ou da bebida? Mas como podia culpar a bebida? Uma garrafa, algo inanimado, se era ele quem a bebia? Então a culpa era dele... Eram tantas questões.

Só então Sandra se deu conta de que, depois de se envolver com aquele caso, as vozes estavam cada vez mais ausentes. Os ataques de pânico e as alucinações quase haviam cessado, com exceção dos pesadelos, que ainda tinha raramente.

Sandra percebeu que Norma estava concluindo um pensamento, e se forçou a sair de seu devaneio.

— Alex era o mais próximo de um amigo que Evandro teve aqui. Ele ainda está conosco, mas o estado dele é lastimável! Eles dividiam o dormitório, mas Alex fugiu depois da saída de seu amigo, e se atolou em drogas ainda mais pesadas. Acredita que foi Evandro quem o convenceu a voltar? Estava até custeando o tratamento. Mas, infelizmente, Alex passou por duas overdoses. Ele foi além do fundo do poço. — O olhar de Norma se entristeceu, de repente. — Hoje ele é pouco mais do que um vegetal. Não fala coisa com coisa. As drogas parecem ter destruído sua personalidade. Anda pelos cantos e às vezes passa semanas sem falar uma única palavra.

— Você disse que eles eram muito amigos, que Evandro chegou a custear o tratamento de Alex. Posso falar com ele?

— Não sei se ele vai querer falar com você. Ele tem esquizofrenia, ataques de agressividade, e por vezes mal fala.

— Eu gostaria de tentar — suplicou Sandra. — É muito importante.

— Se for rápido, tudo bem. Vou pedir para um dos enfermeiros ficar por perto. Tenha cuidado! Se forçar a barra, ele pode achar que você é uma ameaça, e as coisas podem realmente sair do controle.

Quarenta e nove

HAROLDO ESTAVA ARRUMANDO AS louças do chá que servira à Sandra na pia. Empilhou cada porcelana de forma meticulosa, e, olhando para o relógio da cozinha, conferiu as horas. O dia seria cheio! Ia pentear e arrumar a peruca devolvida pela mulher e colocá-la junto das outras que levaria para o desfile da Miss Zona Norte. Ele seria o maquiador oficial do evento, e as misses fariam uma entrada usando suas famosas perucas. Ah, como ele gostava dessas ocasiões, em que ele também podia brilhar um pouco e ter seus quinze minutos de fama!

Estava pensando nisto quando ouviu o portão fechando e passos no corredor. Havia um longo corredor para chegar até o vitral da cozinha. Com certeza Sandra havia esquecido algo! A coitada estava com a cabeça nas nuvens. Teria esquecido a carteira? Olhou para a mesa da copa, onde Sandra estivera, e não localizou nenhum pertence dela.

— Sandra, querida, sua cabeça oca! Voltou, foi? — Mas um mau pressentimento o assaltou ao mesmo tempo em que a porta abriu com violência e ali se materializou a figura sinistra de homem branco de cabeça raspada, ombros largos, braços tatuados e um brilho insano no olhar!

Haroldo gritou o mais alto que pôde, e instantaneamente correu em direção à escada que dava acesso aos quartos. Na subida, foi arremessando vasos de porcelana e todos os bibelôs que encontrou pela frente contra o homem. Ouviu passos pesados logo atrás de si. Abriu a porta do lavabo do corredor do andar de cima e entrou. Foi o tempo de encostar a porta e um baque se deu contra ela. Passou a tranca e ficou respirando com força. Gritou:

— Leve tudo o que quiser! Há dinheiro na carteira sobre o sofá. — Ele respirava com sofreguidão, e sentia lágrimas quentes descerem pelas suas bochechas. — Por favor, saia em seguida! Eu direi que não vi ninguém! Não chamarei a polícia.

Odiou-se por não ter um celular à mão! O pequeno vitrô do lavabo era alto, e não dava para ver o corredor lá embaixo. Grudou o ouvido na porta, e ouviu passos pela casa e algo sendo revirado. O que ele estaria procurando? Seria um mero ladrão, ou um dos carecas sobre os quais Sandra falara? Se fosse o caso, não teria a menor chance. Por que desistiu de arrombar a porta? Tremendo, Haroldo se abaixou e esperou...

Cinquenta

HD Darth Verde estava fazendo o que mais gostava: montando quebra-cabeças! Só que o quebra-cabeça que ele montava era um dos mais importantes da sua vida: estava cruzando anotações da agenda de Evandro com informações que localizara no notebook dele. Era um sábado de sol, mas HD estava enfurnado em seu pequeno apartamento na Santa Cecília. Estava claro lá fora, mas ele não se importava. Olhou pela janela de seu apartamento e viu algumas nuvens escuras, que aos poucos iam se aproximando, ameaçando o sábado ensolarado que convidava as pessoas a usarem as ciclovias e parques da cidade. Ele adorava sábados de tempestade e chuva! *Tomara que o tempo realmente feche*, pensou.

Depois de horas de pesquisa e cruzamento de informações, ele fechou o cenho. Pelo que havia apurado, Evandro devia muito ao tráfico, mas eram duas dívidas: uma que parecia de anos anteriores e que por algum motivo ele anotara na mesma agenda, nas primeiras folhas, e estava claro que ele repassara de outro lugar para aquela agenda, que era do ano atual; e outra mais substancial, que parecia ser recente. Mas o mais espantoso era o fornecedor da droga que ele consumia: tudo levava a crer que ele obtinha os entorpecentes dentro da emissora. O traficante era um funcionário da TVG!

Cinquenta e um

HAROLDO ESTAVA ABAIXADO E ouviu passos descendo a escada. Levantou-se sem fazer barulho e foi até perto da janela. Ouviu passos no corredor lá fora, e, depois, o portão da rua rangeu e se ouviu um baque de ferro. Ele teria ido embora? Roubara o que lhe aprouvera e se fora? Ou era uma emboscada?

Ele suava muito. Analisou suas possibilidades: ficar no banheiro à mercê da própria sorte ou tentar correr do lavabo para o quarto, onde havia um telefone, e ligar para a polícia. O tatuado, ao que tudo indicava, estava sozinho. Houvera barulho no portão, portanto ele não estava na parte superior da casa. Resolveu arriscar! Era abrir a porta, atravessar o corredor e entrar no quarto, fechando a porta. Se ele já tivesse ido embora, ótimo. De qualquer forma, acionaria a polícia.

Talvez o maluco estivesse atrás de Sandra. Ele a vira entrar, mas não sair. Devia ter percebido que ela não estava ali e fora embora. Afinal de contas, ele não tinha nada a ver com a história. Era isso!

Haroldo respirou fundo, e destrancou silenciosamente a porta. Abriu um palmo e ouviu apenas silêncio, nenhum barulho! *É agora*!

Disparou pelo corredor. Entrou em seu quarto e bateu a porta. Passou a mão pela tranca de ferro do lado de dentro, mas ela não encaixou. Avistou, desesperado, que havia algo bloqueando o orifício em que a lingueta de ferro devia entrar. Sentiu o coração acelerar. Viu um inseticida em aerossol sobre a cômoda. Pegou-o, destampou e tentou novamente fechar a tranca. Foi quando a porta foi aberta violentamente e o tatuado careca entrou, piscando estranhamente um dos olhos. Com uma só mão ele pegou o pescoço de Haroldo, que se debateu, e num momento de desespero borrifou bem na cara do tatuado o inseticida. O tatuado arfou e se dobrou, buscando por ar.

— Bicha desgraçada! Ahhh!

Haroldo aproveitou o momento para empurrá-lo, e se jogou de encontro à cabeceira da cama. Retirou o telefone do gancho e discou 190.

Gritando socorro, levou com dificuldade o fone até o ouvido, e constatou horrorizado que a linha estava muda! Olhou para a porta. O tatuado havia se recuperado, limpando o rosto na camisa. Estava com olhos vermelhos e enviesados. Ele trazia na mão a peruca loira que Sandra usara na noite anterior e que estava minutos antes na sala lá embaixo. Haroldo abriu a boca para gritar, mas seu grito foi abafado pela peruca, que foi forçada contra sua boca.

Cinquenta e dois

SANDRA FOI ACOMPANHADA POR um enfermeiro asiático de nome Toshiko, como dizia o crachá — baixinho, mas muito alerta e bastante calado —, até as alamedas da clínica. Passou por algumas pessoas. Umas encontravam-se em estados deploráveis, e outras tinha um aspecto tão bom que ela se perguntava por que estavam ali.

Ainda no caminho, seu celular vibrou e ela recebeu uma mensagem de HD, dizendo que poderia ter desvendado o quebra-cabeça: Evandro devia muito dinheiro a um traficante, mas a melhor descoberta era que as anotações davam a entender que a droga era retirada na TVG. O fornecedor era alguém de dentro da emissora!

Sandra sentiu o peito apertar. Podiam estar bem perto da resposta. Se o fornecedor de droga era da TVG e Evandro devia quantias astronômicas, isso dava um motivo para o assassino ter credenciais para estar no evento! Isto podia explicar a morte de Elcy! Alguém que divide a cama divide muitos segredos. Teria Evandro comentado com a ex quem era o fornecedor? Seria essa uma linha de raciocínio clara e correta?

Chegaram a uma espécie de praça com árvores e bancos de madeira brancos bastante convidativos, onde um homem muito magro estava sentado.

— Este é Alex. Tente não se demorar, nem irritá-lo — falou Toshiko numa voz quase cochichada. — Ficarei por aqui, caso precise de algo.

Sandra se aproximou receosa, e viu que Alex estava largado no banco. Os olhos pareciam contemplar o infinito. Ela sentou-se ao seu lado, mas não pareceu ter despertado a curiosidade dele, que não desviou o olhar do horizonte, perdido em seus devaneios.

— Oi, Alex. Tudo bem? — Como não teve resposta, prosseguiu. — Eu vim dizer um "oi" para você porque, afinal de contas, temos um amigo em comum.

Alex se mantinha impassível. Sandra percebeu que ele tinha uma espécie de squeeze de água nas mãos.

— Ou tínhamos, pois, na verdade, esse nosso amigo em comum, Alex... Bem, eu não sei se aqui dentro vocês têm acesso às notícias, mas infelizmente ele morreu.

Se a notícia causou espanto em Alex, não transpareceu em seu exterior. Ele levou o squeeze até os lábios e sorveu uma quantidade considerável de água. Sandra não pôde deixar de perceber que um longo fio de baba esticou-se quando ele voltou a repousar a mão com a garrafa sobre o colo.

— Sabe, Alex, sei o quanto deve ser difícil para você estar nessa situação. Mas um grande amigo nosso foi assassinado: Evandro Jordel. — Ela se inclinou para olhá-lo melhor. — Lembra-se dele?

— Quer água? — ele perguntou, falando pela primeira vez, e estendeu a garrafa em direção a ela. Sandra sentiu o estômago revirar.

— Não, obrigado! Não estou com sede. Você se lembra de Evandro, Alex?

Ele voltou a ficar olhando para o horizonte, estático.

— Alex, ele foi morto! E há muitas dúvidas do que possa ter acontecido. Ele era um publicitário de sucesso. Você deve saber disso; ele custeou boa parte de seu tratamento aqui. Então acho que vocês ficaram amigos mesmo. Na noite em que foi morto, ele ganhou um prêmio com uma peça publicitária contra o preconceito e que ridicularizava o nazismo. Pensaram que era roubo, mas foi apenas uma tentativa de disfarçar um homicídio. Acharam os objetos do furto, e depois a Elcy Fanny morreu num suposto acidente de carro, e o faxineiro que achou os pertences, também. O irmão dele, eu e mais um amigo quase fomos mortos nesta madrugada por uma gangue. Mas agora surge uma nova possibilidade: o assassino e traficante pode ser um funcionário da TVG! Ele já havia estado aqui, internado, antes desta última vez! Ele pode ter comentado com você quem era o fornecedor?

Alex continuava com olhar perdido, e não expressava nenhuma reação. Ele virou novamente a garrafa em direção a ela, e disse:

— Quer água? Água é bom...

Sandra ficou olhando para a garrafa, pensativa. Será que, na loucura dele, ela só seria confiável se aceitasse beber de sua água? Seria um indicativo de que podia confiar nela, como num aperto de mão?

Num rompante, e tentando juntar suas forças para não vomitar ali mesmo, Sandra apanhou a garrafa e disse:

— Sim, eu quero!

Ela levou a garrafa até os lábios e, pela primeira vez, ele moveu a cabeça e a olhou nos olhos. Ele estava acompanhando para ver se ela beberia. Ela sorveu um bom gole e devolveu a garrafa para Alex, que sorriu.

— Água é bom — disse Sandra. Ela viu a cara de nojo de Toshiko. *Que se dane*, pensou.

Alex sorriu. E, depois de algum tempo, disse:

— Evandro foi um irmão pra mim. Ele é amigo mesmo! O problema é que ele ama o trabalho... Sempre gostou. Quando saiu daqui, estava curado, limpo! Mas a droga foi encontrá-lo exatamente lá...

— Eu sei que eram amigos, e sei que você não ficaria indiferente à morte dele. — Sandra esperou para ver se ele falava algo mais. — Como a droga encontrou ele, lá? Vocês conversavam sobre quem a fornecia? Sobre o que usavam, enfim, sobre a vida de vocês antes de entrarem aqui?

— A droga. A pessoa que entregava estava lá... Ele não teve forças para recusar.

— Você está dizendo que o traficante esteve na TVG?

— Ele não esteve, ele é a TVG. Ele trabalha lá.

Sandra ficou inquieta, e pela primeira vez percebeu que estava com uma pista quente nas mãos.

— Quem era, Alex? Quem fornecia as drogas dentro da TVG?

Alex começou a ficar com lágrimas nos olhos e a fungar. Estava agitado. Inquieto! A perturbação era visível em seu rosto.

— A estátua sabe. Eu não posso falar... Mas a estátua... Ela sabe!

— Estátua? Que estátua? — Sandra pegou nas mãos de Alex. — Por favor, quem é a pessoa que repassa drogas dentro da emissora?

— Perigo... Perigoso. Eu não quero morrer como Evandro. Não! A estátua... A estátua sabe!

— Onde encontro essa estátua?

Alex se acalmou e ficou olhando novamente para o nada. Sandra refez a pergunta, e ele se limitou a dizer:

— Quer água?

— Não, eu não quero sua água. Eu já bebi! Agora me diga: o que tem a ver essa tal estátua com Evandro Jordel?

Ela pegou nas mãos de Alex e ele olhou assustado para ela. Toshiko se remexeu e deu um passo para mais perto.

— Por que você veio acompanhada? — Alex perguntou, com voz de choro. — Por quê? Eu não quero ele aqui! Não quero...

— Ele é só um enfermeiro. Ele não vai fazer mal...

— Acho que por hoje chega — disse Toshiko.

— Por que você veio acompanhada?

— Ele não vai fazer mal — garantiu Sandra.

— Não estou falando do Toshiko — falou Alex, assombrado. — Estou falando da sombra. A que segue você!

Sandra sentiu os pelos do braço e da nuca se arrepiarem! Olhou para trás. Não havia ninguém.

Num rompante, Alex se levantou e foi em direção a Toshiko:

— Me leva daqui. Me leva!

— Alex, por favor! — Sandra suplicou. — Quem é a estátua? Onde eu a encontro?

— Desculpe — interrompeu Toshiko —, eu tenho de levá-lo. Ele está muito agitado e pode ficar violento!

Toshiko pegou Alex pelas mãos, e eles foram se afastando. Alex se virou e disse:

— Praça do Patriarca. No centro. A estátua fica lá. Ela sabe. — Eles se viraram e deixaram Sandra sozinha no jardim.

Ela sentiu um forte vento gelado soprar, revirando um punhado de folhas secas. Olhou para o céu, que começava a ficar cinza-chumbo. Uma tempestade estava chegando.

Cinquenta e três

FÁBIO RECEBEU A VISITA de policiais, que recolheram os primeiros depoimentos, e depois um médico lhe deu alta, recomendando repouso por mais dois dias. Avisaram que doutor Matarazzo provavelmente o chamaria para depor na delegacia. Ele recebeu alguns comprimidos brancos para alívio da dor muscular, que tomou com um gole de água servida num copo descartável branco — ele odiava copos descartáveis —, e, depois de alguns minutos, recebeu autorização para ir até o leito de Simão.

— Como vai o senhor soneca? — perguntou Fábio, fazendo força para transmitir um pouco de alegria. Não funcionou. Simão já estava desperto, mas continuava olhando para o teto.

— Uma loucura o que fizemos ontem, não acha?

— Às vezes uma loucura dessas é o ato mais são que podemos ter na vida — tentou filosofar o outro.

— Sabe, Fábio — Simão desviou o olhar do teto e olhou para Fábio nos olhos, pra mim já chega. Perdi meu irmão e serei eternamente grato pelo que você e a Sandra têm feito para prender o culpado. Mas não posso mais continuar com essa loucura! Podíamos ter morrido, os três. Sinto que estou ameaçado. E não vou me perdoar se algo acontecer a qualquer um de vocês. Já tomei minha decisão: vou dar um tempo dessa loucura. Vou fechar a agência. Ela não faz mais sentido sem meu irmão. Nós a criamos juntos, e acho que é assim que deve ser.

— Eu te entendo, Simão! Mas a Sandra não vai largar esse osso assim tão fácil. Parece até que você não a conhece.

— Temo pela vida dela. Como ela está?

— Foi a primeira a sair! Já está em campo.

— Que os céus a protejam. Eu acredito que até o final do dia terei alta também. Vou dar entrada na papelada o quanto antes. Talvez até saia do país por algum tempo. Não me sinto mais seguro, aqui. Principalmente com os lunáticos que atiçamos na noite passada. Escapamos por pouco. Depois volto e resolvo a questão da agência e os demais compromissos. Mas ficarei algumas semanas fora, até a poeira abaixar.

— Semana que vem há um feriado prolongado de meio da semana. Acho que vou me ausentar de Sampa também. Vou para a casa de campo da minha família, "desestressar"! Quem sabe a Sandra não me acompanha?

— É o melhor que vocês fazem, meu filho.

— Bom, o sábado nos espera aí fora. — Os dois riram, e Fábio se despediu de Simão. — Eu vou nessa. Se sente melhor?

— Me sinto muito bem! Vou ficar por conta da microcirurgia no ombro e esperar esse medicamento acabar, com esse conta-gotas vai até o final da tarde, mesmo — disse Simão, apontando o contador de gotas de medicamentos pendurado num suporte e conectado em seu braço. — E mais uma vez, Fábio, obrigado pelo apoio e pela sua coragem!

— Não precisa agradecer. Formamos um bom trio! — Ele riu. — Como nas histórias de Marcos Rey: Leo, Angela e Gino! — Os dois riram, e Fábio partiu.

Cinquenta e quatro

SANDRA AINDA SENTIA NÁUSEAS quando deixou a clínica de reabilitação. Apanhou um táxi de volta para o centro de São Paulo. Assim como acontece comumente na cidade naquela época do ano, o sol radiante da manhã deu lugar a nuvens espessas e a um clima frio e gelado na tarde que chegava.

Sandra sentia-se zonza, e sua cabeça parecia que ia estourar. Sentiu dores musculares por todo o corpo. Parecia ter sido moída em um triturador de carne, e para ajudar, começou a sentir a garganta doer, como se um baita resfriado estivesse chegando. Abriu a bolsa e vasculhou até encontrar alguns remédios contra gripe. Apanhou dois e sorveu com um pouco de água que tinha numa garrafa. O frio havia se intensificado, e o céu era uma massa de nuvens cinza. Avistou pela janela do carro o Shopping Light, com sua arquitetura datada. Virou no Viaduto do Chá e avistou de esquina o Teatro Municipal, com sua fachada imponente. Saltou do táxi na Praça do Patriarca.

Por ser sábado, o centro, apesar de bastante movimentado, estava bem mais tranquilo do que durante a semana. A tarde já avançava, e os altos prédios do centro contribuíam para que o vento que soprava ficasse mais gelado. O sol tímido apenas iluminava com seus raios fracos o final da tarde. Sandra reparou que algumas pessoas já preparadas circulavam aquecidas por seus agasalhos. Caminhou pelo calçadão até a estátua de pedra, a única que ornamentava a praça. Ouviu o sino da pequena e antiga igreja da praça e se postou diante da escultura de José Bonifácio de Andrada e Silva, e as datas indicativas de nascimento e morte do patriarca.

Ficou absorta em pensamentos enquanto analisava cada centímetro da obra. Observou a legenda que a pedra trazia: "Patriarca da Independência".

Mas que droga eu estou fazendo aqui?, questionava-se Sandra. *Será que perdi o juízo em dar ouvidos a um lunático?*

Ela tirou o celular do bolso e fotografou a estátua. Enviou para HD com a mensagem:

"Verifique se a soma das datas abaixo tem algum significado! Veja se há algum funcionário da TVG com o nome de José Bonifácio ou com sobrenome de Andrada e Silva."

Enviou sem muito ânimo de que a resposta trouxesse algo que ajudasse a elucidar aquele emaranhado de pistas. Teve uma crise de espirros, e sentiu que ia ficar gripada. Foi apanhada por uma garoa fina, que castigou repentinamente a selva de pedra. Em um minuto, todos os transeuntes haviam se abrigado em comércios da região. Sandra se protegeu num pequeno café, escuro e com um cheiro irresistível de café recém-passado. Tomou um com leite e pães de queijo recém-assados. Seu celular vibrou. Era HD:

"Sandra, temos dois funcionários com o nome 'José Bonifácio': um afastado em INSS há dois anos e o outro é auxiliar de limpeza, um senhor de quase sessenta anos. Vou buscar mais informações sobre ele e descobrir se mora em um lugar que condiz com um traficante das estrelas ou com um auxiliar de limpeza mesmo. Já retorno!"

HD sempre prestativo! Era um menino de ouro! Pensou Sandra.

Seu celular vibrou novamente. Com certeza era HD! Mas era uma mensagem de Fábio. De repente, sentiu como se seu coração parasse por uma fração de segundos:

"Sandra, onde você está? Péssimas notícias: Haroldo foi assassinado! Acabaram de encontrar o corpo na casa dele!"

Cinquenta e cinco

RONIL ESTAVA EM UM péssimo dia. Havia planejado estar em casa no final de semana — afinal de contas, era aniversário de sua filha caçula —, e agora teria plantão na TVG devido ao atentado que sua principal âncora e seu diretor de externas haviam sofrido!

Sua esposa não gostaria nada daquilo. Teria de corrigir sua ausência de alguma forma. Já estivera na redação do jornal para organizar como faria a cobertura e o quanto revelariam sobre o acontecido no pub dos carecas. Estava se preparando para deixar a redação na noite de sábado, rumo à festa de sua filha, quando recebeu um memorando direto da cobertura de crimes da emissora.

— Já de saída, Ronil? — Era Estela, a redatora.

— Sim, se ainda quiser ter esposa e alguma consideração da minha filha ao final desse dia...

— Acho bom dar uma olhada nisso, antes. — Estela lhe estendeu a folha de um fax que acabara de chegar.

Ronil leu por duas vezes a folha antes de voltar para a poltrona da sua sala e desabar com o peso do mundo nas costas.

— Mas que merda é essa? Haroldo está morto? E o que a Sandra tem a ver com isto?

— Pelo relato de uma testemunha, ela foi a última a sair da casa de Haroldo. E, bem... Ela tinha ido lá com uma peruca loura na mão, segundo o relato do taxista. A mesma encontrada na goela do cadáver!

Cinquenta e seis

SANDRA ESTAVA À BEIRA de um ataque de nervos. Fabio a apanhara no centro da cidade, e eles estavam agora no estacionamento da TVG.

— Tem certeza de que quer subir lá, Sandra? Você está com uma aparência horrível, e não comeu algo decente até agora.

— Estou cansada, mas preciso saber o que houve com o Haroldo. Isso é loucura, Fábio. Você não percebe? Ele, ela ou seja quem for que armou isto contra a gente... quer me enlouquecer.

— Sandra, creio que seja uma boa hora de pararmos de bancar os detetives. Não percebe que não teremos êxito? Mais pessoas estão morrendo... Eu não sei se são neonazistas, traficantes ou seja lá o que for... Mas fato é que não estamos resolvendo nada. Pelo contrário, estamos arriscando nossa vida e a de todos ao nosso redor.

— Eu não acho justo simplesmente pararmos por aqui, Fábio! Não é justo conosco, nem com as vítimas. Eu vou subir, agora.

Fábio pegou no braço de Sandra:

— Pense bem, Sandra. Quem você acha que será a primeira suspeita da morte de Haroldo? — Fábio tocou na ferida. No ponto crucial, que Sandra vinha tentando negar desde a hora em que soube da morte de Haroldo e das circunstâncias: ela seria, obviamente, a principal suspeita!

* * *

Sandra saiu do carro de Fábio. Parecia estar vendo uma cena de um filme de terror. Era quase como ela se visse de fora. Sabia que não seria fácil o que a esperava lá em cima. Ouviu Fábio dizer:

— Vou te esperar por aqui, para te levar em casa.

* * *

Sandra não saberia definir depois com detalhes a forma como foi recebida. Lembrava-se de Ronil pedindo-lhe para ir para casa, e que logo mais seria convocada a prestar depoimento na polícia. Questionou a cobertura que faria, e Ronil foi duro, dizendo que ela não seria envolvida. Que estava com aspecto péssimo. Que havia sofrido um atentado há menos de vinte e quatro horas. Lembrou-se do doutor Matarazzo chegando e a intimando a depor. Nem saberia dizer como se deslocara até a delegacia. Viu alguns jornalistas de outras emissoras na porta. Era tudo muito confuso. Prestou depoimento, e pela primeira vez se recordou de ver incredulidade na face do doutor Matarazzo: *Onde há um assassinato você parece estar, não é mesmo, Sandra?*

Ela podia ver a encrenca crescendo. Defendeu-se e bradou em voz alta; ele foi enfático: sua situação era muito complicada. Que não se metesse mais em nenhuma encrenca, e seria chamada para um novo depoimento caso fosse necessário.

Saiu da delegacia com flashes pipocando à sua volta sem parar. Havia amigos da mídia. Havia perguntas! Ela não respondeu a nenhuma. Por um momento, ficou parada e atordoada perante vários cinegrafistas e fotógrafos. Viu, em meio à multidão, um rosto conhecido. Era Fábio, que a tomou pela mão e a ajudou a entrar no carro. Lembrava-se de Haroldo. Sua face ardia: estava tremendo, com violentos calafrios. Estava febril, e começava a delirar. Sentiu tudo rodando, seus olhos pesavam. Ela só precisava dormir um pouco... Só um pouco. Lentamente fechou os olhos para se entregar ao sono.

Cinquenta e sete

SANDRA ABRIU OS OLHOS como se estivesse dormindo há uma eternidade. Sentiu uma paz muito grande. Estava em casa, deitada na cama, com alguns cobertores sobre ela. Um cheiro gostoso exalava da cozinha. Sua boca tinha um gosto amargo de remédio, apesar de não se lembrar de ter tomado nada.

— Olá, dorminhoca! — Era Fábio, com uma bandeja nas mãos, da qual saía vapor. Ele sorriu por um momento. Aquele sorriso a reconfortou.

— Há quanto tempo estou dormindo?

— Há exatas vinte e duas horas. Você teve febre e delirou bastante. Só a acordei para medicá-la. Mas ainda está fraca, e precisa comer. — Sandra se espantou. Era domingo, e estava dormindo há muito tempo. Fábio colocou à sua frente um prato com macarrão e frango que cheirava muito bem. Foi só então que percebeu o quanto estava faminta! Ela se sentou, passou as mãos pelos cabelos e começou a comer.

— E quanto a Haroldo? Ele...

— Foi morto. Ainda não se sabe quem cometeu o crime. Devido à investigação, o enterro ainda não aconteceu.

— Eu sou suspeita?

— Você sabe que o meio em que trabalhamos gosta de julgar pessoas antes mesmo da justiça, não é? Por sorte você é muito querida pelos demais jornalistas e também pelo público, então, tirando o fato de ter sido a última a ser vista na casa dele, ainda não a enforcaram em praça pública, se é isto que quer saber. Obviamente que mesmo que não publicamente, ainda há muito a ser explicado.

* * *

Sandra havia tomado um banho e finalmente trocado de roupa. Sentia-se revigorada, mas ainda não estava completamente bem. Foi para o sofá onde Fábio estava. Ele se mostrara uma boa companhia e um ótimo enfermeiro. Sentou-se ao lado dele:

— Obrigada — ela disse, pegando sua mão. — Eu realmente não sei como te agradecer.

Se olharam demoradamente, e, depois, não soube explicar de quem foi a iniciativa, mas se uniram num demorado beijo. Sandra se questionou o que era aquilo. Namoro? Estavam apaixonados?

Pela primeira vez na vida, sentiu-se segura para compartilhar sua história real, sem máscaras ou maquiagem. Contou a Fábio um pouco da sua história, suas tristezas e a alegria em ter a companhia da mãe. A dificuldade terrível da vivência com o pai, completamente tomado pelo vício do álcool, até a fatídica tarde em que fugira para nunca mais retornar. Ela descobriu que Fábio era um excelente ouvinte; após ouvir cada detalhe com muita paciência, ele questionou por que nunca regressara à Serra Negra. Ela falou de seus medos iniciais, quando ainda era uma jovem inexperiente, e do receio de encarar tudo de frente de uma só vez. Ele também era bom de conselhos, e disse que ela precisava romper com aquele passado, pois só assim o ciclo teria fim. Apoiou uma visita à sua cidade natal, e até se ofereceu para acompanhá-la.

Chegou a vez de falarem sobre ele. Sandra tinha muita curiosidade. Ele falou sobre o pai, que era um entusiasta da TV e do Cinema, e de sua vontade desde menino de trabalhar naquela caixa mágica chamada televisão. Seu pai fora diretor em outra emissora, e desde pequeno Fábio já sabia que era o que ele queria fazer da vida. Seu pai falecera quando ele assumiu seu primeiro posto como diretor, e, sua mãe, cinco anos depois. Era um casal perfeito, feitos um para o outro, e a mãe nunca chegara a se recuperar do luto. Agora ele morava só, e tinha um tio distante que morava na Califórnia. Sandra quis saber se nunca se casara. Ele relutou em responder, pareceu um pouco constrangido, mas então contou que tivera alguns romances ao longo da vida, e que quase fora casado alguns anos antes. Achava que tinha encontrado o amor de sua vida. Ela o fazia imensamente feliz, e tinham planos de se casar! Adquiriram uma casa linda num bairro bom e tranquilo, e ficaram noivos numa festa maravilhosa, que tinha a presença dos melhores amigos de ambos. Porém, pouco antes do casamento, ela havia sido transferida para um outro trabalho e a distância, mais do que qualquer outra coisa, esfriou a relação. Todas as juras de amor e as promessas de que seriam eternamente namorados de uma hora para outra viraram pó. Numa tarde de verão, a antiga noiva disse pessoalmente que tudo estava acabado.

— Como você deve imaginar, fiquei numa terrível depressão. Passei por todos os estágios pelos quais um amante apaixonado passa. Cheguei a procurá-la e implorar para que voltássemos. — Ele estava de cabeça baixa, um pouco envergonhado. — Mas nada teve efeito sobre a decisão dela.

Sandra o abraçou:

— Faz muito tempo?

Ele sorriu. Um sorriso sincero:

— Tempo suficiente para eu perceber que foi ótimo não ter continuado. — Ele pegou as mãos de Sandra e sorriu, tentando mostrar que estava tudo bem. — Já faz alguns anos, sim.

Eles ficaram em silêncio por um tempo. Então ele prosseguiu:

— Sabe quando a decepção é tamanha que parece que a pessoa arrancou seu coração do peito? Não quero parecer piegas ou melodramático, mas a verdade é que já imaginava uma história, um futuro com ela. Depois disso tudo, fiz aquilo que a maior parte dos homens faz: tornei-me o que vocês mulheres devem chamar de "babaca pegador de mulher"! Forte não é? Mas é a verdade! Você sai tão arrasado da relação que não quer, ou, na verdade, não consegue mais acreditar em ninguém, e isso no fundo te impede de passar do primeiro encontro. Cada encontro é uma pessoa diferente. E, em raros casos, se vai para um segundo encontro, mas se percebe que aquela pessoa não é quem você está realmente procurando.

Sandra entendeu o que ele queria dizer. A dificuldade de criar vínculos e de acreditar novamente em uma relação. Ele estava visivelmente entristecido, e ela estava feliz por toda a sinceridade mútua. Fosse quem fosse que tivesse feito aquilo com ele, realmente o despedaçara.

Duas histórias, muitas cicatrizes, mas no final das contas eles estavam ali. Um nos braços do outro, e o que os dois sentiam após esvaziar o peso do mundo das costas contando suas histórias era reconfortante.

Eles permaneceram assim por um longo tempo.

Cinquenta e oito

Era segunda-feira. Sandra estava de pé logo cedo. Não iria para a TVG, e se sentia perdida por isto. O que faria? Fábio e Simão estavam no trabalho, e ela sentia-se desnorteada. Tentou se concentrar em tarefas da casa, mas não estava funcionando. Após o almoço, conferiu as últimas mensagens de HD, e sua conclusão de que havia um traficante dentro da própria emissora. Parada não ficaria! Num rompante, decidiu ir dirigindo até a Praça do Patriarca.

A pista da estátua era a única que ainda não tinha trazido resultados. Parou seu carro nas imediações da praça e foi andando até o lado da escultura do Patriarca. As pesquisas de HD nada haviam trazido de novo, nem com as datas da inscrição, nem com nome e sobrenome. Havia muitas pessoas circulando àquela hora. Um cantor sertanejo com um microfone e um violão mantinha entretida uma roda de pessoas ao seu redor. Para onde quer que Sandra olhasse, parecia que algo estava acontecendo. Mas não notava nenhuma resposta sobre a estátua. Subitamente se sentiu ridícula ali, parada como se estivesse de frente a uma esfinge, tentando desvendá-la.

Foi quando esquadrinhou novamente a praça que seu coração parou por alguns segundos. Rodeada por uma pequena multidão estava uma artista de rua exibindo sua performance! Como não havia pensado nisso antes? Só podia ser a ela que Alex tinha se referido. Sandra correu até lá. Do alto de um palanque prateado estava uma estátua viva toda prateada que se mexia lentamente, soprava beijos no ar e entregava uma pequena flor quando alguém depositava alguma moeda no chapéu à sua frente. Só podia ser aquela a estátua que a ajudaria!

Sandra depositou uma nota de vinte reais no chapéu. Por um momento, a estátua se mostrou mais humana do que muita gente ali. Era nítido que não estava acostumada com notas altas em sua caixinha. Soprou-lhe um beijo e depois lhe entregou uma pequena rosa artificial. Sandra aproveitou o momento para sussurrar:

— Preciso bater um papo com você! Estou disposta a pagar dez vezes mais do que o valor que depositei, caso consiga me ajudar.

Sandra percebeu a curiosidade e o medo, mesmo por baixo de tanta tinta. Depois de alguma hesitação, a estátua sussurrou:

— Me dê dez minutos. — Pela voz dela, Sandra percebeu que se tratava de uma mulher.

Ela se afastou e esperou. Em pouco mais de cinco minutos, a estátua encerrou seu expediente, retirou a peruca e veio em direção à jornalista.

— Do que se trata? — perguntou ela, desconfiada.

— Apenas algumas perguntas.

— O valor que você mencionou é sério?

— Depende do quanto você vai me ajudar. Preciso falar sobre Evandro Jordel e seu tempo de internação no Lar do Refúgio.

A mulher pareceu estremecer.

— Evandro está morto. E eu nunca mais precisei ir para aquela clínica. Estou limpa e ganhando meu dinheiro honestamente, não quero problemas...

— Eu sei, eu sei de tudo isso. Quer ganhar o dinheiro? Façamos um combinado: não tire a maquiagem! Vamos para um café que conheço aqui perto, deserto a essa hora, e conversamos lá. Nunca vou saber quem você é... Nem precisa me dizer seu nome. E vou te pagar dez vezes o valor que depositei em seu chapéu.

Depois de pensar e olhar para os dois lados, ela respondeu:

— Tudo bem. Me parece sensato, e eu estou precisando muito do dinheiro.

* * *

Pareceu estranho mesmo para Sandra, que já havia visto de quase tudo, tomar café com uma estátua falante. Foi difícil fazê-la falar. Ela ainda olhava para os lados como se a qualquer momento fosse ser presa. Bastou a jornalista pôr o dinheiro sobre a mesa que a conversa começou a fluir. Jurando que se tivesse sua identidade revelada, seria morta, a mulher enfim confessou já ter sido internada, e que, além de ser usuária, também já havia traficado. A informação mais valiosa viria depois: havia um lugar muito discreto que era o quartel general de onde saía toda a droga. Uma distribuição diferente das drogas da rua! Esta tinha a promessa de ser pura e só era transportada por figuras acima de qualquer suspeita para dentro de empresas importantes, onde era distribuída. Com algum custo, Sandra conseguiu o mais importante: o endereço. As entregas ocorriam duas vezes por semana, às terças e quintas-feiras. Ela resolveu fazer uma visita no dia seguinte, uma terça-feira.

O plano era simples: anotaria as placas dos carros que entrassem e saíssem e pediria a HD que cruzasse com a relação da placa de funcionários da TVG!

Sandra compartilhou sua estratégia com ele. Pelo endereço fornecido, ela verificou no Google Maps que se tratava de uma ONG para adolescentes carentes chamada "Raio de Sol". Agora era torcer para não notarem sua presença vigilante durante o dia todo em frente ao lugar. Tratando-se de um traficante que era funcionário da TVG, ele só teria dois horários convenientes para reabastecer a droga: ou pela manhã, antes de ir ao trabalho, ou no horário do almoço. No final do dia ela não acreditava que alguém se arriscaria a abastecer e ficar com drogas no carro até o dia seguinte.

* * *

Na terça-feira, às sete e meia da manhã, Sandra estava com seu carro parado na rua da ONG Raio de Sol. Perto das oito da manhã, alguns carros começaram a aparecer. Ela percebeu um guarda alto e musculoso que conferia o condutor e liberava a entrada por um enorme portão automático de ferro. Anotou todas as placas e modelos dos carros que circularam de manhã, e passou por mensagem a HD.

Duas horas depois, o movimento parou. O dia estava quente, e Sandra estava sofrendo com o calor dentro do carro. Não poderia ligá-lo para não atrair atenção, e, consequentemente, nem o ar-condicionado. Seus cabelos estavam presos, e ela usava um boné afundado até as sobrancelhas. Seu veículo tinha películas pretas nos vidros, o que ajudava a ocultá-la; mesmo assim, rebaixou o banco para não ser notada.

Às onze e meia, HD retornou suas mensagens: nenhuma das placas passadas até então, de um total de doze veículos, era de um funcionário da TVG. Sandra começava a suspeitar da história da mulher-estátua. Teria sido ludibriada? Gastara dinheiro à toa? Qual garantia ela tinha de que a história era verdadeira? Ainda assim, não via sentido em tantos carros luxuosos chegarem e saírem de uma ONG para adolescentes carentes de forma tão aleatória. Os carros não demoravam mais do que vinte minutos depois que entravam.

Perto do meio dia a movimentação recomeçou. Sandra anotou mais quinze placas de carros. Isso se alongou até às duas da tarde. Das duas até às três, nenhum outro carro entrou. Onde estavam os adolescentes assistidos por aquela ONG? Sandra já estava convencida de que algo muito estranho ocorria ali.

Às três e meia, HD começou a responder aos envios das placas. De quinze carros, ele já havia respondido de onze, e nenhum pertencia a um funcionário da TVG. Sandra começava a desanimar. Trabalho perdido. Seria mais tempo jogado fora?

Foi quando HD respondeu:

"Sandra! Bingo! A placa do Honda Civic que você passou é de um dos nossos funcionários!"

Sandra vibrou:

`“Ótimo. Verifique o nome do funcionário. Consegue me enviar agora?”.`

Sandra ficou aguardando, ansiosa, quando seu celular vibrou.

`“Você não vai acreditar! O carro pertence a Rogério Freitas!”`

Sandra ficou tensa. Rogério Freitas, que havia discutido com Evandro na noite de sua morte. E Evandro devia um valor astronômico para um traficante segundo a agenda de capa verde! Rogério era o traficante! Teria matado por conta da dívida? Sandra estremeceu. Ligou o carro e saiu dali o mais depressa possível.

De moto, usando a jaqueta de couro, o careca com tique em um dos olhos a seguia a uma distância segura.

Cinquenta e nove

SANDRA PAROU O CARRO numa rua deserta, perto de um terreno baldio. Precisava respirar e colocar as ideias em ordem. Saiu do carro e ligou para o doutor Matarazzo. Avisaram que ele não estava. Ela desligou e começou a digitar uma série de mensagens para ele. Avisou-o sobre sua investigação e a suspeita sobre Rogério, e pediu urgência, alertando-o de que se interceptassem ele na próxima hora, era possível que o encontrassem com drogas!

Viu uma pequena venda, um misto de bonbonnière e lanchonete, e foi até lá pegar uma água mineral. Estava seca, tremia. Bebeu quase toda a garrafa de uma só vez. Voltou até seu carro e tomou o assento junto ao volante. Consultou o celular. O doutor Matarazzo havia lido suas mensagens.

Já ia virar a chave na direção quando sentiu uma movimentação estranha no interior do carro, no banco de trás. Um cano frio de arma encostou em sua nuca.

— Onde pensa que vai, bisbilhoteira? — falou uma voz cavernosa que causou arrepios em Sandra.

Começou a tremer. Fez menção de se virar, mas um puxão forte em seu cabelo a fez manter a visão para a frente. Olhou de esguelha pelo retrovisor. Era um careca armado. Ela podia sentir o hálito quente dele.

— Você foi avisada de todas as maneiras para sair dessa! Mas você é muito teimosa, não é, sua vagabunda enxerida?

— Eu não tenho a menor ideia do que você está falando... Se for um assalto, pode levar tudo o que quiser.

— Cale esta boca! Você se meteu na maior furada da sua vida! Primeiro, está sendo acusada de matar aquela bicha fresca! E agora, do que vamos acusar você? O que você está esperando? Ter mais um assassinato na sua conta para deixar de se intrometer?

Negar não ia adiantar. Sandra sentiu muita raiva. Aquele covarde provavelmente havia matado Haroldo, Elcy e até Evandro.

— Faça o que quiser, cara. Você está ferrado! Eu já avisei a polícia. Eles vão nos rastrear! Chegarão aqui a qualquer momento!

— Doutor Matarazzo? — O careca soltou uma gargalhada. — Não conseguiu falar com ele, não é? E se ele estiver morto, agora, dentro do seu porta-malas? Parece que ele nunca foi muito seu fã!

Sandra, num rompante, resolveu arriscar. Abriu a porta do motorista e já ia saltar do carro, mesmo arriscando tomar um tiro, quando uma mão de ferro a segurou e outra mão coberta de tatuagens pressionou um pano em seu nariz. Era algo químico, muito forte. Ela se debatia, mas estava ficando tonta. Tentou respirar, e só conseguiu inalar ainda mais o produto. Em menos de um minuto ela apagou.

Sessenta

ANTES MESMO DE ABRIR os olhos, Sandra sentiu seu rosto queimando. Abriu os olhos devagar e foi ofuscada pelo sol do final de tarde batendo em seu rosto, que estava sobre o painel do carro. Estivera desacordada!

Ainda um pouco tonta e com um gosto ruim na boca, lembrou-se da mão tatuada a pressionar um pano com cheiro forte contra seu nariz. Olhou, preocupada, para todos os lados. Ao segurar a porta para abri-la, sentiu tocar em algo pegajoso: era sangue! Suas mãos estavam ensanguentadas, e havia um punhal também coberto de sangue em seu colo. Horrorizada, ela gritou! Seu principal receio era de estar ferida, o que com facilidade constatou que não era o caso. Logo em seguida, sentiu o sangue gelar ao se lembrar da voz do careca: “E se ele estiver morto, agora, dentro do seu porta-malas?”

Saiu do carro num pulo. Estava no meio de um terreno baldio. Havia muito mato alto. Ninguém por perto, e o sol começava a descer no horizonte. Sentiu-se tonta, e precisou se apoiar no veículo. O coração estava aos pulos. Teriam armado uma cena de crime para ela? O corpo de Matarazzo estaria em seu porta-malas?

Ouviu o barulho de várias moscas sobrevoando como doidas acima da traseira do carro. Sandra pegou a chave no contato. Sentiu o estômago revirar. Apalpou a calça e viu que seu celular ainda estava ali. Lembrou-se de uma pasta onde estava a agenda de capa verde de Evandro que HD havia lhe devolvido, e os folhetos que havia ganhado junto dos rascunhos das matérias sobre crimes relatados na Bíblia que ela já vinha desenvolvendo a pedido de Ronil. Correu de volta e abriu a porta do carro. Não estava no banco de trás, onde havia deixado. Por via das dúvidas, olhou também nos bancos da frente, e nada! Por que alguém roubaria uma pasta com papéis e informações, e não roubaria nada de valor, como sua carteira e seu celular?

Olhou para seu celular, e havia inúmeras chamadas perdidas. De Fábio, de Simão e até de Ronil. Devia ligar para a polícia? Não. Antes teria de ser forte e abrir o porta-malas.

Girou a chave e numa puxada só o abriu.

O cheiro que veio dali era horrível. Ela apertou os olhos para enxergar melhor. Não havia nenhum corpo, ali. Apenas uma galinha morta e ensanguentada!

Sessenta e um

SANDRA RETORNOU UMA LIGAÇÃO para Fábio.

— Sandra o que houve? — Ele estava perceptivelmente nervoso. — Tentei te ligar diversas vezes. Você está bem?

— Agora estou. Mas aconteceu algo horrível!

— Eu sei, já fiquei sabendo!

— Já ficou sabendo? Como assim? — questionou Sandra.

— Não está falando sobre o Simão?

— O que houve com o Simão?

— Sofreu um ataque. Ainda não sabemos se foi uma tentativa de sequestro ou assalto. Um careca tatuado e armado quase o matou na rua da casa dele. A sorte é que o segurança que presta serviço às residências do local estava perto e interviu. O agressor fugiu, não sem antes atirar no segurança e em Simão. Por sorte, errou os dois tiros.

— Eu não acredito nisso... Ele está bem?

— Sim, está. E você? Ao que se referia? Por que não atendeu nenhuma chamada?

— Eu também sofri um atentado. Provavelmente, antes de Simão! Fui dopada e fiquei desacordada por horas.

— Ele te machucou? Eu mato este desgra...

— Não. Não me machucou. Estou bem.

— Onde você está? Estou indo para aí agora.

— Se acalme. Eu já estou saindo daqui. Te encontro na TVG.

— Venha com cuidado. Encontre-me na delegacia do doutor Matarazzo.

— O que você está fazendo aí?

— Sandra, você está falando sério? O Rogério foi preso por tráfico de drogas! O doutor Matarazzo disse que quem deu todas as pistas foi você! Agora estamos no aguardo dele confessar as mortes.

Sandra já não ouvia mais. Rogério estava preso!

— Chego em quinze minutos!

* * *

A delegacia estava apinhada de repórteres e curiosos. Os policiais não liberaram a entrada de ninguém. Sandra foi autorizada a entrar para registrar um boletim de ocorrência sobre o atentado que sofrera. O doutor Matarazzo veio pessoalmente falar com ela.

— Fez um bom trabalho, jornalista! Prendemos um traficante que ainda por cima nos deu o endereço do quartel general de onde saía a droga mais cara para a elite de São Paulo.

— Ele confessou a morte de Evandro?

— Ainda não. Confessou que Evandro devia uma fortuna para ele. Mas jura que não tem nada a ver com a morte de Evandro e de mais ninguém.

— Você acredita nele?

— Ele tinha fortes motivos para tê-lo matado, mas quanto aos demais... ele mesmo admitiu que não eram clientes de sua mercadoria. Elcy e Haroldo não eram dependentes químicos. Por enquanto, ainda não fechamos nenhuma linha de investigação, mas nada será descartado.

— Acha que o lunático que me ameaçou e quase matou o Simão era comparsa dele?

— Pode ser. Mas isso ele ainda não admitiu. Isso leva tempo. Se foi ele, vamos juntar as peças, e ele responderá por cada crime. Agora posso te dar um conselho, já que está de férias temporárias na emissora?

— Férias forçadas, você quer dizer!

— Que seja! Faça um retiro. Vá para a casa de algum parente. Não suma, mas, enquanto esse careca das tatuagens estiver à solta, não dê moleza!

Sessenta e dois

SANDRA SE ENCONTROU COM Simão nos corredores da delegacia. Ele estava pálido e abatido. Os dois conversavam sobre os últimos acontecimentos quando Fábio se juntou a eles.

— Eu já decidi, Sandra! Para mim não dá mais — desabafou Simão. — Estou deixando a agência em definitivo. Algumas pessoas vão tocar os negócios até que eu a venda. Vou sair do país! Chega de bancar o detetive. Hoje quase fui morto outra vez! Não quero passar por mais nenhuma cirurgia por bala ou morrer antes da hora. Não tenho mais idade para isso.

— Você está certo, Simão. — Sandra o abraçou. — Que loucura! O Matarazzo também me aconselhou a me recolher em algum lugar que não seja minha casa.

— Eu já dei entrada na papelada! Amanhã é quarta-feira. Na quinta é feriado nacional, então todos os voos já estão lotados. Consegui um para a próxima terça. Vou esperar alguns documentos e trâmites que um de meus contadores está preparando e pronto: vou respirar ares novos lá em Nova York. Agora que esse lunático está preso, talvez consigam prender também o comparsa, o tal das tatuagens. Só não queria ficar mais uma semana aqui em São Paulo com esse facínora à solta!

— Tenho uma ideia! — exclamou Fábio. — Emendei o feriado e vou para a casa de campo da minha família, no interior. — Ele abaixou o tom de voz. — Um lugar lindo em meio à natureza que é tudo que nós precisamos agora. Resolvida a questão! Vamos os três passar a semana no sossego, bem longe daqui! Assim, estaremos fora do raio de atuação desse louco, e haverá tempo suficiente de a polícia atuar para prendê-lo sem arriscarmos nossas vidas.

— Estou mesmo inclinado a aceitar — ponderou Simão. — Não me sinto seguro em minha casa.

— Não sei se é o melhor momento para ficar longe. — Sandra estava indecisa.

— Sandra, o Ronil ainda não liberou sua volta ao trabalho. — Fábio tomou-lhe as mãos. — Eu já ia convidá-la de qualquer forma. Não ficarei tranquilo lá com você aqui sozinha.

Sandra devia concordar que também não lhe agradava a ideia de ficar em São Paulo sozinha. Combinaram a ida dos três para a casa de campo no dia seguinte.

— Já pedi dispensa do trabalho amanhã. Só preciso resolver algumas coisas, e partimos por volta das onze da manhã.

— Combinado. Acho que uns dias longe dessa loucura realmente me farão bem. — Sandra rendeu-se. — Só que terei de enfrentar novamente a fúria de Ronil. Meu prazo de entrega dos roteiros da série de crimes relatados na Bíblia termina hoje, mas o desgraçado tatuado levou minha pasta com todos os rascunhos que já estavam prontos!

— O que esse verme pode querer com folhetos bíblicos, rascunhos de uma reportagem? — questionou Simão.

— Não sei. Mas fato é que a caderneta de capa verde do Evandro também estava lá. Acho que era isso que eles queriam! Falta muita coisa ainda para lermos, e, assim como descobrimos a dívida dele com um fornecedor da TVG, poderia haver mais informações nela.

— De qualquer forma, Ronil já sabe de tudo o que você passou. — Fábio tentou acalmá-la. — Com certeza ele entenderá. Agora arrumem as malas e vamos para o campo! É o melhor lugar para relaxar!

Sandra estava cansada de corpo e mente. Merecia uma trégua, agora que quase tudo estava terminado.

Sessenta e três

O TRIO ESTAVA NA ESTRADA, rumo à casa de campo de Fábio. Já estavam há mais de uma hora viajando quando ele pegou uma das saídas da rodovia, passando para uma estrada paralela que levou a um caminho bem menos movimentado.

— Aqui é sempre verde assim? — Sandra estava com óculos de sol, e não fosse a situação pela qual os três estavam lá, o dia poderia ser classificado como perfeito.

— Depende da época do ano. Em algumas estações, esse verde todo dá lugar a um vasto tapete de folhas amareladas e tudo fica um pouco laranja — respondeu Fábio. — Mas ainda assim continua lindo. Eu sou suspeito para falar. Eu simplesmente amo esse lugar.

A vista era deslumbrante, e Sandra e Simão perceberam que os portões das propriedades se distanciavam cada vez mais uns dos outros.

— Deve ser um lugar de muita paz para se passar os finais de semana em família — comentou Simão. Sandra olhou para ele, e por algum motivo reparou que ele se referia ao irmão, quando dizia "família". Seus olhos brilhantes mostravam que era um pensamento de paz, e não mais de dor, apesar de haver muita saudade refletida neles.

Levou mais quarenta minutos até chegarem numa estrada estreita que ladeava o sopé de uma colina. Eles avistaram uma cachoeira que brilhava à luz do sol. Fábio estacionou diante de um enorme portão de madeira. Apesar de bastante antigo e já um pouco deteriorado pelo tempo, percebia-se que era de excelente madeira, e com uma placa entalhada informando que aquele era o "Residencial Alpes do Campo". Ele desceu, abriu o portão, entrou com o carro e depois tornou a fechá-lo.

— Depois que meus pais morreram, resolvi dispensar os empregados. Era um custo desnecessário. A propriedade é bastante extensa, mas precisa de alguns reparos. Vir sozinho é muito solitário, mas sempre venho nas férias para deixar tudo em ordem. Para mim não é trabalho, mas uma terapia. Me traz muitas boas lembranças!

Sandra sorriu e cobriu a mão de Fábio com a sua. Gostava de vê-lo feliz, com brilho nos olhos. Sem dúvida a propriedade lhe trazia boas recordações. Ele parecia um garoto novamente. Seguiu por uma estradinha sinuosa, e a cada volta ele apontava para algo e fazia algum comentário. Estar de volta à residência de campo da família o deixava muito excitado.

— Mas o que é aquilo? Não me diga que é um lago particular! — Simão estava vibrando, e por um momento pareceu rejuvenescer alguns anos, também.

— É, sim. Aqui é ótimo para velejar! E temos caiaques e barcos à disposição!

Sandra e Simão estavam deslumbrados. "Casa de campo" era um nome modesto para a enorme propriedade de família, com mais metros quadrados do que muitas fazendas por aí. A estrada particular ladeou um belíssimo lago e subiu até chegar a uma construção bonita de pedra, a moradia principal. À frente havia um deque que permitia contemplar a beleza de toda aquela paisagem composta por lagos e montanhas, e não havia à vista o mais remoto indício de alguma casa vizinha. Era uma casa de sonhos.

— Vamos descer com as malas e depois sugiro uma caminhada a pé para exploramos o lugar! Vou lhes apresentar alguns lugares fantásticos.

Todos estavam felizes, e o sol, radiante, trazia um frescor misturado ao cheiro de mato, que convidava os visitantes ao relaxamento.

Mas, alguns quilômetros abaixo, o barulho do motor de uma moto irrompeu na pequena estrada. Pilotando-a, um careca alto e forte, com os braços cobertos por tatuagens e um sorriso sinistro nos lábios. Ele estacionou e ocultou a moto alguns metros à frente da entrada da Alpes do Campo, atrás de uma moita, e seguiu a pé até o pesado portão de madeira. Na cintura, ele conferiu a pistola automática e uma faca de caçador extremamente afiada.

Abriu o portão e silenciosamente adentrou o terreno.

Sessenta e quatro

ERA COMEÇO DA TARDE e eles haviam acabado de comer uma salada acompanhada de frango grelhado com ervas-finas, deliciosamente preparados por Simão na cozinha da casa –, que por dentro era tão fantástica quanto por fora. Ela tinha uma decoração rústica campestre, e lembrava a casa de uma vila italiana. O tom marrom de madeira predominava no ambiente, trazendo uma sensação de conforto e relaxamento aos visitantes. Na entrada havia um hall com cortinas esvoaçantes que cobriam uma janela basculante baixa que tinha vista para as montanhas. Na sala de estar havia dois sofás baixos e muito confortáveis, diversos quadros e um tapete que lembrava pele de vaca, mas que Fábio fez questão de dizer ser uma réplica, reafirmando sua postura ecologicamente correta. Anexa à sala de estar havia uma ampla biblioteca com estantes que iam do chão ao teto alto. A decoração tinha ainda esculturas de animais feitas em aço escovado, e, o mais surpreendente, uma armadura medieval em tamanho real segurando uma espada. Sandra ficou encantada e colocou suas malas lá. Observou todos aqueles livros, e reparou que sobre a mesa de centro havia inúmeras revistas e jornais.

— Acho que vou me dar muito bem nesse cômodo durante essa semana! Estou no paraíso! — disse ela, passando o dedo pela lombada de alguns livros.

Fábio percebeu sua atenção e reforçou:

— Livros nunca envelhecem, mas as revistas e jornais, esqueça... São todos antigos! Notícias velhas.

Em seguida, ele sugeriu que Simão também deixasse suas malas na biblioteca, e assim que voltassem da caminhada ele os acomodaria em três quartos que finalizavam os cômodos da área inferior. Uma escada levava para um piso menor, superior, onde havia um quarto amplo com suíte e uma esplendorosa vista panorâmica.

— Esse é o quarto em que costumo ficar. Mas, se algum de vocês tiver preferência por ele, a casa é de vocês. Eu não me importo.

— Logico que não, Fábio! Já é muita gentileza sua nos hospedar aqui durante essa semana — respondeu Simão. — Esse lugar é incrível!

— Sim — emendou Sandra. — Fazemos questão que fique à vontade no seu quarto!

Sandra ficou maravilhada, e Simão pediu para registrar através de uma foto a paisagem. A foto panorâmica ficou tão boa que Sandra pediu que ele a compartilhasse com ela.

— Já sei — brincou Simão. — Seu Bluetooth está sempre ligado, certo?

— Sempre a postos! — brincou Sandra, retirando o aparelho do bolso. — Basta localizar “SGARCIA” e mandar.

Por um momento eles se esqueceram das últimas cenas de terror que haviam vivido e permaneceram felizes.

Desceram e se preparam para explorar o espaçoso terreno da propriedade. O sol brilhava com vigor, e o céu era de um azul só visto em cartões postais.

— Tenho muito a mostrar para vocês! — disse Fábio.

— Tenho a impressão de que mesmo em uma semana não conheceremos tudo — gracejou Sandra.

Os três saíram felizes para a claridade da luz do sol. Sandra ouviu um barulho de galho se quebrando entre arbustos, na parte de trás da casa, e olhou assustada fixamente para a parte escura de sombra das centenas de eucaliptos.

— O que é, Sandra?

— Escutaram isto?

— Ah, isso é coisa de gente da cidade, mesmo — brincou Fábio. — Barulhos na mata são o que vocês mais ouvirão. Há dezenas de pequenos animais nos bosques, além dos pássaros! Mas não se preocupem, vocês se acostumam. Pelo menos a sinfonia que as aves farão ao amanhecer será recompensadora! Fora os esquilos e outros pequenos animais fofinhos, não há mais nada com que se preocupar!

Eles desceram a pequena colina em direção ao lago. Mas, de dentro da mata, dois olhos humanos — um deles com tique nervoso —, os observavam enquanto carregava o cartucho da pistola.

Sessenta e cinco

O doutor Matarazzo estava aguardando a detetive Rose retornar com os pedidos que fizera a ela. Algo não se encaixava naquela história. Já estava provado que Rogério era um traficante atuante da TVG, aproveitando-se do status de funcionário para vender drogas lá dentro. Mas daí a ter matado Evandro, Elcy e Haroldo, ele não acreditava. Algo não fazia sentido.

A porta se abriu e Rose entrou.

— Novidades?

— Algumas, mas que só tornam o quebra-cabeça ainda mais complexo! — ela respondeu, sentando-se sem cerimônia diante de Matarazzo.

— Então vamos aos fatos! Não preciso nem te falar o quanto estou sem paciência com esse caso.

— Calma aí, grandão, que a coisa está feia pra cacete! — Rose descalçou os sapatos e fez uma expressão de alívio. Ela era sua melhor detetive, e a mais espaçosa. Matarazzo sonhava com o dia em que a demitiria, e de fato já teria feito isto não fosse sua tremenda capacidade de dedução e análise. — De fato encontramos o DNA de uma terceira pessoa na toalha de rosto que estava no local da morte de Haroldo, misturado com inseticida. Tudo leva a crer que Haroldo borrifou um bom jato na cara da pessoa que o matou, que obviamente não bate com o DNA de Sandra.

— Então, como imaginávamos, a jornalista está limpa. Bate com o DNA de Rogério?

— Nunca duvidei dela! Do Rogério também não bate, e ele tem um ótimo álibi da hora da morte de Haroldo. Estava na TVG com mais uma dúzia de pessoas. Também fizemos uma varredura por todo e qualquer tipo de registro em vídeo que tenha sido feito na noite do assassinato de Evandro. Rogério aparece pouco antes das dez da noite no patamar debaixo do salão do teatro, e lá estava há pelo menos uma hora. Evandro foi morto entre as nove e dez e nove e quarenta; ou seja, não há a menor possibilidade de ter sido o Rogério a subir na galeria e esfaquear Evandro.

— Isto realmente complica as coisas. Se todos estavam com convites nominais para entrar e Rogério não se aproximou dele, algum outro convidado da festa deve tê-lo matado, certo?

— Faz sentido, chefe.

— Me diga uma coisa: quem mais estava metido nessa investigação com a Sandra e não tem vínculo aparente com nenhuma das mortes?

— Fora o Simão, que é irmão da vítima, tem o bonitão do Fábio Guedes.

— Qual o interesse dele nesses casos?

— Fora a bonitinha da Sandra, eu realmente não sei, chefe...

— Não sei. Existe algo bem diante do meu nariz que não consigo perceber! Esse tipo de crime só tem três lógicas: ou alguém que não tem nada a ver diretamente com as pessoas as escolhem por algum tipo de neurose, neste caso teríamos os carecas por preconceito racial, sexual e afins sendo considerado um serial killer sem motivo concreto para matar. Mas esse não parece ser o caso. Os segundo motivo seria algo passional: algum caso de amor tórrido, paixão alucinante. A terceira possibilidade é o motivo mais antigo de morte no mundo!

— Ganância — completou Rose. — Inveja, e o pior de todos os males: dinheiro!

O doutor Matarazzo pulou de sua cadeira e começou a andar pela sala. Amor platônico e crime passional, ou ganância atrelada a dinheiro? Algo estaria lhe fugindo?

De repente estacou. Foi até sua mesa e começou a vasculhar uma montanha de papéis. Olhou os arquivos de todos os envolvidos e sentou-se, começando a fazer anotações à medida que ia colhendo informações nas fichas.

— Quer que eu... — Rose tentou falar, mas foi silenciada por Matarazzo, que estava concentrado. Levantou-se e saiu silenciosamente da sala. — Se precisar, estarei na copa, tomando um café.

Como resposta, apenas o farfalhar de folhas e o ruído do lápis de Matarazzo anotando freneticamente.

Sessenta e seis

DESCERAM PELOS CAMPOS VERDEJANTES em direção ao lago. Estavam com roupas leves, e a sensação do sol tocando a pele trazia mais do que um calor gostoso — trazia esperança. Fábio apresentou o pomar da residência. Algumas árvores que estavam na estação de frutos estavam carregadas e alguns frutos já maduros apodreciam no chão.

Passaram por um enorme campo de futebol com a grama já alta e muito mato, e por uma quadra de tênis desativada. Havia um bosque muito florido, com pergolados e bancos espalhados pelo jardim que antecedia a chegada ao lago. Uma brisa acolhedora vinha de lá. Na descida para o lago, Sandra avistou uma enorme tampa da madeira redonda um pouco acima do nível do chão.

— Uau, isso é um poço?

Fábio advertiu:

— Sim... Já sem uso há alguns anos. Já foi considerado o maior poço da cidade, e o mais profundo. — Ele levantou o tampo de madeira, bastante judiado pelo tempo, e lançou uma pequena pedra. Demorou muito até se ouvir o barulho dela se chocar com a água no fundo.

— Realmente, é muito profundo — observou Simão. — É um poço das antigas. Não se fazem mais como antigamente.

— Aliás, essa é uma das prioridades! Mandar trocar esse tampão, que está corroído pelo tempo e é até perigoso. Vou cuidar disso da próxima vez que vier aqui.

— Esse poço era útil? — Sandra quis saber. — Fica tão longe da casa.

— Era, sim — respondeu Fábio, com os olhos repletos de lembranças. — Essa propriedade, como eu disse, é centenária. Antes de a casa ser instalada no alto, a moradia principal era próxima do lago. — Ele apontou para uma construção de tijolos meio encoberta pela vegetação. — Agora virou apenas um grande galpão de ferramentas.

— Aquilo é um caiaque? — Simão apontou para uma pequena embarcação próxima da margem do lago.

— Vamos dar uma volta?

Sandra entrou no lago até a altura dos joelhos e pegou o celular para ver se tinha sinal. Era a única coisa que a preocupava: desde que haviam chegado, não havia sinal telefônico disponível. Apenas quando saíram da casa e começaram a descer, um único ponto oscilante acendeu no visor e logo foi substituído por "Sem serviço". Simão e Fábio deram uma volta no lago com caiaques. Distraíram-se assim durante toda a tarde.

Alguns quilômetros acima, o careca tatuado saiu de entre os arbustos detrás da casa e, ao certificar-se de que eles estavam distantes e completamente fora de vista, aproveitou para entrar e fazer um reconhecimento da área.

Todo aquele clima contribuía bastante para o relaxamento, mas, no fundo, Sandra ainda estava preocupada com sua situação. Teria Rogério feito todas aquelas vítimas? O que o fato de ser o traficante que fornecia dentro de uma emissora de televisão e o fato de Evandro ter uma enorme dívida com ele tinha a ver com a morte de Elcy e Haroldo? Havia algo ali que não se encaixava. Algum detalhe não a deixava baixar a guarda e simplesmente relaxar.

Sessenta e sete

ROSE BEBERICAVA UMA XICARA de café quente, entretida com o celular, lendo posts numa rede social qualquer, quando a tela deu lugar ao número de Matarazzo ligando.

— O que manda, Big Boss?

— Venha depressa para minha sala. Agora!

— Seu pedido é uma ordem... — Mas, antes de terminar a frase, Matarazzo já havia desligado.

Ela largou tudo e avançou em direção à sala. O tom de voz do chefe — que ela conhecia há anos —, mostrava extrema preocupação.

* * *

Os três pegaram o caminho de volta para a casa de pedra. Simão e Fábio conversavam animadamente, mas Sandra havia novamente se fechado em seu mundo particular. Haviam sido tantas vidas perdidas! Teria sido em vão?

Foi despertada pela vibração do celular e o consultou. Era uma mensagem de HD.

> "Sandra, vocês já chegaram? Liguei algumas vezes, e só dá caixa postal! Espero que esteja tudo bem".

Sandra começou a digitar uma resposta, mas o sinal sumiu novamente. Ela levantou e andou por algum tempo com o celular para cima, mas o sinal não voltou.

— Esse é um dos problemas da vida no campo. Ficamos bastante isolados por aqui — lamentou Fábio. — O primeiro dia é péssimo, mas amanhã você nem sentirá mais falta. É ótimo para uma desintoxicação digital.

Eles atravessaram a porta-balcão do hall e adentraram a casa. De dentro da mata, o careca mastigava alguns amendoins, cuspindo cascas e saliva na mata, aguardando pelo anoitecer. A noite caía lentamente, tingindo de preto todo o horizonte.

* * *

Matarazzo estava berrando no telefone quando Rose entrou em sua sala. Ele desligou o aparelho com a força de quem usa um machado para partir uma tora.

— Sabia que o trio "parada-mole" estão em uma viagem juntos? — berrou para Rose, como se ela fosse a responsável por conduzi-los juntos para longe.

— Eu não sabia, chefe. Mas adorei a piada com o nome do trio! Muito original! Devo anotar? — Matarazzo não sorriu; pelo contrário, levantou-se ainda mais agitado.

— Preciso que você descubra o lugar exato onde eles se meteram! — ele esbravejou. — Qual a parte de não viajarem por enquanto eles não entenderam?

— Creio que você se referia a sair do estado, não? Não há proibição de que eles não possam ir à praia ou a uma casa de veraneio, campo, ou seja lá o que for... Há motivo para tamanho desespero?

— Veja a porra dos documentos que acabei de receber por fax! — Matarazzo arremessou um calhamaço de folhas sobre a mesa, em direção a Rose. Ela precisou folhear apenas as duas primeiras laudas para soltar um palavrão.

— Puta que pariu! Você não acha que...

— O que acha, detetive? Se for o que estou suspeitando, mais uma desgraça está para acontecer — e, baixando o tom de voz, ele disse: — se já não aconteceu! Quero agora o endereço de onde eles estão!

— É pra já — Rose se levantou, mas não tinha a menor ideia de onde eles poderiam estar. Ela teria de investigar, mas sentiu uma gota de suor escorrendo pelas costas e um tremor que poucas vezes sentiu na carreira. Sabia que estava correndo contra o tempo.

Sessenta e oito

SANDRA SE INSTALARA EM um dos quartos do térreo; Simão, em outro. A noite quente lá fora cricrilava com grilos e insetos típicos daquela região da mata. Sandra acabara de tomar banho. Abriu a janela telada e sentiu a brisa gostosa que entrou. Por um momento ficou encarando a noite escura lá fora. De luz, apenas a lua redonda e cintilante no céu. Olhou para a mata, com seus milhões de pequenos ruídos e barulhos característicos. Apesar do calor, sentiu um arrepio na pele. Estaria preocupada com o vulto que um maluco internado no sanatório dissera ver perto dela? Lembrou-se da figura da mulher na praça a olhando com olhos arregalados e dizendo com entonação de profeta: "Eu vejo a morte rondando você! Vigie por onde andam seus pés!"

Ouviu a risada de Simão e Fábio na sala. Eles, com certeza já de banho tomado, conversavam descontraidamente, e ela estava ali, preocupada. "Estarei ficando louca? Será que eu e meus amigos estamos seguros, aqui?" Resolveu relaxar e se juntar a eles na sala.

Eles estavam entretidos num jogo de cartas numa pequena mesa revestida de tecido verde, numa das extremidades da sala. Ela desabou numa poltrona confortável perto deles, e por um instante tentou se concentrar no jogo. Seus olhos a todo momento eram atraídos para a imensa porta-balcão aberta àquela hora da noite. Era um sentimento tão estranho; toda a segurança que aquele lugar isolado havia lhe passado durante o dia parecia ter se esvaído com os últimos raios tomados pela escuridão. À noite já não lhe parecia uma boa ideia estar em um lugar tão afastado, sem telefone ou Internet.

Fábio a observou por um instante, e pareceu ler seus pensamentos.

— Tudo bem, Sandra?

— Sim. Só estou com a mente ainda lá na cidade.

— Estamos bem, aqui. Você sabe, não é? Estamos protegidos. Esse é o último lugar onde, bem... quem quer que tenha feito aquelas coisas horríveis viria.

— E vamos acreditar — acrescentou Simão —, que aquele verme do Rogério estava por trás de todas essas mortes. Afinal, essa não é uma das principais linhas que a polícia está investigando?

— Não acredito nisso! — Sandra foi veemente. — Traficante, sim, sem dúvidas, já está provado. Mas assassinar todas aquelas pessoas? Para quê? Com que propósito?

— Talvez para encobrir o motivo da morte de Evandro, que devia para ele — sugeriu Fábio.

— E não receber jamais a conta não paga? — Sandra questionou. — E correr o risco de ser pego como foi, e ainda responder, além de tráfico de drogas, por mais quatro mortes pelo menos? Rogério pode não ser um poço de sabedoria, mas não me parece tão burro. Concordo com Fábio sobre a teoria de talvez despistar a pessoa que realmente quisesse matar, mas pode ser qualquer um dos outros. E teria de ser um motivo muito forte. Talvez uma vingança, não sei.

— De qualquer forma Sandra — Fábio se levantou e se postou ao lado dela, tomando-lhe as mãos entre as suas — este lugar é muito seguro. É distante de tudo. Ninguém sabe que estamos aqui! É muito calmo, até dormimos com a porta aberta em noites de calor, mas se for ficar mais calma posso fechá-la! Se sentirá melhor?

— Creio que sim. Mas apenas para evitar a entrada de algum animal selvagem — ela gracejou. — Seria terrível virar comida de onça depois de escapar de um serial killer.

— Bom, já vi que vocês já tomaram banho, e eu preparei algo para comermos — anunciou Fábio. — Mas, antes, também preciso de um bom banho. Fiquem à vontade. Em no máximo meia hora, jantaremos!

Fábio subiu as escadas em direção ao seu quarto, e Simão se recostou no sofá com um livro nas mãos. Sandra resolveu ir até a biblioteca. Curiosa, se pôs a apreciar as obras das prateleiras. Estava encantada com algumas edições raras. Apesar de um pouco de pó, estava tudo extremamente conservado. Encontrou obras clássicas e também contemporâneas. Edições de capa dura revestidas de couro que a fizeram sorrir. Por um momento, jogou-se sobre a namoradeira da biblioteca e passou a folhear obras que já tinha lido. Ficou feliz em encontrá-las. Havia histórias das quais ela nem se lembrava. Tantos personagens! Quantas aventuras!

Ela se deliciou com cada livro juvenil encontrado. Ah, a Coleção Vaga-Lume, que ela devorara na adolescência e fora responsável, junto com outras obras, pelo seu gosto pela leitura. Aproveitaria os dias naquele lugar de paz para isso: reler suas obras preferidas.

A biblioteca como um todo lhe fora uma grata surpresa. Estava muito feliz. Reuniu cinco volumes que, com a autorização de Fábio, levaria para seu quarto. *No caso de insônia, leia!* E era o que ela faria, caso o sono demorasse a vir.

Avistou também uma pilha robusta de revistas antigas. Começou a folheá-las com um sorriso nos lábios. Eram revistas de notícias sociais, casais de famosos em mansões e ilhas, castelos e toda sorte de futilidade que as pessoas adoravam consumir para fugirem um pouco da dura vida real. Ela também já fora assim, até que aguçara seu senso crítico e passara a nutrir asco por aquele tipo de publicação. A maior parte era fofoca. As revistas eram datadas; cortes de cabelo e roupas que já não estavam mais em uso apareciam adornando celebridades, muitas das quais também já haviam sumido da mídia. Folheava até com certo prazer quando, ao virar uma página, seu sangue gelou.

Numa chamada num canto inferior, um casal sorridente de mãos dadas exibia feliz sua aliança de noivado! Na curta matéria, eles anunciavam para dali a seis meses a data de seu casamento.

A foto era antiga, Sandra sentiu seu coração bater tão forte que teve medo de que ele fosse ouvido nos outros cômodos. Folheou rápido até a capa e conferiu a data da publicação: era de três anos antes.

Na foto colorida estavam Fábio Guedes e Liv Mayer, a modelo que havia ficado noiva de Evandro alguns dias antes de sua morte no Teatro Municipal.

Sessenta e nove

HD SENTIU QUE ESTAVA encrencado antes mesmo de abrir a porta do seu pequeno apartamento. Pelo olho mágico, viu a detetive Rose parada impaciente enquanto continuava a castigar o botão da campainha insistentemente.

O que poderia ter acontecido? Seriam suas buscas pela Deep Web? Ou algo acontecera a Sandra, Simão e Fábio? Tirou a camisa de pijama que vestia, e pôs sua surrada camisa verde musgo e caminhou manquitolando, devido à sua deficiência na perna, até a porta.

— Oi, eu já ia abrir... Eu... é... em que posso ajudar?

Rose adentrou o pequeno apartamento atulhado de coisas geek e pôsteres de filmes de Star Wars. Deu uma olhada de cima a baixo.

— Sou a detetive Rose Malone, da divisão de homicídios. — Ela estendeu seu distintivo e identificação com cara de desdém, perguntando-se por que ainda fazia aquilo. — Preciso que me informe o endereço exato onde Sandra e seus amigos estão.

— Não sei o endereço ao certo, mas posso tentar contato com ela... ou...

— Garoto, preste atenção: me passe agora a porra do endereço! Do contrário, sua amiguinha jornalista será o próximo cadáver a aparecer na televisão!

HD piscou, aturdido, e com as mãos trêmulas apanhou o celular e se sentou ao computador.

Setenta

SANDRA ESTAVA ESTÁTICA.

Pareceu a ela que seria impossível mover pernas e braços, mesmo que se esforçasse muito. Lembrou-se de sua conversa franca com Fábio: "O que estamos tendo é um lance?", "Sinto que é mais do que isso, Sandra! Gosto de você de verdade... e, bem, depois que uma pessoa destruiu meu coração, achei que não tivesse sobrado algo que pudesse novamente me fazer amar."

Fábio se queixava do vazio e da depressão que sofrera. A desilusão e o ódio que lhe envenenaram a alma. Mas nunca lhe dissera quem fora a responsável por tamanha frustração.

"Aconteceu há alguns anos", ele havia dito. E, por incrível que pareça, Sandra, mesmo sendo uma ótima jornalista investigativa, não sentira a menor necessidade de levantar a fundo a história dele. Sentiu que não seria honesto. "Se não pode com eles, junte-se a eles", ele dissera em outra ocasião.

Sandra não queria admitir, mas qual seria a real possibilidade de Fábio ter executado Evandro por arruinar seus planos de casamento com Liv Mayer, seu grande amor até então? Lembrou-se da aliança que fora retirada. E de sua desconfiança, na ocasião, de Elcy Fanny. A pobre Elcy. Jamais teria tido força para tamanha punhalada certeira no coração de Evandro que o levasse à morte. Mas alguém que praticava Krav Maga, essa pessoa, sim, teria essa habilidade.

Ele fora contra toda sua linha de investigação, inicialmente. Teria usado ela, ao começar um relacionamento, para se ver livre de toda a culpa?

Parecia que uma série de engrenagens rodavam em sua cabeça, fazendo inúmeras peças se encaixarem. Teria sido tudo uma mentira, até mesmo o cuidado com o qual a tratara enquanto doente? E quanto ao roubo da caderneta com os rascunhos de crimes bíblicos — lá estava um dos temas que Sandra escolhera: o crime de Davi, que mandara para a morte o marido da mulher que ele desejava como esposa! Teria sido Fábio o ladrão?

E a ideia de levá-los para aquele lugar? Seria o capítulo final de sua história, para tirá-los do caminho? "Esse é um dos problemas da vida no campo. Ficamos bastante isolados por aqui."

Sandra despertou daquele torpor e se levantou. Ouviu passos no cômodo de cima. Fábio estaria ainda no banho? Iria surpreendê-los à noite? Se fosse isso, Simão corria sério risco, sendo irmão de Evandro.

A jornalista disparou até a sala, onde Simão cochilava com o livro entreaberto e desajeitado caído sobre sua barriga saliente. Ela não suportaria se mais uma morte ocorresse. Sacudiu o homem e ele despertou prontamente. Ela pôs um dedo sobre os lábios e fez sinal para que ele a acompanhasse até a biblioteca.

— Tudo bem, Sandra? — ele sussurrou, assustado. — Você está pálida, parece que viu um fantasma.

Ao chegarem à biblioteca, Sandra disparou:

— Precisamos sair daqui agora! Estamos correndo sério perigo!

— Sandra, eu não entendo... Você deve estar perturbada pelo silêncio do lugar, mas...

Ela estendeu a revista para Simão, que olhou para a matéria, emudecido.

— Você acha que... Não, não... — Simão balançava a cabeça insistentemente. — Não pode ser, filha. Ele não pode ter...

Foram interrompidos pelo barulho do chuveiro se fechando no andar superior e passos.

— Eu não sei. Mas agora faz sentido: o roubo dos meu rascunhos, o crime passional de Davi... de alguma forma, isso tudo faz muito sentido.

— Ele vai nos matar! Ele nos trouxe aqui para nos matar! — De repente, parecia que Simão havia despertado de um pesadelo. — Vamos embora agora! Precisamos sair daqui antes que ele desça!

De forma muito ágil e surpreendente, Simão retirou a lança da armadura da biblioteca e, em silêncio, subiu as escadas até a porta do quarto de Fábio. O puxador da porta antiga era enorme, e tomava quase metade da porta. Ele passou a lança de uma ponta a outra, fazendo com que Fábio ficasse preso, pelo menos por um tempo, quando tentasse puxar a porta para dentro para abri-la, – a lança bloquearia sua abertura.

— Preciso descobrir se ele deixou as chaves no contato do carro. — Disse Simão — Caso contrário, será quase impossível escaparmos, caminhando por essas matas! Ele conhece a região muito melhor do que nós. Vou verificar e volto num segundo! Apanhe suas coisas.

Simão foi em direção ao exterior e correu até o carro. Estava eufórico quando se sentou ao volante e, resfolegando, passou a mão pelo contato. Perfeito! A chave estava lá! Ele a girou, acendeu os faróis. Lembrou-se da arma de Fábio, e se preocupou. Se ele tivesse subido com ela para o quarto, estaria armado, e talvez conseguisse derrubar de forma mais rápida a porta. Abriu o porta-luvas e, feliz, verificou que o revólver estava lá. Verificou que estava carregada. Deixou o carro ligado e voltou correndo ao encontro de Sandra.

A jornalista tentava desesperadamente se conectar a um resquício de sinal através do celular, em vão. O aviso de "Sem serviço" parecia colado ao canto superior do visor.

Em seu quarto, Fábio terminava de se vestir quando ouviu o ronco do motor do carro sendo ligado, e achou estranho. O que eles estavam fazendo? Lembrou-se da arma e, esmurrando a porta do guarda-roupa, esbravejou um palavrão. Correu até a porta, mas, ao puxar, sentiu que algo a bloqueava. Inferno! Começou a esmurrar a porta. Foi até a parede e acendeu a luz da pequena varanda de seu quarto, que dava para a mata fechada.

Setenta e um

O CARECA, QUE SE CHAMAVA Rubão, estava sentado entre os arbustos, aguardando o sinal para agir. Avistou um dos sinais combinados, e sacou a pistola automática que trazia. Sentiu um formigamento percorrer seu braço; era quase uma euforia, algo que ele sempre sentia e o satisfazia bastante, antes de matar alguém. Estava particularmente feliz, naquele trabalho. Além de ser bem remunerado, matara pessoas famosas, e isto lhe acrescentava ainda mais prazer. Viu Simão adentrar a casa, após ligar o carro. Correu de encontro ao veículo e tirou a chave do contato. De carro ninguém iria fugir!

* * *

Sandra agradeceu mentalmente por não ter desfeito as malas. Recolheu alguns pertences que estavam jogados pela cama, enfiou-os na mala e correu para o quarto de Simão. Iria apanhar rapidamente a mala dele e fugiriam dali.

Ouviu o barulho do motor sendo ligado e agradeceu pela segunda vez! A chave estava no contato, Simão conseguira! A sorte estava do lado deles! Ela avistou a valise dele sobre a cômoda do quarto. Rapidamente apanhou a carteira dele e um chinelo que estava no chão, e jogou dentro. Nesse momento, começou a ouvir alguém esmurrando a porta no cômodo superior.

Aflita, Sandra puxou a valise de Simão, com o intuito de colocá-la sobre a cama e fechá-la quando, na correria e afobação, com as mãos trêmulas, calculou errado o peso da mala, que caiu aberta no chão, expulsando metade de seu conteúdo pelo assoalho. Não daria tempo de recolher tudo. As batidas na porta do quarto de Fábio se tornaram mais violentas. Ele berrava palavras inaudíveis. Que se danassem aquelas coisas, eles voltariam outra hora para pegá-las!

Foi quando, do meio das roupas de Simão, Sandra avistou uma capa verde enrolada em uma camisa. Retirou a camisa de cima e ficou petrificada.

Era agenda verde de Evandro, que havia sumido no dia em que fora dopada pelo careca tatuado! A agenda roubada que continha os rascunhos bíblicos sumidos também estava em meio às coisas de Simão!

* * *

HD já tentara disfarçadamente ligar para Sandra. Sem chance, não havia sinal! O mesmo no celular de Fábio e Simão. Ele não sabia se passava o endereço à detetive que o espreitava, à espera de respostas. Resolveu ganhar tempo.

— Eu não sei muito bem. Eles foram para um lugar ao qual eu nunca fui.

— Eu sei que você tem o endereço. A escolha é sua. Será que você não entendeu ainda? Eles estão correndo perigo!

A identificação da detetive parecia ser real, e algo nela lhe dizia que de fato era quem dizia ser, mas a recomendação deles havia sido para somente passar o endereço para o doutor Matarazzo, e caso fosse realmente necessário. HD foi mancando, mais do que o necessário, até seu notebook.

— Ah, já sei. Deixe-me ver aqui no meu computador corporativo. Tenho quase certeza de que pesquisei para o Fábio, que é o meu chefe, a melhor rota para chegarem lá através do Google Maps. Deve ter ficado gravada no meu histórico de navegação. Vou reiniciar meu note, pois ele é corporativo. Sabe como é, meio "carrocinha", às vezes trava.

HD era fera no computador e sabia todos os macetes para que ele reiniciasse lentamente. Seria tempo suficiente para ele investigar o nome da detetive através do navegador do celular e saber se de fato ela fazia parte da equipe do doutor Matarazzo.

Setenta e dois

SANDRA ABRIU, ESTARRECIDA, A agenda que lhe pertencia, ainda tentando entender o que aquilo significava. Dentro dela, encontrou os rascunhos das matérias bíblicas — todos em ordem, e da forma que ela havia deixado. O único que estava fora de ordem e que, pelos amassados, havia sido lido e relido diversas vezes era o de um crime bíblico especifico: a morte de Abel pelo seu irmão Caim, o primeiro assassinato do mundo, movido pela inveja que o segundo sentia do primeiro!

Sandra se sentiu tonta e extremamente nauseada. Foi quando viu um vulto atrás de si, e antes mesmo de se virar, sentiu um baque na cabeça. Suas pernas falharam. Tentou gritar, mas o grito ficou preso na garganta, junto com a escuridão que se seguiu. Ela caiu.

Atrás dela, segurando o revólver com que a havia golpeado, estava Simão, esbaforido.

— Intrometida! Estava tudo indo tão bem até você revirar minhas coisas. Uma pena. Agora você vai ter que morrer mais cedo.

Por trás de Simão apareceu Rubão, o careca. Num lance rápido, ele jogou a chave do carro em direção ao outro, que a apanhou no ar, com um movimento ágil e intrépido.

— Quer que apague o fanfarrão que está esmurrando a porta lá em cima, chefe? — indagou a Simão.

— Quero. Mas, antes, me ajude a me livrar dessa daqui!

* * *

Sandra despertou sentindo uma dor lancinante na cabeça. Parecia que fora partida ao meio. Sangue quente e pegajoso descia de seu couro cabeludo e pelo pescoço. Estava sentada numa das poltronas da sala. A visão ainda turva e embaçada foi aos poucos entrando em foco, fazendo as coisas tomarem forma.

Sentado à sua frente estava Simão, com o revólver de Fábio apontado para ela. Em pé, de guarda, com olhos de louco e uma pistola nas mãos, estava o careca com quem ela havia se encontrado algumas vezes. As mãos da jornalista estavam juntas, à frente do corpo, e amarradas com um arame excessivamente apertado.

Sandra não sabia o que esperar. Talvez esperasse por um Simão sorridente e cheio de vantagem para contar. Mas, não. O que viu foi um homem forte, mas cujos olhos denunciavam estar em frangalhos. Ele parecia não querer encará-la.

— Você devia ter vergonha de ainda respirar, depois de tudo o que fez. Você assassinou seu próprio irmão! Por quê?

Ele não respondeu de pronto, e pareceu escolher as palavras. Quando a encarou, seus olhos estavam vermelhos e injetados.

— Não sou um monstro, Sandra. E não permiti que lhe colocassem uma mordaça porque quero que tenha a chance de me xingar e dizer todas as verdades que preciso ouvir antes de... bem, você sabe que viva não vai sair desse local.

— Seu verme! Maldito! Você é um imprestável. Como... como pôde? Eu só quis ajudar você. E você matou seu próprio irmão!

Ele aguardou a série de xingamentos terminar e só então falou:

— Tudo o que você disser, eu aceito. Mas não diga que matei meu irmão. Ele se matou! — ele falou pela primeira vez de forma ríspida. — Gastei fortunas tentando recuperá-lo! Paguei as melhores clínicas, mas o que ele fazia? O que ele sempre fazia? Voltava a se drogar. E, pior, começou a gastar toda a nossa fortuna com drogas.

— Nossa fortuna? Como ousa? Ele recebia todos os prêmios. Ele era a cabeça pensante da dupla, Simão. Você era ótimo com finanças, mas ele era o gênio da publicidade! E tal qual a história de Caim e Abel, por inveja você resolveu eliminá-lo.

— Não fale asneiras, filha. Você não sabe nem...

— Ele ganhou o prêmio revelação. A agência só se sustentava por conta dele. Você era o parasita da relação. Que irônica a vida, não é, Simão? O drogado era também o cérebro da dupla, e você, o "Pink", como naquele desenho animado, tentando ajudá-lo a conquistar o mundo...

— Chega! — berrou Simão. — Chega! Construímos nossa história juntos. Ele fez a escolha dele. Ele já estava condenado. Se ele usasse mais recursos financeiros para pagar suas dívidas com traficantes, nós iríamos à falência, e o maldito ia embarcar e me deixar na miséria. A solução era um seguro... Um seguro milionário que havíamos feito: no caso da morte de um, o outro seria beneficiado. Então estava tudo certo. Para quê apressar as coisas? Logo ele morreria de qualquer forma. Mas aí o que ele fez? Conheceu aquela modelo, que o enfeitiçou. Eles iam casar, e ele consultou nosso advogado sem me avisar para mudar o beneficiário do seguro. Ele já havia programado! Após o casamento, ela, que não precisa de um centavo a mais, porque já ganha rios de dinheiro desfilando, seria a beneficiada! Isso já era demais. Ele sequer teve a decência de me consultar. Ou seja, deixava de ser vantajoso para mim, mas continuava sendo vantajoso para ele. Talvez ele até tivesse me matado. Sim, ele faria isso. O que fiz foi apenas me defender!

— Monstro! Como você pôde? Ele jamais faria isso. Não era como você! E as outras vidas que você tirou? O que elas tinham a ver com isso?

— Quando a carteira e a aliança foram achadas por aquele faxineiro, a história de um roubo ruiu. O Rubão estava encarregado de recolhê-las antes, mas o empregado foi mais rápido. E Elcy sabia demais! Sabia inclusive das nossas brigas, porque aquela velha teve durante muito tempo um caso com o meu irmão. E você na cola dela poderia fazê-la me colocar em evidência. Fora que ela era uma suspeita perfeita! A velha pirou quando ele noivou com aquela beldade. Depois você mesma, com sua imaginação fértil, me deu todas as possibilidades. Nenhuma teoria poderia ser melhor do que a de que neonazistas teriam matado ele e depois estavam investindo contra outros! Aquela abotoadura, Sandra, era uma piada... Nunca saberemos por que ela estava lá, quem sabe era de um espetáculo anterior, mas caiu como uma luva, ainda mais depois da propaganda pela qual ele tinha acabado de ser premiado. Você começou a investigar, e eu embarquei junto. Quase me ferro indo na sua onda. Ainda tomei um tiro. Mas não poderia ter sido melhor! Toda a suspeita que poderia repousar sobre mim terminou ali.

Os dois se encararam por alguns segundos.

— Depois foi tudo muito fácil. Contratei o Rubão, que é um ótimo matador de aluguel, além de ter uma suástica no antebraço. — O careca a exibiu com orgulho. — Ele cobra um preço alto, mas faz um serviço que vale a pena. A coroa de flores que você recebeu, a coroa de flores que eu recebi. Tudo feito de forma muito limpa. Não precisei sujar minhas mãos.

— Aí é que está. Como ele entrou na festa e esfaqueou seu irmão naquela noite se tudo estava cercado de seguranças?

— Foi a única morte que tive de cometer com minhas mãos. Quem menos suspeito para esfaqueá-lo enquanto o ajudava a se recostar numa poltrona depois de um porre? Rubão até conseguiu entrar, mas atraiu a atenção dos seguranças, tive de agir.

— Você é nojento. Usando um crime que envolve preconceito racial, xenofobia e homofobia, liquidando pessoas boas e inocentes para acobertar a sua loucura e o assassinato de seu próprio irmão!

Se as palavras surtiram algum efeito sobre Simão, ele não demonstrou.

Sandra olhava para a escada que dava acesso ao quarto de Fábio. Simão percebeu.

— Não crie esperanças, querida. O príncipe encantado não vai salvar a noite. Rubão já reforçou o bloqueio da porta. Aliás, Rubão, já está na hora. Elimine o rapaz de uma vez. Não vamos dar sorte ao azar. Suba e atire para matar.

Setenta e três

SANDRA OBSERVOU O CARECA com cara de extrema satisfação subindo ao quarto de Fábio. Havia lhe chamado a atenção o fato de Fábio ter parado de esmurrar a porta. Como ela podia ter duvidado dele? Simão, como todo louco vaidoso, continuava listando e contando os triunfos de seu plano.

— Você é uma ótima jornalista, Sandra... Sabe, você teria um futuro brilhante. Uma pena que você tenha uma mente muito fértil. Essa revista antiga que você achou me deu até um novo suspeito para usar! Agora estou em dúvida. Qual será mais convincente? A do ataque dos carecas nazistas ou do apaixonado abandonado? Afinal de contas, já ficou claro que o delegado responsável, assim como você, não engoliu a história de que Rogério seja o assassino. Uma pena, pois odeio aquele infeliz.

— Odeia por quê? — perguntou Sandra, tentando ganhar tempo. — Porque ele vendia entorpecentes para seu irmão?

— Não. Quando tinha crises de abstinência, meu irmão travava e as ideias não saiam. Numa dessas fases, eu mesmo apresentei os dois, para que tratassem de seus negócios.

— Você facilitou o consumo de drogas dentro da própria TVG?

— Sim. Era menos arriscado, e ele fluía melhor. — Simão deu uma risada. — E percebi que o negócio era lucrativo. Tem cada figurão viciado lá na TVG que você não faz ideia. Até quis entrar no ramo de distribuição. Acredita que o infeliz do Rogério não quis dividir o osso? Odeio gente ambiciosa e egoísta. — Ele gargalhou.

Sandra percebeu movimentação do lado de fora, e foi surpreendida quando, como num raio, Fábio adentrou a sala e se lançou sobre Simão, que em meio a seu devaneio foi pego de surpresa. O revólver rolou para longe.

Mais do que depressa a jornalista começou a tentar arrancar os arames de seus punhos com a boca. Seus dentes puxavam e mastigavam o que podiam. Sentiu gosto de sangue, mas conseguiu afrouxar as amarras e soltar uma das mãos. Ficou de pé no mesmo instante em que ouvia a voz de Rubão lá de cima:

— Ele não está aqui! O safado deve ter pulado pela janela.

Fábio esmurrava Simão. Ele olhou para Sandra e disse:

— Corre, Sandra. Corre! Vamos fugir daqui!

Ele mal acabou de falar ao ficar em pé quando três disparos vieram do alto da escada e o atingiram certeiramente. Ela viu o sangue respingar, e Fábio desabou baleado para trás do sofá.

Ela fez menção de correr, mas um tiro rasgou o ar perto de sua cabeça e chegou a levantar seus cabelos. Simão deu um pulo e se levantou. Apanhou o revólver e voltou a mirá-lo em Sandra.

— Sente-se, vadia! — Ela o obedeceu.

— Posso eliminá-la daqui mesmo, chefe! — gritou Rubão. — Cara, vamos acabar logo com isso! Mate-a e me dê o restante da grana. Vamos logo acabar com isso!

— Eu faço o serviço! — disse Simão. — Me dê sua pistola!

Rubão desceu e entregou a arma para Simão, cujos lábios e sobrancelha sangravam, resultado do ataque de Fábio.

— Pode parecer piegas, Sandra, mas você era uma moça interessante, de quem eu de fato estimava a amizade. Tanto que te poupei até agora. Tentei te assustar com o episódio em que você acordou com um suposto corpo no porta-malas. Jogando uma sombra suspeita com a morte de Haroldo achei que você desistiria. Mas percebi que não! Você nunca ia parar, era um perigo real! Podia ainda não ter desconfiado da verdade. Mas assim que eu recebesse minha parte no seguro e sumisse no mundo, você ia juntar as peças. Havia uma pulguinha atrás da sua orelha, e é por causa de tudo isso que agora vou fazer o que é necessário.

— Como pretende sair dessa? — Sandra gritou, usando seu último argumento. — A polícia sabe onde estamos. Você acha mesmo que ficará impune?

— Não se preocupe. Tenho tudo esquematizado, querida.

E, levantando o revólver, disparou duas vezes.

* * *

Rose estava numa viatura, a caminho da delegacia. Ligou para Matarazzo e lhe passou o endereço.

— Acho bom mandar uma equipe pra lá agora, chefe.

Matarazzo olhava para os documentos que confirmavam que Simão e Evandro estavam praticamente falidos, e uma cópia do seguro de vida feito meses antes, que garantiria a um dos irmãos uma vida milionária no caso da morte do outro.

— Eu mesmo estou indo para lá, junto com uma equipe. Quero que peça a alguma patrulha local para se adiantar, Rose. O lugar é distante, e quero ter certeza de que estará tudo bem.

Setenta e quatro

SANDRA PERCEBEU QUE GRITAVA, de olhos fechados. Achou que fora alvejada, mas, quando abriu os olhos, viu Rubão desabar perto de Simão.

— Acabou — disse Simão.

— Você o matou!

— Lógico. Esse safado estava me cobrando quase meio milhão de reais. O preço é justo pelo bom trabalho que ele fez, mas ele sempre saberia a real história. Seria sempre uma ponta solta. Se um dia o pegassem, ele daria com a língua nos dentes. Eu não gosto de arriscar. O Fábio já era, ele fez o serviço. Agora, quer saber o gran finale? — Simão apontou a pistola para a testa de Sandra. — A história será a seguinte: estávamos aqui numa boa, e do nada o maluco neonazista apareceu, matou o pobre do Fábio e você, e eu, o vovô, entrei em luta corporal com ele, o matando com o revólver do Fábio. Depois, ainda tenho uma fase ruim. Terei de atirar em mim mesmo com a mão esquerda, de raspão, algo que afaste de mim qualquer suspeita. Vou dirigir baleado até a autoestrada, onde alguém me encontrará ou poderei fazer uma ligação de um orelhão. Fim. O que achou, Sandra?

Sandra o encarou e disse:

— Eu acho que você atira muito mal!

Inesperadamente, Rubão aplicou um golpe nas pernas de Simão, que o fez desabar. Ele estava muito ferido, mas não morrera.

— Traidor! Seu desgraçado! — Ela ouviu Rubão cochichar, com uma voz quase sem vida.

Sandra aproveitou o momento para correr pela porta-balcão e se embrenhou na mata. Viu de relance Simão cair atirando, dessa vez fatalmente, na cabeça de Rubão.

Dentro da mata, parou com a respiração entrecortada. Viu, recortada contra a luz da casa, a silhueta de Simão sair mancando com a arma nas mãos.

Sem esperar, ela continuou correndo em direção ao lago. Lembrou-se do caiaque que havia lá. Precisava alcançá-lo. Seria sua via de fuga.

* * *

Sandra corria desajeitadamente por conta do solo desnivelado. Perdera uma de suas sandálias, e os gravetos e pedras no chão machucavam bastante o pé descalço. Tentava correr e, ao mesmo tempo, não denunciar onde estava. Ouviu sons de passos e galhos sendo quebrados alguns metros atrás de onde estava. Pensou em parar e se esconder, mas achou a ideia muito arriscada.

Pelo barulho de folhas, parecia que ela conseguira abrir uma boa distância de seu perseguidor. Estava correndo há dez ou quinze minutos?

De repente, parou e apurou os ouvidos. A escuridão era total, e ela tentou acostumar sua visão à escuridão. O silêncio só era quebrado pelo barulho característico da mata. Muitos insetos, e vez ou outra algum vaga-lume que cortava a escuridão. Teria ouvido um barulho diferente? De forma abrupta, um graveto se quebrou e galhos se mexeram a alguns metros dela. Seu coração batia forte no peito, e a respiração estava bastante ofegante. Encolheu-se rente a um grosso tronco de árvore. Seus pés doíam, e seus pulmões queimavam. Mais um rangido e ela se encolheu no chão, tentando se encobrir por uma moita.

— Sandra, está na hora de partir, querida. — A voz de Simão parecia vinda de um animal selvagem. Ele resfolegava, enquanto falava. Sandra se arrepiou e se espremeu um pouco mais. Avaliou se conseguiria iniciar uma nova corrida. Seria suicídio. Ele estava armado!

— Onde você está, sua vadia? Está dando tanto trabalho que retiro tudo de bom que falei a você há pouco. Você definitivamente não merece minha amizade. Eu sei que você está aqui. Eu vou te achar, sua cadela. — Era nítido que Simão já perdera toda sua paciência, e agora era uma questão importantíssima eliminá-la. Ele contara a ela todos os pormenores de seu plano. Não a deixaria sair viva de lá.

— Merda! Será que essa piranha fugiu? — Sandra ouviu os passos dele indo em outra direção. Se ele se afastasse mais, ela conseguiria retomar sua corrida e talvez fugir.

Os passos pararam e, de repente, pareceram estar voltando para mais perto de onde ela estava escondida.

— Já sei o que fazer, Sandra! Já que você não aparece, eu te localizo. Afinal, é fácil saber se você ainda está por aqui.

Ela a princípio não compreendeu o que ele queria dizer, mas então tudo ficou claro: ela sentiu o celular no bolso de trás da calça. Queria alcançá-lo para desligá-lo, mas, caso se movesse, atrairia ainda mais a atenção de Simão.

— Vamos buscar aqui no Bluetooth "SGARCIA"! — Ele ficou alguns minutos parado, e então falou: — Vagabunda, eu sabia que você estava por aqui!

Mesmo sem ter sinal de telefone, o Bluetooth funcionaria. E, como o raio de localização era pequeno, ele tinha certeza de que ela estava ali. Sandra sentiu o celular vibrar, no mínimo pedindo para parear algo que ele estava mandando. Se ele continuasse com aquilo, o zumbido do celular a denunciaria.

Ela ouviu os passos se aproximando. Ele estava bem perto. Sandra retesou os músculos e sentiu alguma coisa deslizar pela sua perna. Os insetos estavam andando sobre ela; ela mal podia imaginar o que era. Segurou o pavor e o grito na garganta e se manteve parada. Tentou sentir o que tinha perto de sua mão, no chão. Sentiu folhas, gravetos, e algo que procurava: uma pedra. Faria uma tentativa. Num lance rápido, ela arremessou a pedra para o lado oposto de onde estava, e ouviu tiros ao mesmo tempo em que passos corriam naquela direção. Ela se levantou simultaneamente e correu na direção oposta. Ele perceberia o truque, mas talvez ela conseguisse tomar distância.

Correu o mais rápido que pôde, e ouviu na sequência um disparo que arrebentou um arbusto ao lado de sua cabeça. Abaixou-se e seguiu correndo. Sentiu algo pontudo entrar no seu pé e quase urrou de dor. Chegou a uma ribanceira. Ouviu mais dois disparos e, sem pensar muito no que ia fazer, mergulhou nos arbustos que ladeavam o lugar.

Sandra abriu os olhos e viu que estava a trezentos metros da antiga casa da fazenda que fora transformada em galpão. Arrastou-se até lá e, com muita dificuldade, esforçando-se para não fazer barulho, abriu a imensa porta de madeira e entrou. Estava tudo na penumbra. Havia apenas pouca claridade do luar, que se infiltrava pelas telhas de zinco no alto. Havia eletricidade no galpão, mas ela não se arriscaria a ligar a luz. Assim que se acostumou à pouca luz, avistou diversas ferramentas e até o contorno de um enorme trator.

Sentou-se sobre um caixote e tentou verificar o que estava em seu pé. Sentiu uma dor latejante, e tateou uma saliência. Um pedaço de graveto estava atravessado no peito do pé. Mordeu bem forte a gola da camiseta e puxou. Sentiu vontade de gritar, mas se conteve. As lágrimas desceram involuntárias. Rasgou um pedaço da manga da camisa e amarrou forte em volta do pé, que sangrava.

Olhou para o celular e um ponto de rede surgiu timidamente! Instantaneamente, dezenas de mensagens de HD chegaram, fazendo o aparelho vibrar. Ela não teria tempo de ler, mas não poderia perder a oportunidade de enviar uma mensagem. Não sabia se sairia viva dali. Contaria rapidamente o que se passava. Tremendo e digitando velozmente, ela relatou em poucas linhas tudo o que havia acontecido e o plano de Simão Jordel. Clicou em enviar, mas a mensagem ficou presa. O sinal estava oscilando.

Ouviu um ruído do lado de fora e apurou os ouvidos. Levantou-se e viu uma bancada com muitas ferramentas. Se escondeu atrás dela, agachada. Estava muito cansada. Se ele entrasse ali, seria seu fim. Simão estava armado, e ela não teria chance contra uma arma. Quantos tiros ele já efetuara? Estaria com um ou dois revólveres? Teria mais munição para recarregar? Eram tantas perguntas, misturadas com um sentimento de raiva, traição e tristeza pelas perdas que sofrera. Fábio! Lembrou-se dele, mais uma vez se sacrificando em luta corporal, mesmo desarmado e pedindo que ela corresse, e sentiu muita vontade de chorar. Tinha vontade de sentar ali e chorar para sempre. Mas algo, algum instinto dentro de si, pedia para que ela tivesse atenção! Ela precisava ser esperta e escapar! Seria apenas uma questão de tempo até que ele fosse preso. Mas, se ela não fugisse e ele a pegasse, se de fato ele conseguisse remontar toda a história de uma forma que o colocasse como mais uma vítima, então todos estariam para sempre silenciados.

Ela não se entregaria. Mesmo que perdesse sua vida, não deixaria aquele monstro vencer! Aquela seria sua vingança! Ela vingaria Fábio, Haroldo, Elcy, o faxineiro do Municipal e até mesmo Evandro Jordel, que morrera pelas mãos do próprio irmão.

O som da porta rangendo reverberou pelo galpão, produzindo um eco alto. Sandra se abaixou atrás da bancada de ferramentas. Viu uma tomada e, de repente, sentiu seu corpo todo tremer! O galpão tinha luz elétrica, e bastava Simão acender as luzes para que ela fosse denunciada. Ele a mataria sem nenhuma dificuldade!

Simão estava calado. Não havia margem para erros. Ele se encaminhou até o interruptor de luz e apertou.

Setenta e cinco

SANDRA CONSTATOU COM UMA ponta de alegria que as luzes não se acenderam. Seria falta de energia? Pegou de forma silenciosa a ponta com o plugue que pendia ao seu lado e ligou na tomada. Uma luz fraca de led se acendeu num ferro de passar roupa. Havia energia! A lâmpada decerto estava queimada ou quebrada.

Sentiu seu celular vibrar. A mensagem fora enviada! A verdade estava a salvo. Sua versão estava protegida. Girou o botão do ferro para o máximo e sentiu um deslocamento de ar, como se algo viesse em sua direção. A luz do led devia ter chamado atenção. O ferro estava em cima da bancada.

Mais um disparo. Sandra esperou um pouco, e então se levantou e, segurando firmemente o ferro com as duas mãos, o bateu com força no vulto que estava à sua frente. Ouviu um urro de dor e cheiro de carne queimada. Simão fora pego desprevenido.

Ela voltou a golpear o que imaginou ser a cabeça dele, seguido de mais um urro. Correndo, ela atravessou a porta entreaberta enquanto um tiro alvejava a porta de madeira. Teria sido atingida?

Avistou a saliência do poço artesiano à sua frente e se lançou atrás dele. A altura não era de mais do que cinquenta centímetros do chão; ela se abaixou e pediu a Deus que ele fosse em outra direção. Estava resfolegando quando seus cabelos foram puxados repentinamente e ela foi erguida.

O rosto de Simão estava queimado pela metade pelo ferro. Ele proferia diversos palavrões e parecia estar fora de si. Ela golpeou sua mão armada diversas vezes. Era agora ou nunca. Ela aplicou uma chave de braço, mas ele segurava firme o revólver, tentando mirar na cabeça dela. Esperneando, ela atingiu um golpe entre as penas dele e golpeou sua mão armada. A arma caiu no chão, mas, num gesto desesperado, ele se engalfinhou com ela, jogando o peso de seu corpo em sua direção, e ela não aguentou o peso. Seu pé machucado doía mais e parecia estar sangrando bastante. Os dois caíram sobre o tampo do poço. A madeira já apodrecida cedeu de um dos lados, e rangia a cada movimento.

— Seu desgraçado! Vamos morrer os dois. Não percebe? Essa tampa vai ceder. Não sobreviveríamos à queda. — ela gritou, desesperada, enquanto com uma das mãos ele se prendia em seu pescoço, tentando sufocá-la.

— Você estragou tudo, sua vagabunda enxerida — ele rosnava, feito louco. — Veja o que fez com o meu rosto. Eu não vou ser preso. Eu morro e te levo junto.

Propositalmente ele começou a bater com o corpo sobre o tampo, bloqueando abaixo de si o corpo de Sandra.

— Nós vamos morrer juntos!

Sandra ouviu, desesperada, o ranger da madeira. Em uma última tentativa, mirou com dois dedos os olhos de Simão. Funcionou, e ele afrouxou a mão em sua garganta e ela conseguiu se desvencilhar, ficando em pé no solo, fora do tampo. Abaixou-se instintivamente e apanhou o revólver. Quando se voltou, ele também saíra de cima do poço, que fazia barulhos e ecos de madeiras que já haviam se quebrado durante o confronto e caíam dezenas de metros abaixo em direção ao fundo.

Ouviram ao longe o som de uma sirene.

Sandra apontou o revólver para a cabeça de Simão.

— Vamos lá, Sandra! Atira! Atira logo, sua assassina! Assassina.

Sandra pareceu ouvir as vozes voltando a confrontá-la, como quando tinha pesadelos.

— Você é fraca, Sandra. Você não quer matar mais pessoas.

— Eu nunca matei ninguém na minha vida!

— Ah não, Sandra? E quanto ao seu pai, hein? — Simão travava uma batalha psicológica com ela. — Se matou seu próprio pai, que chance eu tenho?

Ela estava atordoada.

— Pense bem. A polícia já está chegando. Me permita pelo menos ser preso dignamente e pagar pelo que fiz... — Silenciosamente, com uma das mãos, Simão tentava alcançar nas costas o coldre onde estava a pistola automática. — Você não é uma assassina, minha filha... Olhe para mim. Já não basta o meu estado?

— Cale a boca. Você matou todos eles! Matou o Fábio. — Sandra teve um engasgo e sentiu-se fraquejar. Tinha sido forte até então, mas agora se lembrava de cada vítima. Ela sentiu o choro apertar um nó em sua garganta. De fato havia sirenes mais perto. O certo a fazer era deixar a polícia prendê-lo. E julgá-lo!

— Eu vou colocar as mãos para trás e você me amarra. Você está armada, e eu não. Me entregue para a polícia e pronto. É um direito meu que eu responda pelo que fiz na justiça. Olhe para mim, Sandra: eu tenho idade para ser seu pai! Vai querer levar a culpa por ter matado outra pessoa para o resto da vida?

Um feixe de luz poderoso veio de uma das montanhas ao longe. Foi possível ouvir o barulho distante das pás de um helicóptero.

Simão colocou as mãos nas costas, como que se rendendo. Com uma das mãos, chegou a tocar a pistola no coldre.

— Solte o revólver, Sandra! Eles chegaram! Deixe que eles me prendam. Você não quer me matar. Me dê essa chance!

Sandra olhou para o helicóptero que chegava e instintivamente jogou o revólver no chão. Simão conseguiu empunhar a pistola e se preparava para sacá-la quando com um grito ela desferiu um golpe certeiro em seu peito, o jogando de volta sobre o tampo do poço.

— E que chance você deu a eles, seu desgraçado? — Sandra berrou.

Simão caiu violentamente sobre o tampo, fazendo a madeira ranger. A pistola, que já estava em sua mão, se soltou e escorregou pelo tampo. Sandra viu, abismada, que ele estava de posse de outra arma!

Quando a madeira parou de estalar, o enorme tampo se partiu em duas partes, engolindo o corpo de Simão junto com um grito apavorante amplificado pelo eco interminável que fugiu do poço, espalhando-se pela noite escura. Na sequência, o baque do corpo pôde ser ouvido atingindo o fundo do poço. Depois, apenas silêncio.

Sandra se sentou no solo, em prantos. Quando o helicóptero pousou e carros de polícia chegaram, ela ainda estava lá, totalmente entregue. Foi socorrida e deitada na maca, e só conseguia balbuciar o nome de Fábio. O que se seguiu foi uma mistura de imagens e sons que depois pareceu virar um filme mudo. Um dos filmes mudos que ela gostava de assistir com a mãe e o pai quando criança e eles ainda eram uma família feliz.

Ela viu a detetive Rose gritando e gesticulando com paramédicos — viu, mas não ouviu. Tudo era silêncio. Viu o doutor Matarazzo correndo até uma ambulância. Sentiu uma picada no braço, e então uma paz enorme a invadiu. Tudo estava acabado. Ela fechou os olhos, mas não foi engolida pela escuridão!

Um grande e aconchegante clarão a envolveu.

Epílogo

Dois meses depois.

SANDRA ESTAVA FELIZ PELA decisão que tomara. Era um dia aconchegante de sol, apesar de a estação ser inverno. Adorava dias assim, em que a temperatura, rebelde, resolvia contrastar com a estação do ano. Mostrava que nada jamais está totalmente sob controle.

Ela parou o carro em frente ao cemitério principal de Serra Negra. Os pesadelos haviam terminado desde a fatídica noite na casa de campo. Ela caminhou com passos leves pelas alamedas do cemitério. Carregava um vaso de rosas nas mãos.

Pela primeira vez visitaria o túmulo de sua mãe desde sua morte, e já estava preparada. Agora seriam duas sepulturas, já que seu pai, como era a tradição, estaria enterrado no mesmo jazigo. Ao contrário do que imaginou durante todos aqueles anos, o sentimento que experimentava era de muita paz. Os raios de sol eram intensos, e atravessavam as altas árvores, iluminando o caminho até a quadra que ela havia pesquisado na noite anterior.

Viu o túmulo de pedra, simples e bastante humilde, já que sua família não tinha posses na época da morte de sua mãe. "Rosângela Garcia" estava escrito, havia também a data de nascimento e de morte, sem foto. Percebeu outras flores recentes colocadas ali. Abaixou-se e depositou as rosas cuidadosamente.

Ouviu passos arrastados e percebeu que um senhor de muita idade, que ela nunca tinha visto e com ferramentas de jardineiro, a observava.

— Bom dia. — Ela sorriu e manteve contato visual. — Apesar do epitáfio anunciar apenas uma mulher, o marido dela também está sepultado aqui, não?

— Você é filha da dona Rosângela, não é? Sandra Garcia é o seu nome! — Ele sorriu, revelando dentes perfeitos e um sorriso jovial, apesar da avançada idade. — Às vezes eu a assisto, jovem.

Sandra foi pega de surpresa. Era óbvio que seria reconhecida. Talvez por colegas ou pessoas próximas que associassem o sobrenome a ela, mas aquele senhor... ela não se lembrava dele.

— Sou, sim. Desculpe-me, mas conheço o senhor?

— Acredito que não. — Ele riu alto. — Moro nessa cidade há pouco mais de dez anos.

— Você sabe se Antenor Garcia está enterrado neste cemitério?

— Ainda não, minha filha. Mas creio que, quando ele morrer, virá para cá.

Sandra sentiu um choque e um sentimento estranho.

— Você quer dizer que...

— Eu conheço a história de vocês — ele disse. — Foi dureza a forma como tudo aconteceu, não? Deixe eu me apresentar: sou Geraldo, o encarregado da jardinagem daqui. Seu pai vem sempre. É ele quem traz essas flores.

— Mas eu achei que...

— Ele me contou, e não pense que não te dou razão. Mas, depois de tudo o que aconteceu, seu pai sofreu muito. Ele está preso numa cadeira de rodas todo o tempo. Mas sempre me fala com orgulho de você, e diz o quanto se arrepende de tudo o que houve. O maldito vício!

Sandra estava feliz, não podia negar. Já fazia tanto tempo! Saber que ela não fora responsável pela morte do pai só podia ser um presente de Deus!

— Onde ele mora?

— Na Casa de Repouso Municipal de Serra Negra. Eu dizia a ele que esse dia ia chegar. E saiba, menina, que ele só não te procurou antes pois imaginava que isso fosse trazer dor a você. Ele tem muito orgulho de você!

— Eu vou até lá para vê-lo!

— Vá e torne o restante da vida dele a experiência mais feliz que um homem pode ter! — Geraldo olhou para o relógio. — Mas, neste momento, procure ele no espaço de convivência do lugar. Ele estará no grupo de Alcoólicos Anônimos. — Ele viu a expressão no semblante no rosto de Sandra. — Não se preocupe. Ele não bebe há exatos quinze anos, e há dez é o coordenador dos Alcoólicos Anônimos da cidade. Seu pai se tornou um grande homem.

Sandra mal podia acreditar. Era um sonho. Ela agradeceu e, de posse do endereço, saiu às pressas. Lágrimas desciam pelos seus olhos. Havia tanta coisa para contar. Seu pai coordenando um grupo para auxiliar alcoólatras. São, sem vícios. Vivo!

Sandra entrou em seu carro e digitou no GPS do celular o endereço. No caminho, passou por ruas conhecidas. Passou em frente àquela que um dia fora sua casa –, agora estava reformada. Havia um belo jardim e uma cerca de madeira branca. No quintal, um pai brincava com uma garotinha sorridente de cachos amarrados em dois rabos de cavalo em uma balança. Ela sorria e gritava "mais alto". Uma mulher bonita, que devia ser a mãe, olhava da janela com um olhar apaixonado. Quando o homem a olhou, ela gentilmente lhe soprou um beijo.

Ela podia sentir o amor que emanava.

O carro parou em frente ao asilo. Ao apanhar o celular do painel, Sandra viu que havia duas mensagens de vídeo. Ela clicou para ver: a primeira era de Fábio, sorridente, dizendo o quanto a amava e já estava com saudades. A segunda era dele com HD, dizendo que à noite eles a esperavam para jantar num lugar badalado e conhecido por suas sobremesas deliciosas.

Sandra era afortunada. Fábio sobrevivera aos tiros graças a um colete à prova de balas que pertencera a seu avô, que fora militar. Ele o vestira por baixo da blusa quando, ao se ver trancado, percebeu que algo estranho estava acontecendo naquela noite. Uma das balas atingira seu pescoço, e ele perdera muito sangue. Por sorte, ou por milagre, não atingira nenhuma artéria e, apesar da recuperação que levara semanas, ele estava bem! Sandra e ele estavam em um namoro delicioso, que ela só imaginara nos seus sonhos mais incríveis.

Simão morrera naquela noite, e junto com ele foi embora todo o pesadelo, os ataques e sua teia de mortes. Sandra voltara a ocupar seu lugar de destaque na TVG, e dedicara o programa de retorno ao fim do preconceito e da violência, fosse qual fosse.

* * *

No asilo se identificou e não pôde deixar de perceber o olhar de felicidade e espanto no rosto da atendente. Ela a encaminhou a um ponto do jardim bem cuidado onde pessoas de várias idades estavam sentadas em círculos em pufes ou na grama. Um cadeirante grisalho falava e gesticulava. Ele estava de costas para Sandra, mas ela o reconheceria mesmo a uma grande distância. Pela primeira vez não sabia o que fazer ou falar.

Parou perto de uma árvore e resolveu não interromper. Fechou os olhos por um momento e respirou aliviada. Depois ficou observando o jardim, o sol e ouvindo o canto dos pássaros. Tudo aquilo só lhe trazia um único sentimento: Paz.